林巨正

火賊編 三

林巨正 火賊篇 (三)

피리 (一)

이해는 팔도(八道)가 거진 다 흉년이 들어서 삼남(三南)의 벼농사도 말이 아니고 량서(兩西)의 조농사도 마련이 업섯다 삼남에는 오월 한달을 내처 가물어서 고래실땅에도 호미모를 낸데가 만헛고 엇답 건답들은 거지반 모밀대파(代播)를 하엿섯다 가을에 와서 지주(地主)와 작인(作人)사이에 도조재감(賭租災減)으로 말썽이 만히 생겨서 된내기온뒤까지 벼를 세워노코 비지안흔 땅도 더러 잇섯다 그러나 삼남은 곡향(穀鄕)이라 수한병식(水旱並食)하는 조흔땅도 만커니와 밧곡식이 잘 되어서 량서가티 참혹하든 아니하엿다 량서는 첫기물이들고 늦물이가고 게다가 풍재(風災)에 박재(雹災)까지 겸친데가 잇서서 두태(豆太)도 만히 줄엇지만 주장세우는 서속이 소출이 가량업시 줄엇섯다 밤에 바슴하는 머슴들이 밤참투정할 경도업섯고 북섬이를 충치는 녀편네들이 웃고 짓거릴 흥도 업섯섯다 평년에 백석하든 사람이 이삼십석만하여도 잘 한양으로들 말하엿다

청석골서는 매삭(每朔)도 중공용(公用)으로 쓰는 곡식 석수(石數)가 엄청나게 마헛다 대장과

두령들은 록(祿)을 먹고 두목과 졸개들은 료(料)를 태우는데 대장은 백미(白米)가 일석(一石)이요 황두(黃豆)가 십두(十斗)요 두령 십인(十人)은 매인 백미가 십두요 황두가 오두요 두목이십여명은 매명 료가 쌀닷말 서속 닷말이요 졸개 백여명은 매명 료가 쌀 서말 서속 서말이요 이외에 마소먹이 콩이 두어섬씩 나가서 륙십석 곡식을 가저야 한달을 부지할수 잇섯다 청석골서 평양 봉물을 빼슨 뒤로 관서(關西) 해서(海西) 감영과 각읍(各邑)에서 서울로 올라가는 진상과 인정을 대개 중간에서 가로채고 또 근긔(近畿)와 해서의 여러골로 돌아다니며 크면 옭을 치고 적으면 춘을떨어서 모은 재산이 적지아니 기텃섯지만 봄이후로 벌어 드리진 안코 쓰기만 한데다가 반이부비 역사부비가튼 모개용을 루차 써서 한온이가 재산 반을 드려노치 안햇더면 다음달 록과 료도 자라지못할뻔하엿섯다 목전에 잇는 두목과 졸개들도 흉년에 먹이기가 어려운데 먹고 살수 업서서 입당하러 오는 사람이 하루 한둘 업슬때가 업섯다 그나마 돌뜨기로 오면 안밧겟지만 도중과 련락잇는 사람의 인권을 밧고 오거나 두령과 친분잇는 사람의 청찰(請札)을 가지고 오는까달게 안밧지도 못하엿다

어느날 석후 여러두령이 꺽정이 사랑에 모여안저서 담화들 하는중에 배돌석이가 졸개들의 초막을 사병동장이 너머까저 저어주는수박게 업다고 말을하고 그다음에 또 김산이가 도중의 곡식이 항상 떡여석씩 준비가 잇섯스면 조켓다고 말을 하야 졸개는 늘고 양식은 딸리는것이 화

제(話題)가 되엇슬때 서림이가 버릇으로 헛기침을 한번 한뒤 꺽정이를 보고

『각처에서 방곡(防穀)들 하는 올가튼 흉년에 양식이 딸리는것은 큰두통거립니다 흉년에는 조정에서 백관의 록을 감하는 전례두 잇스니 우리도중의 록과 료를 일체루 감하면 어떠켓습니까』

하고 의향을 물으니 꺽정이는 우스면서

『가령 한달 지낼껄 가지구 두달을지낸다구 하구 두달뒤에는 어떠케 할테요』

하고 되물엇다

『그때 가서는 달리 변통해야 하겟습지요』

『그때 가서 변통할껄 지금부터 미리 변통하면 못쓰나 그따위 구차스러운 소리는 하지말구 방곡한골에는 가서 빼서오구 방곡 안한골에는 방을 부칩시다 방을 부처서 안가저오거든 방부친눔의집은 말할것두 업구 그눔 사는데가 읍이면 읍 촌이면 촌을 아주 뿌리를 빼읍시다』

꺽정이의 말끄테 여러 두령들이 이구동성(異口同聲)으로

『대장형님 말슴이 지당합니다』

『대장형님 말슴이 옳습니다』

하고 떠돌엇다

그 이튼날부터 서림이는 방울 쓰기가 바쁘고 황천왕동이는 방울 부치러 다니기가 바쁘섯다 리봉학이의 좌군과 박유복이 우군이 번차례로 나가기도 하고 일시에 가치 나가기도 하엿다 경긔도 한쪽과 황해도 한쪽은 조포(租包)섬하는 사람이 살수가 업섯다

청석골에 오가가 혼자 잇슬쩍에는 주장 버리가 금교장ㅅ군을 떠는것이엇는데 장ㅅ군이 서넛만한께 와도 감을 못내서 떠는것보다 그대로 보내는것이 더만헛섯고 박유복이가 와서 잇게된뒤에는 사람이 여럿이 온다고 그대로 보내는법은 업섯스나 대개 금교ㅅ장날 탑고개를 지키는것은 오가 혼자 잇슬쩍과 별로 다름이 업섯고 곽오주와 길막봉이와 배돌석이가 와서 모인뒤에는 박유복이까지 넷이 돌려가며 매일 가치 나와서 장ㅅ군이고 행인이고 만나는쪽쪽 떨엇는데 떠는자리가 탑고개인것만은 전과 가텃섯고 서림이가 와서 평양봉물을 금교 역말서 빼서온 뒤로는 난데 나가서 불한당질을 만히하게 되엇스나 그래도 탑고개는 두목과 졸개를 내보내서 지키고 난데 나가지안흔 두령이 순올 돌앗섯고 꺽정이가 대장이 된뒤로는 탑고개를 여전히 지키긴지키되 황해도 평안도에서 서울로 올려보내는 봉물과 뢰물을 빼서 드리고 촌장ㅅ군이나 보행행인은 그대로 보내게 하엿섯다

오월이후로 지키지안튼 탑고개를 다시 지키기 시작한뒤 서림이가 꺽정이를 보고 물건을 만히

가진 장ㅅ군이나 로수를 넉넉히 가저보이는 행인들은 탑고개를 지나가는데 세(稅)를 바치게 하자고 말하야 꺽정이가 그말을 조차서 장ㅅ군과 행인에게 세를 밧되 대개 십일조로 밧고 불상한것들은 그대로 보내라고 명령을 나렷다 촌장ㅅ군과 보행행인은 일체로 침책하지 말라는 때도 두목과 졸개가 심심풀이로 말썽들도 부리고 술ㅅ잔들도 빼서먹엇거든 세를 바드라는 명령이 잇스니 장ㅅ군과 행인을 못살게 굴것은 정한일이다 불상하게 보고 안보는것이 보는사람의 눈대중인데다가 누가 보든 불상하게 볼만한 사람도 베주머니에 의총들엇는지 모른다는 리유를 부처서 보따리도 뒤지고 몸도 뒤젓다 그러나 두목과 졸개들이 귀치아흔 생각이 나거나 순돌려나온 두령이 가만 두란 처분을 나리면 세를 톡톡이 바들만해도 밧지안코 그대로 보내엇다

금교ㅅ장날 탑고개로 나가는 장ㅅ군은 대개 청석골서 십리 이십리 이내에 사는사람들이라 청석골도중일을 새로입당한 졸개들보다 더잘알엇다 졸개들이 장ㅅ군들의 길을막고 세를 내라고 할때 장ㅅ군들중에

「임대장은 우리 촌장ㅅ군의것을 빼스시는법이 업는데 이게 혹 자하루들하시는 일아니요」

하고 뭇는사람이 잇서서

「쓸데업는 잔소리 말어」

하고 두목이 옥박질렷다

「세라니 무슨명목으로 세를 밧소」

「랍고개 지나가는 세야」

「길ㅅ세란말이요」

「아따 그사람 잔소리 되우하네」

「알껀 알어야 하지안쏘」

「자네네 장이 늦지 우린 상관업네 알구시픈건 실컨 다알구 가게」

「세를 내자면 어떠케 내우」

「자매 자루속에 든게 무언가」

「콩이요」

「몃말인가」

「두말이요」

「그럼 여기 되가잇스니 두되만 떠내노케」

「십일조를 떼는구려 십일조 뗄쑤업는 저 나무가른건 어떠케 밧소」

「팔러갈때 밧을수 업는 물건이면 팔구올때 밧지」

「그래 이게 참말루 엄대장 명녕이요」

「대장 명녕이 아니면 어쩔텐가」

「동장 짜겟소」

「동장 갈라거든 가게 우선 두령 한분이 여기와 기시니 가서뵈입구 말슴해보게」

여날 숲돌러 나온 두령은 황천왕동인데 주막에 안자 잇다가 두목과 졸개들의 일하는것을 보더 나왓다 그장ㅅ군이 황천왕동이 나오는것을 바라보고

「황두령이시군」

말하고 아프로 나가서 공손히 허리를 굽혀 인사하엿다

「왜들 어러케 섯나 어서어서 세를 내구 가지」

「길ㅅ세를 바드신다니 이길이 언제 도중에서 내신길입니까 세를 무슨턱으루 바드십니까 이전처럼 그대루 지나다니게 해주십시요」

「대체 자네들 가전게 다 무엇무엇인가」

「저는 콩 두말입니다」

「그다음은」

「달걀 새끄레미 뿐이올시다」

「달걀 뒤는 나무ㅅ짐 나무 뒤는 숯짐 숯뒤는 무언가」

「거피과티 한말두 못됩니다」

황천왕동이가 장ㅅ군들의 가진 물건을 강밧듯 물어본뒤 두목을 불러서 장ㅅ군들을 다 그대로 보내라고 분부하엿다

그다음 장날 갈막봉이가 탑고개에 나와서 두목과 졸개들을 친히 지휘하야 장ㅅ군에게 세를 바들때 지난장날 달걀을 가지고 가든 사람이 장마다 망둥이날줄알고 도중에서 내지안흔 길에 무슨턱으로 길ㅅ세를 밧느냐고 말하다가 갈막봉이 주먹에 대가리가 터지고 가지고가든 물건을 총도리째 빼앗기엇다

법업는 천치라 세밧는법도 이와가티 대중이 업섯다

나라에서 팔월에 왕세자의 관례를 지내고 구월에 별시(別試)로 과거를 보이엇는데 과유(科儒)천여명중의 륙백명이 초시(初試)에 뽑히고 초시 륙백명중의 십팔명이 전시(殿試)에 뽑히엇섯다

과거의 부정한일이 이때도 아주 업진 안헛갯지만 조선의 공도(公道)는 오직 과거뿐이란 속담까지 잇든때라 후세(後世)와가티 급제(及第)될 사람을 미리 정하야 노코 과거를 보이진 아니하엿섯다 그러나 백에한둘 뽑히는 급제에 참례하기는 하늘에 올르기만 못지안케 어려워서 로

사숙유(老師宿儒)라고 일컷는 조부만흔 선비들도 거지반 다 낙방거자(落榜擧子)들이 되엇다
황해도 평산 봉산에서 과유 사오십명이 과거를 보러왓섯는데 이중에는 평산 신희복(愼希復)
신감사의 문인도 더러 잇섯고 또 사수(師授)업시 독학(獨學)한 사람도 혹간 잇섯스나 열의일
곱여덜은 봉산 장가순(張可順)장참봉의 제자이엇다 경학(經學)들은 유여(有餘)하야 강경(講
經)에는 대개 통(通)아니면 략(略)이엇스나 시부표책(詩賦表策)의 제술(製述)들이 부족하야
삼중(三中)이 만코 삼하(三下)도 적지아니하엿다 사오십명의 태반은 초시 시부(詩賦)에 떨어
지고 그나머지는 용인방법(用人方法)을 물은 전시책문(策問)에 떨어졋섯다 과거들을 보러 올
때는 떼를 지어 왓지만 과거들을 못하고 나려갈때는 뿔뿔이 나려갓다

초시에 뽑히고 전시에 떨어진 봉산선비중의 조과(小科)는이미하고 대과(大科)를 아직 못한
생원 두사람과 소과안코 바로 대과하는 비렴급제(飛簾及第)를 바라고온 유학(幼學) 두사람이
성균관에 거재(居齋)해볼 생각으로 서울에 남아 잇스며 거재할길은 자세히 알아본즉 동서상
재(東西上齋)는 백명정원(定員)이 차지 아니하야 사람을 더드릴만 하건만 경비관계(經費關
係)로 금년내에는 재사람을 드리지 안는다 하고 하재(下齋)의 유학은 상재의 생원 진사와도
달라서 자원(自願)을 밧지안코 동서남중(東西南中)사부학당(四部學堂)에서 취재를 보고 뽑아
올리는데 사학(四學)에 들어가기는 그다지 어렵지 안흘모양이니 동서하재의 백명정원이 다차

서 성균관으로 올라갈 가망이 업섯다 시골집에들 나려가 잇다가 명년 식년(式年)과거나 다시 보러오자고 의론들이 되어서 넷이 가티 작반하야 서울서 떠낫다 첫날 파주 와자고 다음날 송도와잣는데 송도까지 오는동안 봄날가티 따듯하든 일긔가 밤사이에 변하야 날이 음산하고 비가오다마다하고 때아닌 우뢰소리까지 낫섯다 급한길도 아닌데 모우(冒雨)하고 갈까닭이 업서서 아침밥을 먹고도 떠날생각을 하지안코 그대로 안자서 이야기들하엿다 네사람중의 정생원이란 사람이 입이 재어서 거의 혼자 떠들다시피하고 다른 세사람은 간간이 몃마듸씩 짓거릴뿐이엇다 동쪽 들창에 해ㅅ발이 비치어서 정생원이 떠들다말고 뻘떡 일어나서 들창을 열고 내다보니 검은구름이 터지고 해가 나왓섯다

『날은 개일모양일세 밥값 셈해주구 떠나세』

여우볏이 난것을 개이는줄로 알고 정생원이 뒤설레를 처서 숙소에서 불불이들 떠나 나왓다 오정문(午正門)큰길을 조차서 오다가 오정문까지 나가지안코 옥장다리(玉粧橋)께서 파지동(巴只洞) 아프로 나가는 질름길을 잡아들때 바람에 나부끼는 가는비가 물을 뿜듯 사람의 얼굴에 끼처엇다 가는비에도 옷이 저즈니 유삼(油衫)이 잇스면 둘렷슬것이지만 유삼들은 안가지고 우비(雨備)라고 가진것이 갓모들뿐이라 갓모들만 갓에 바처쓰고 오는중에 가는비가 끄치는듯 굴근비가 시작하야 한줄기를 재법하엿다 옷들이 함씬 저젓다 미륵당이까지 오는동안에 저진

옷들이 몸에서 말라서 뿌득뿌득하여젓스나 아주 말려들 입느라고 미륵당이에서 한동안늘어지게 쉬고 청석골로 나오는데 골어구 동네못미처서 비가 또 시작하야 정생원은 웃옷자락을 거더들고 뛰엇다 동행친구들 보다 먼저 동네와서 길ㅅ가집 처마안으로 들어서는데 그집방안에서

「채명이」

하고 정생원의 자를 불르는 사람이 잇섯다

방안에 평산선비 네사람이 둘어안젓는데 방문턱에서 비오는것을 내다보든 사람이 정생원을보고 알은체 하엿다

「자네 웬일인가」

「자네들이야말루 웬일인가」

「어서 걸목 빼구 들어오게」

정생원이 봉당에서 갓모 벗고 웃옷 벗고 또 결목 벗는동안에 뒤에 떨어진 동행이 다들왓다 먼저 와서 잇는 평산선비 넷과 나중온 봉산선비 넷이 다가튼 장참봉의 제자라 동문수학(同門受學)의 교분들이 자별하야 뜻박게 만난것을 서로 반기엇다 평산선비 네사람도 이번 과거에 초시에 붓고 전시에 떨어진 사람들인데 그중의 한생원이란 사람은 행검(行檢)이 잇서서 자

귀압도 잘 닥거니와 입이 발러서 남의 허물을 용서안코 면박(面駁)을잘하는까닭게 친구들 사이에 평산어사(平山御史)라는 별명이 잇고 신진자란 사람은 풍채도 조코 문장도 조코 언변까지조하서 어느 좌석에 끼이든지 한목 볼만하고 그외의 두사람도 다 평산 선비의 교초(翹楚)들이엇다 봉산선비들이 방안에 들어와서 좌정한뒤 신진사가 먼저

『자네들은 서울서 거재해본다드니 엇재들 나려오나』

하고 물으니 정생원이

『거재두 우리에겐 참네안오데』

대답하고 곳 뒤니어서

『자네들은 벌서 집에 갓슬 사람이 엇재 여기들 와잇나』

하고 되물엇다

『우리는 서울서 나려올때 송도 경숙(敬叔)이하구 동행이 됏섯는데 그사람이 붓잡구 노치안허서 송도서 놀다가 인제 집으루들 가는길일세』

봉산선비 하나가 정생원더러

『경숙이가 누구든가』

하고 물어서

「차식(車軾)이라면 자네두 짐작할테지 그사람의 자가 경숙일세 어느해 년분인가 우리 선생
님께서 복재선생(復齋先生)에게 갓다 오셔서 복재문인(門人)차식이의 시(詩)라구 고시(古
詩)한편을 내노흐시구 귀귀이 칭찬하시는것은 자네는 못들엇든가 그때 나는 속으루 어떠케
하면 나두 저런글을 지어서 선생님께 칭찬을 바더보나 차식이가 부럽기두하드니」
정생원은 수다를 떨어서 대답하고 다시 신진사를 보고
「자네들두 오늘 송도서 떠낫네그려 날세 초혼때 다 내버리구 왜 하필 오늘가튼날 떠낫나
경숙이두 우수운사람이지 친구들을 일껀 붓들어서 묵히다가 이런 구진날 붓들지 안쿠 보내
드란말인가」
하고 말하엿다
「우리는 어제 송도서 떠낫네」
「어제 떠나서 하루 종일 겨우 여기를 왓단말인가」
「어제 떠날때 우리끼리 두문동(杜門洞)을 보구 가자구 말하는것을 경숙이가 늣구 두문동에
다 시회(詩會)를 차려서 글짓구 술먹구 다 저녁때까지 놀다가 경숙이 부자와 중적(仲積)이
는부내루 들어가구 우리는 미륵당이 와서 잣네」
경숙이 차식인줄을 잘알든 정생원도 중적이 누구인것은 생각이 잘 안나든지

「중적이」

하고 뇌면서 고개를 기우렷다

「마히경(馬羲慶)이를 모르나」

「올치 마히경이의 자가 중적이래 화담문하(花潭門下)의 문장은 경숙이가 첫째구 학행은 그 사람이 제일일껄」

「그사람의 학행이 무던하지만 화담문하의 제일은 마치 모르겟네 행주(幸州)사람 민순(閔純)이가 잇스니까」

「지금 경숙이 부자라구 말햇지 경숙이가 몃해전에 참척(慘慽)을 봣는데 웬아들이 또 잇든가」

「죽은아들 재생한 이야기를 듯지못햇나」

「재생이라니 무슨소린가 금시초문일세」

「경숙이의 죽은아들 이름이 은뢰(殷輅)지 은뢰가 죽어서 장사지내든날 밤에 경숙이 내외가 똑가튼 꿈을 꾸엇는데 꿈에 은뢰가 와서 하는말이 옥황상제의 명령이 게서서 아들루 다시 태어나려 왓다구 하드라네 그꿈을 꾼뒤에 경숙이 실래가 바루 태긔가 잇서서 은뢰 죽든의듬해에 지금 아들 천뢰(天輅)를 나엇는데 은뢰의 요사와 재생이 막비천수(莫非天數)라구 이름을천짜(天字)루 지어 줬다구하데」

「재생이구 아니구 천뢰란아이가 지금 나이 몃살인데 시회에 부자 가치 왓드란말인가」

「지금 다섯살박게 안된놈이 글ㅅ자를 제법 만이 알데」

「그래 참말 시를 지울줄 알든가」

「다서ㅅ자씩 한귀 두귀 자모듬을 해놋는게 하두 신통해서 내가 시회에 데리고 가자고 햇네

신진사와 정생원이 이런 수작하는 동안에 다른사람들은 대개 두사람의 수작하는 말을 듯고만 잇섯다

신진사가 다시 말끄틀 고처서 화담(花潭)가서 시 지은 이야기를 꺼내는데 한생원이 신진사와 정생원을 보고

「방안사람이 여덜인데 자네들 둘이서만 이야기해서 되겟나 자네들은 고만 쉬게 다른사람두 이야기 좀하세」

하고 말하야 신진사는 두말안코 이야기하든것을 끄치고 정생원은

「누가 다른사람더러 이야기를 말랄세 말이지 이야기할께 잇거든 어서하게」

하고 한생원에게 말대답 하엿다

「내가 이야기 할께잇서 한말이 아닐세 자네들 둘이만 맛부터 이야기하는게 여러 친구와

가치 이야기하는것만 못하단 말이지」

하고 한생원이 곳 시비나 차리려는 사람가티 다리를 도사리고 안젓다 자리가 잠시 버성기어젓다 신진사가 좌중을 돌라보며

「비는 종일 오다마다 한 모양인데 우리가 여기서 잘수야 잇나 금교까지는 가야지 가다가 비를 만나거든 인가잇는데선 그어가구 무인지경에선 맞구가세 비마즈면 치울테니 술을 사다가 한두잔씩 미리 어한하구 나서보세」

하고 말한뒤 곳 그집 주인을 불러서

「이동네에 술파는집이 잇느냐」

하고 물엇다

「동네에는 술파는집이 업습니다 술을 사자면 미륵당이 주막이나 탑고개 주막에를 가야합니다」

하는 주인의 대답을 듯고 신진사는 다시 좌중의 여러 친구더러

「가다가 탑고개 주막에서 술 몃잔씩 사먹구 금교가서 오늘밤에 금교술에 실컨들 취해보세」

하고 말하엿다

비가 그치는동안에 여덜 사람이 골어구에서 탑고개로 나왓다 주막아페 와서 신진사가 주막주

인더러 술이 잇느나 뭇고 들어안저서 술들을 먹게 방을 치우라고 일럿다

『방에는 면저 오션 손님이 기섭니다』

하고 주인이 말할때 방안에 잇는 사람이 다친 방문을 열어저처서 방을 드려다본즉 상제 복색한손 하나 당창한 손 하나 서람이 둘인데 상제손은 나이 새파라케 점고 탕건쓴 손은 나이 지긋하야 보이엇다 탕건쓴 손이 한참 내다보다가 주인을 가까이 불러서 몃마듸 말을 일르더니 주인이 선진사에게 와서

『다른손님이 기서두 상관 업스시면 방우루들 들어가십시요』

하고 말하야

『역려과로(逆旅過路)에 잠시 한방거처두 인연으루 알면 고만아니냐』

신진사가 주인의 말을 대답하고 나서 여러친구의 압장을 서서 방으로 들어왓다 방안의 두사람이 일시에 한여프로 비켜안젓다 여덜사람이 다 방에 들어와서 좌정한뒤에 넘너리쎙잇는 신진사가 면저 두사람을 보고 인사를 청하엿다

『나는 서울사는 엄외장(嚴五衛將)이요』

탕건쓴 손은 통성(通姓)하고 상제는 평인과 달라서 인사절차를 차리기가 실튼지 성도 말하지 안코 그저

「나두 서울 삽니다」

하고 말할뿐이엇다 신전사가

「나는 평산사는 신진사요」

하고 엽사한다음에

「나는 봉산 정생원이요」

정생원이 통성(通姓)하야 인사하고 그외의 다른사람은 혹 안자서 허리도 굽으리고 혹 바라보며 고개도 끄덕이어서 인사한셈들로 첫다 신진사가 주인불러 술을 드려오라고 하야 거섭안주와 막걸리 술을 드려다 노코 엄오위장과 상제더러 술을 가치 먹자고 청하니 둘이 다 고사들하엿다 여덜사람이 한방코리 술을 다먹고 새로 한방코리를 드려왓슬때 정생원이 한그릇을 떠서 엄오위장을 권하니 엄오위장은 사양하다가 그대로 바더먹고 또한그릇을 떠서 상제를 주니 상제는 다지우고 한모금쯤 마시엇다

「여러분들 별시보구 가시는길입니까」

엄오위장의 뭇는말을

「그럿소」

하고 정생원이 대답하야 주엇다

「이번 별시의 장원(壯元)민덕봉(閔德鳳)이는 이 장제의 내종형(內從兄)이구 담화랑(探花郞)정염(丁焰)이는 나하구 오촌척(五寸戚)입니다」

「네 그런줄 몰랏드니 두분이 다 재급제들과 척분이 기시단 말이지 사촌 오촌 척분두 절척이구려 그래 창방(唱榜)들 하는것은 보구 오셧소」

「서울서 창방을 보구 떠나서 잠ㅅ간황해도땅에 왓다갑니다」

엄오위장이 정생원과 이런 수작을 하고 잠시 박게를 나갓다 들어오더니 얼마 뒤에 주인이 술한상을 드려오는데 술은 약주가 한낭푼이요 안주는 닥고기 전지가 상ㅅ대접에 가득하고 도야지고기 저민것이 쪽목판에 수북하엿다

주막주인이 술ㅅ상을 엄오위장아페 노코 나가려고 할때 봉산선비하나가 주인을 불러세우고

「우리는 탁주나 먹을 사람이지 약주는 못먹을 사람인가 우리두 탁주는 탁주갑 내구 약주는 약주갑 낼텐데 엇재 저손님하구 층하를 하나」

하고 꾸중씀직하게 말하엿다

「약주술은 저손님들께서 다른데서 사오신겝니다」

「닥하구 돼지두」

「닥고기 돼지고기두 따루 사오셧습니다」

주인이 발명하는 우에
「촌주막에 웬 약주술이 잇구 고기안주가 잇겟소 주인은 잘못이 업스니 꾸지람 마시우」
하고 엄오위장이 싸주기까지 하야 그선비는 할말이 업서서
「그러타면 모르까」
하고 말뒤를 거두엇다
엄오위장이 여러선비를 보고
「우리가 여러분의 술을 먹엇스니 여러분두 우리술을 좀 자시우」
말하고 약주를 돌려 권하는데 신진사가 첫째잔을 사양안코 밧기 시작하야 다른선비들도 잔을 주는대로 바덧다 한생원이 눈ㅅ살을 찌프리고
「남이 자시려구 멀리서 가지구 온 술을 자네들이 다 먹을 작정인가 염의들좀 차리게」
하고 친구들을 책망하니 정생원이 닥전지를 하나 들고 뜨드면서
「그말이 올헤」
하고 뒤로 물러나안젓다
「자네 얼얼지육(鶂鶂之肉)이 무언지 아나」
「맹자께서 인이후(蚓以後)에 충기조(充其操)라구 책망하신 진중자(陳仲子)의 말이지 무어

야」

『론어(論語)의 오부영자(惡夫佞者)란 구절을 생각하구 말하게』

한생원과 정생원이 유식한 문자말을 주고밧고 하는중에 이때까지 말이 별로 업든 상제가 홀쩨 엄오위장더러

『알어듯지 못할 수작을 듯구잇느니 먹을줄아는 술이나 먹읍시다』

하고 말하야 엄오위장이 상제와 둘이만 약주를 권커니 자커니 먹으면서 여패 선비들은 본체도 아니하엿다

한참 오래 끄치엇던 비가 다시 시작하며 바람도 가치 나서 바람소리가튼 비소리와 비소리가튼 바람소리가 어울려 들리는속에 가을이 시시각각으로 기퍼지는것 가텃다

여러선비들이 비가 끄치기를 기다리고 무류하게들 안젓는중에 신진사가 봉산선비들을 돌라보며

『헛방 창방(唱榜)할때 아는 친구의 성명이 나오니까 헛방일망정 반갑데그려』

하고 말하니

『헛방 말말게 나는 헛방까달게 실해(實害)를 착실이 밧네』

하고 정생원이 전신사의 말을 바덧다

「무슨 실해를 밧나」

「삼관(成均館 藝文館 校書館)관원들이 헛신래(新來)를 부를때 거기 정신이 팔려서 현제판(縣題板)미테 조흔자리 잡엇든것을 영남선비들에게 빼앗기구 뒤루 밀려나갓섯네 그게 실해 아닌가」

「장중의 자리쌈은 당연이 금할일인데 금하지 안흐니 별일이야」

「자리쌈을 금해야 하다뿐인가」

「우리는 장중의 들어가기두 남뒤 늣게 들어갓지만 자리쌈하는 꼴이 보기 실여서 글제의 글씨가 겨우 보이는데 가서 안젓섯네」

「우리 나중잡은 자리 엽자리에 도희령(都希齡)이란 사람이 안젓섯는데 그사람이 어떠케 곤작(困作)인지 우리가 설폐(說弊)구폐(救弊)다해노쿠 펀마금들을 하려구 할때 그사람은 겨우 허두(虛頭)내노쿠 조대(條對)를 못해서 쩔쩔 매는 모양이더니 그사람이 방에부터두 노피 넷재루 부텃데」

「복소리 난뒤에라두 납권(納卷)만 햇스면 고만이지 곤작이 무슨 상관잇나」

이때 배바람소리가 끄처는듯하야 방문가까이 안젓든 평산선비 하나가 방문을 열고 박글 내다보앗다 봉당에 장정 너덧이 쭈그리고 안자 잇다가 방문이 열리는것을 보고 죽일어나서 방안을 드려다 보는데 목자들이 불량하엿다 선비들이 재물 안가진것을 밋고 또사람수 만흔것을 미드나 대개는 총구한 마음이 업지들 안터니 엄오위장이 그장정들을 내다보며

「비 끄치면 가겟다」

하고 말하는것이 엄오위장과 상제의 하인인듯하야 마음들이 노혓다 그중의 정생원이 말을 못참아서 엄오위장을 보고

「박게 잇는 사람들이 하인이요」

하고 물으니 엄오위장은 고개를 끄덕이엇다

「나는 임꺽정이가 나온줄 알엇소」

「임꺽정이가 무섭소」

「그놈이 흉악한 대적놈인데 엇재 무섭지 안켓소」

「임꺽정이가 사람은 터지게 낫답듸다」

「꺽정이패의 속내를 잘아시우」

「내가 적당이 아닌데 속내를 잘 알까닭이 잇소」

「꺽정이는 힘만 세지 꾀는 업는놈인데 그미테서 창귀노릇하는 서가성 가진놈이 가진 못된꾀를 다 내어 바친답듸다 서가놈이 꾀가 어떠케 배상한지 가짜루 금부도사를 못꾸미나 멀정

한 감사의 사촌을못맨드나 가진짓을 다하우」

엄오위장은 슬몃이 일어나서 박그로 나가고 상제는 무슨 의미가 잇는것 가티 웃고 잇섯다

이때 청석골 두령중의 무예(武藝)잇는 사람은 대개 다 난대 나가고 대장 꺽정이외에 오가 서림이 김산이 한온이 네두령만 도중에 남아 잇섯다 이날이 장날도 아니요 날도 구저서 탑고개 순도는것을 고만 두기로 하엿더니 서울로 물건하러가는 도부장사 십여명이 금교역말서 자고 갓다고 금교서 긔별이 와서 두목 졸개 이십여명을 탑고개로 내보내게 되엇는데 두목 졸개들을 한온이가 거느리고 나가보겟다고 자원하야 꺽정이가 허락하엿스나 남의 재물을 강탈하는데 한온이는 경력업는 사람이라 서림이와 가치 가라고 둘을 한께 내보냇섯다 한온이와 서림이가 탑고개에 나와 안저서 도부장사들 오기를 기다리다가 하두 오래 오지아니하야 졸개하나를 금교까지 보내보앗더니 금교서는 떠낫고 탑고개에는 오지 아니한것이 분명 룡고개(龍峴)길로 돌아나간 모양이엇다 금교역말 갓다 오는편에 약주와 도야지 고기를 사와서 고기안주하야 술이나 먹으며 비끄치기를 기다리자고 서림이가 한온이와 공론한뒤 두목과 졸개들을 동네사람의집에 가서 쉬라고 흐터보내고 단둘이 주막방에 안젓슬때 평산 봉산선비들이 주막에와서 술을 차젓섯다 상제는 한온이요 탕창은 서림인데 서림이는 외가성이 엄가인 까닭그로 본성명을감출때 혼이 엄가로 변하엿섯다

서림이가 선비들을 방안에 드릴때는 심심파적이나 할 생각이요 해칠뜻이 아니엿는데 주육(酒肉)을 권하다가 얼얼지욕 소리를 들은것도 마음에 미타한데다가 서가놈이니 창귀니 욕설하는 것을 듯고 악심이 생기어서 방박게 나와서 봉당에 잇는 졸개 넷에게 빨리 여럿을 불러모으라고 분부하엿다 그 졸개 넷은 목들이 컬컬하야 탁백이 한사발씩 어더먹으러 왓섯는데 주인 말이 방안에서 고기가 남아나오거든 고기안주로 먹으라고 하야 술ㅅ상이 나기를 기다리고 잇섯든것이다 졸개넷이 다한께 동네로 뛰어간뒤 얼마 아니잇다가 방안의 선비들이 주인을 불럿다 술갑슬 치러주고 떠나려는 모양이라 서림이가 졸개들 오기까지 지체를 시키라고 넌짓이 주인에게 말을 일럿다 주인이 방문을 열고

「왜 불르섯습니까」

하고 물으니

「술갑 바드라구 불럿네」

하고 신진사가 말하엿다

「안주두 변변치 안은데 만이야 줍시사구 할수 잇습니까 쌀한말 갑만 법쇼」

「큰 병만두못한 방구리루 술 두방구리에 쌀 한말 갑슬 내라 되우 비싼 술일세」

「비싸지 안습니다」

정생원이 아프로 나안즈며 주인에게 이놈을 부치엇다

「왜 이놈저놈합시요」

「이 도독놈아 술 두방구리에 쌀 한말갑시 무어냐 청석ㅅ골이 적굴이라드니 주막쟁이놈까치 도독놈이구나」

「내가 샌님댁에가서 무엇 훔처왓소 왜 도독놈이라시우」

「양반아페서 내라니 저런 죽일놈 봣나」

「내라구 말구 소인이라구 하란 말이요 소인이란 말은 내평생에 한번두 입박게 내본일이업소」

「오 네가 버릇을 못배웟스니까 좀 배워야겟다」

「이려서 아버지 어머니한테 못배운 버릇을 지금 다늘께 뉘게 배워요」

「오늘 우리가 먹은 술갑을 봉산읍네 정생원댁에 와서 바더가거라」

「나는 외상술 팔지 안햇소 쓸데업는 말 말구 술갑 내구 가시우」

「술갑슬 안내구가면 우리를 어쩔테냐」

「술갑을 안내면 백날이라두 못가시지요」

「이눔 네가 양반들을 사구류(私拘留)할 작정이냐」

「양반행티 너무 머서우」

「양반행티라니 져런 죽열놈의 말버릇이 잇나」

정생원이 주막 주인과 아귀다툼 하다시피 하는것을 한생원이 듯다가 못하야

「여보게 치명이 내말듯게 이런데 와서 술을 먹는것이 우리의 불찰이니까 한말 갑지든 두말 갑시든 달라는대루 주구가세」

하고 정생원더러 말한뒤에 곳 주막주인올 보고

「쌀 한말 갑시 두자상목으루 멧필이야」

하고 쌀갑슬 물엇다

「올가튼 흉년쌀ㅅ금에 다섯필이야 안주실쭈 잇습니까」

쌀 한말에 두자상목 다섯필이란 말도 엄청나는 말이건만 한생원은 두말안코 자긔의 가진 두필을 먼저 내노코 다른사람들더러 다섯필을 채우라고 말하엿다 선비들이 상목을 모아서 술갑슬 치르는중에 두목과 졸개들이 풍우가티 몰려왓다 서림이가 방안의 선비들을 죄다 잡아묵그라고 호령하야 이십여명이 진신발 신은채 방안에들 뛰어들어와서 선비하나에 둘씩 셋씩 달려들어서 방박그로 끌어내다 안처노코 바 색기 잇는대로 갓다가 뒤ㅅ결박들을 지웟다

서림이와 한온이가 장대고 나간 도부장사들은 만나지 못하고 뜻박게 만난 선비들을 잡아가지

끄 산속으로 들어왓다 꺽정이가 선비들 잡아왓단 말을 듯고 서림이를 보고

「그까지 낙방거지들은 왜 잡어왓소」

하고 책망반 물으니

「그놈들이 우리 욕을 망유기극하게 하기에 분푸리하려구 잡어왓습니다」

서림이가 잡아온 까닭글 말하엿다

「그럼 지금 잡어드려다가 분푸리를 해보구려」

「선비놈들에게는 첫째 위엄를 보이는게 조흐니 내일 아침 조사끄테 처치하지요」

「아무리나 생각대루 하우」

이튿날 아침 도회청에서 조사가 끗난뒤에 서림이가 꺽정이를 보고

「어제 잡어온 선비들울 어떠케 처치할까요」

하고 의향올 무르니

「다 죽여버리든지 다 놔보내든지 잡어온 사람이 맘대루 하우」

하고 꺽정이는 서림이에게 밀어 맛기엇다

「그럼 지금 선비들을 하나씩 잡어다가 혼구멍을 내겟습니다」

하고 말한뒤 서림이가 곳 자긔의 교의를 대청 끄트로 옴겨노코 나와 안저서 두목과 졸개들을

지휘하야 형장제구(刑杖諸具)까지 차려노케 한뒤 가두어둔 선비들을 하나씩 잡아오되 그중의 정생원이란자를 맨먼저 잡아오라고 청령하는 졸개들에게 분부하엿다 얼마동안 안지나서 졸개 서넛이 정생원의 등을 집고 또 좌우팔을 잡아끌고 들어왓다

『게 꿀려라』

서림이 호령아래 졸개들이 정생원을 뜰아래 꿀려안치엇다 대청우 교의에 걸터안즌 서림이와 뜰아래 맨땅에 꿀려안친 정생원과 사이가 예사로 하는말도 서로 들릴만 하건만 서림이가 위의를 보이느라고 뜰우의 두목과 뜰아래의 졸개로 말을 바더나리고 또 바더올리게 하엿다

『사람을 창귀라구 욕하는 입을 여기서 한번 다시 놀려봐라』

『모르구 잘못햇소 용서하우』

『용서해줍시요 해두 용서를 할둥말둥한데 용서하우 용서 못하겟다 탑고개서 먹은 술갑슬 봉산으루 바드러 오라구 그런짓하란것이 논어에 잇드냐 맹자에 잇드냐 한일 미루어 열일 알지 네가 양반자세하구 가진 못된짓 다햇슬께다 너의 동네백성을 위해서라두 너는 죽여업새야겟다』

『술갑스루 말슴하면 탁주 두방구리에 쌀 한말 갑슬 내라니 이런 술갑시 세상천하에 어듸잇습니까 세상천하의 업는 술갑슬 내라는것이 괘씸해서 봉산으루 바드러 오라구 억탁의말을

햇습니다 그러구 이몸이 거향을 잘하구 못하는건 봉산으루 알어보시면 대번 아실일이니까 구령이 제몸추듯 말슴하지 안습니다』

『네말대루 다른죄는 업다구 치드라두 내 면전에서 욕설한죄만 해두 열번 죽어 마땅하다』

『임장군은 만부부당지용(萬夫不當之勇)을 가지섯구 서 모사(謀士)는 지모(智謀)가 제갈공명(諸葛孔明)가트시다구 말슴해야 올흘것을 그러케말슴 안한것이 잘못인줄 깨닷구 복복사죄(僕僕謝罪)하지 안햇습니까 항자(降者)는 불살(不殺)이라니 잘못햇다구 사죄하는걸 죽이는 법이잇습니까』

『그눔 더러운눔이다 빨리 내다 목을 비여라』

하는 천동가튼 호령이 대청안침에서 나왓다 꺽정이가 호령한것이다 좌우에 벌려섯든 졸개들 중의 오륙명이 일시에 내달아서 정생원을 잡아 일으켜 세우는데 정생원은 벌벌 떨면서 서림이를 치어다보고

『그저 목숨만 살려주시면 결초보은(結草報恩)하겟습니다』

하고 우는소리를 하엿다

『목숨은 되우 아까운가부다 그러케 살구십거든 요순우탕문무주공 공자 맹자 주자 하늘에기신 여러 조상님네 굽어 살피서서 잔명을 보전하게 해줍소서 해봐라 혹 살른지 모르니』

서림이가 조롱하느라고한소리를 정생원은 잘욕심에 눈이 어두어서 조롱인줄도 모르고 주문의듯 그대로 옴기엇다 서림이가 한바탕 깔깔 우슨뒤

「그놈 삼천륙부지자로구나 참말 더러운놈이다 그놈은 대장 명녕대루 끌어내다가 목을 비구 그러구 다른놈을 하나끌어오너라」

하고 분부하야 정생원은 여러 졸개들에게 끌려나갓다

정생원 다음에 평산선비 하나가 잡혀왓다 뜰아래 맨땅에 꿀어안저서 대청우 교의에 걸터안즌 서림이를 치어다보며 자긔는 말한마듸 잘못한일이 업는데 무슨 죄가 잇는지 죄목이나 알어지라고 말하엿다

「네 얼굴빼대기를 보니 양반자세하구 동네백성들에게 행학(行虐) 만이 햇슬께다 그죄가 죽어두 마땅하다」

서림이가 죄를 얼거서 열름장을 노흐니 그선비는 행학한일 업다고 누누이 발명하고 또 살려달라고 구구이 빌엇다

「용서업시 죽일것이로되 인생이 불상해서 냑냑히 볼기께나 때려 용서할테니 그리 알어라」

「유죄무죄간 때리면 맛는것이지만 이왕 마질바엔 형문을 맛겟습니다」

「상사람이면 혹 형문두 치지만 양반은 반드시 볼기를 치는것이 우리의 법이다」

「그럼 할수잇습니까 볼기라두 맛겟습니다」

서림이가 졸개들에게 형틀과 태장(笞杖)을 내노흐라고 분부할때 꺽정이가 뒤에서

「여보 서종사 볼기는 다 무어요 그놈두 먼저놈가티 목을비라구 내주우」

하고 말하야 그선비도 마침내 여러 졸개들에게 끌려나가서 망난이 구실하는 졸개손에 머리를 너케되엇다 그선비뒤에 봉산선비 둘과 또 평산선비 하나가 차례로 잡혀와서 대개 먼저선비와 어슷비슷하게 애걸복걸하다가 모두 참혹한 죽엄들을 당하엿다

정생원부터 여섯째ㅅ번에 잡혀온 사람은 한생원인데 졸개들이 먼저 다섯사람과가티 잡아꿀리려고 하니 한생원은 딱 버틔고 서서 안즈려들지 아니하엿다

「빨리 꿀려안처라」

「빨리 꿀려안치랍신다」

「네이」

호령소리 긴대답소리 바로 무시무시한데 한생원은 꿀려안치려고 애쓰는 졸개들을 뿌리치면서

「냥반이 죽으면 죽엇지 도독놈들아페 무릅은 꿀지안는다」

하고 소리질러 꾸지젓다 막된것들 여럿에 약한선비 하나라 한생원이 마침내 서잇지못하고 주저안젓스나 한무릅도 꿀치안코 두다리를 아포로 내뻐덧다 마른 정갱이를 년해 거더채어서 부

러질것가티 아프건만 너를 악물고 다리를 오므려드리지 아니하엿다

『그절 꿀리지 못한단말이냐』

하는 호령을 듯고 졸개들이 곳 다리를 분질러 접치려고 드니 한생원은 뒤로 벌떡 드러누어 몸부림을 치고 밟버둥질을 쳣다 한생원이 합사코 꿀어안지 안는것을 서림이가 보고

『그대루 일으켜 안쳐라』

하고 분부하야 졸개들이 한생원을 잡아일으켜서 마음대로 안께 두고 한여프로 물러섯다

『량반고집은 쇠고집이라더니 너두 반명이라 고집이 무던하구나』

서림이가 놀림쪼로 말을하니 한생원이 눈을 부릅뜨고 서림이를 똑바로 보며

『이놈 네가 누구를 놀리느냐 내가 너이가튼 도둑놈들에게 놀림바들 사람이냐 너이가 나를 죽이기는 할지라두 놀리지는 못한다』

하고 통통이호령하엿다

『그러케 귀쓰구 발악하지 말구 꿀어안저서 빌어라 빌면 목숨을 살려줄테니』

『대체 빌긴 무얼 빌란말이냐 우리가 너이에게 빌일이 무어냐 우리의 친구하나가 꺽정이를 대적놈이라구 또 서림이를 꺽정이의 창귀라구 말햇다구 우리를 잡어다가 이 욕을 보인다니 그때 꺽정이가 대적놈이 아니냐 서림이가 꺽정이의 창귀가 아니냐 그말이 무에 잘못이냐

설사 그친구의 말 삼가지안흔것을 잘못이라구 하기루서니 우리가 너이에게 빌일이 무어냐 그러구 너이가튼 무도한 도둑놈들에게 살려줍시요 죽여줍시요 빌사람이 누구냐」

한생원의 말이 끗나자마자 꺽정이가

『여보 서종사 저사람은 사내요 저사내는 내가 살려보내겟소 이때까지 잘못햇습니다 살려줍시요 소리에 욕저기가 나서 못배기겟드니 인제 속이 좀시원하우」

하고 말하엿다

서렴이가 한생원은 도회청 여페잇는 허생원 약방에 보내서 잠시 안처두게 하고 남아잇는 선비의 하나를 잡아오라고하야 신진사가 한생원 다음에 잡혀오게 되엇다 졸개들이 뜰아래에 끌려 안치려고하니 신진사는

『에라 이놈들 가만잇것라」

하고 졸개들을 제지한뒤 서림이를 치어다보며

『비록 다가튼 죄수라두 사람따러 대접이 각기 다르려든 황차 죄수아닌 사람을 천한죄수루 대접하는법두 잇는가 선비란 작위(爵位)업는사람이나 작위노픈 삼공륙경(三公六卿)과 등분(等分)업시 마주겨르는건 그대네두 잘 알터이지 조정의 공경과 항례(抗禮)하는 선비가 적굴의 적괴(賊魁)와 항례을 못할까 내게 무슨말을 물으려거든 먼저 계하수(階下囚)루 대접을

말라 그러치 안흐면 천언만어(千言萬語)를 못더라두 한마듸 대답할리가 업스니」

하고 여러말을 늘어 노핫다

서림이가 먼저 한생원의 뻣대고 꿉지안튼것을 생각하고

「네 성이 신가라더니 참말 흉내내는 잣나비로구나」

하고 말하엿더니 신진사가 두눈섭을 일으키세우고

「그게 무슨소린고 사가살불가욕(士可殺不可辱)이라니 선비를 죽이면 죽이지 욕보일법이 업는데 계하에 꿀려 욕을 보이려 들고 또 언사에 하대하고 욕설까지하니 그럴데가 어듸잇슬까 어고약한지고 나는 그대네가 적당이라두 서절구투(鼠竊狗偸)좀도적과 달려서 바른말을 바르게 들을 도량들이 잇슬줄루 미덧더니 내가 너무 지나치게 미덧군」

하고 준절하게 책망하엿다

「임자네를 우리가 상빈(上賓)대접하려구 뫼서온줄 알엇습나 선비량반 미안하지만 우리 눈에는 사람 갓지안쿠 초개(草芥)가트니 칼루 치구 낫으루 도리는걸 알마진 대접으루 알구 더 바라지 마소」

서림이는 롱조로 말하는데 신진사는 정색하고 아래와가튼 긴말을 훈계하는 어루로 말하엿다

「녯말에 량상(樑上)에 군자(君子)가 잇고 록림(綠林)에 호걸(豪傑)이 잇다하니 그대네중에

군자도 잇슬것이요 호걸도 잇슬것인데 그대네가 어찌하야 대당(大黨)소리들만 듯고 의적(義賊) 노릇들은 하지안는가 의적이되려면 의로운자를 도읍기위하야 불의한자를 박해하고 약한자를 붓돕기위하야 강한자를 압제하고 또 부자에게서 탈취하면 반드시 빈자를 구제하여야 할것인데 그대네의 소위는 빈부와 강약과 의 불의를 가리지안코 한결가티 박해하고 압제하고 탈취하되 인가에 불노키가 일수요 인명을 살해하는게 능사라하니 이것이 그대네의 수치가 아닐까 그대네가 전일 소위를 다 고치고 의적노릇을 해볼생각이 업는가 다 고처야할일이지만 그중에도 저중한 인명을 무고히 살해하는건 천벌(天罰)을 바들일이니 단연코 고치라고』

서림이가 신진사의 말을 다 듯고 냉소(冷笑)하며

『우리가 선생님으루 밧들어 뫼실테니 입당하시겟소』

하고 물엇다

『지금 말과가티 꼭 나른 선생으루 대접하겟소 빈말루만 선생대접 한다는건 미덥지 못하니 꺽정이가 내아페 와 꿀어안저서 내말이면 콩으루 메주를 쑤래두 어거지 안켓다구 하눌을 가리처 맹세하면 입당해보겟소』

서림이의 입당권유도 진정이 아니거만 신진사의 입당허락도 역시 진정이 아니엇다 서림이가

고개를 돌려 꺽정이를 보고 우스면서

「저 선생님을 어떠케 할까요 놔 보낼까요」

하고 묻으니 꺽정이는 고개를 끄덕끄덕하엿다

서림이가 신진사를 약방으로 보내서 한생원과 가치 안처두게 하고 끄트로봉산선비 하나남은 것을 마저 잡아오게 하엿더니 그 선비는 겁을 잔뜩 집어먹고 말문이 꽉 틀어막혀서 죽인다고 따땅 얼르는데도 살려달란말 한마듸 못하고 사시나무 떨듯 떨기만 하엿다

「세상에 불상한 이생두 만타 신진사 말마따나 천벌이 무서우니 살려줄까」

하고 서림이가 혼자 말한뒤 그 선비도 갓다 안처두라고 약방으로 보내엇다

이리하야 평산 봉산 선비 여덜사람중의 세사람만 살어나가게 되엇다 세 선비를 탑고개로 내보낼때 꺽정이가 한생원 신진사 두 선비는 로수를 주어 보내라고 분부하야 김산이가 두자상목 다섯필씩 주엇더니 한생원은 춘춘걸식(村村乞食)하야 갈망정 도둑눔의 재물로 로수를 쓰지 안는다고 당초에 밧지 안코 신진사는 바더가지고 탑고개에 와서 호송하는 졸개들에게 행하로 다 주고 갓다

평산 선비들이 잡히든 날부터 불과 사오일 후에 종실(宗室) 단천령(端川令)이 탑고개에서 잡혓다

단천령은 태종별자(別子) 익녕군(益寧君)의 증손이요 글잘하고 거문고 잘하는 수천부정(秀泉副正)의 손자니 이름은 억순(億舜)이요 자는 주경(周卿)이다 그적형(適兄) 함천부수 (咸川副守) 억재(億載)와 형제가 난형난제(難兄難弟)로 음률(音律)에 정통(精通)한중에 형은 거문고를잘타고 아우는 피리를 용하게 불엇다 함천의 거문고는 조부의 계술(繼述)으로 청출어람(靑出於藍)이란 정평(定評)이 잇섯고 단천의 피리는 자긔의 장기(長技)로 고금무쌍(古今無雙)이란칭찬을 바덧섯다 피리는 득음(得音)하기어려운 거문고와 달려서 누가 불든지 소리가나는 악긔(樂器)라 곡조(曲調)만 배워서 불면 고만 다될것 갓지만 사람의 입술과 피리의 혀가 서로 합하야 둘이 하나되어서 소리의 신통한지경이 생기는것은 가르칠수도 업고 배울수도 업는것이다 단천령의 피리 부는것을 들어보면 입김이 피리를 울려서 소리를 내는것 갓지안코 천지안에 가득한 피리소리가 조그만 피리속으로 들어가려고 하다가 다 들어가지 못하고 남어서 허공에 흐터지는것 가텃다 단천령의 피리가 용한것을 밝키 아는사람은 그리 만치 못하겟지만 단천령이 피리 잘부는것을 아는사람은 경향에 만햇다 무무한 시골사람 하나가 단천령을 함경도 단천군수로 알고 또 피리를 봄철에 아이들 부는 호득이로 알고서

『세상이 망할라니 별일이 다 만치 호득이 잘부는걸루 유명한 원님두 다잇담』

하고 말한것이 굴려굴려 단천령 친구들 귀에 들어가서 단천령을 호득이 원님이라고 조롱들한

일까지 잇섯다

익녕군은 말할것업고 수천부정도 서자(庶子)라 그 가법(家法)이 적서(嫡庶)에 대하야 까다럽지 아니하므로 그손자륙형제중의 적출 삼형제와 서출삼형제가 모두 우애가 잇섯다 그런중에도 적출의 둘째 함천부수와 서출의 둘째 단천령은 취미가 서로 합하야 우애(友愛)가 특별하엿다 설산(設産)은 비록각각하엿스나 의복차 음식감이 조금만 신기하여도 서로 논호지안는것이 업고 예사 조석도 형제겸상으로 회식(會食)하는때가만코 더구나 봄날 꽃다림이나 가을밤 달구경가튼 운치잇는 자리에는 반드시 형제 모이어서 거문고와 피리 어울르는것을 인간에 다시업는 질거움으로 녀기엿다 함천부수가 평안감사 유강(兪絳)과 친분이 두터워서 이해 느즌봄에 평양을 놀러 가는데 단천령은 그형님을 뫼시고 갈 마음이 간절하엿스나 공교히 서울집을 떠나지 못할 사정이 잇서서 못갓더니 함천부수가 평양서 돌아와서 그 아우를 보고

『기백(箕伯)이 너하고 가치 안온것을 매우 섭섭히 말하더라 기백이 이번에 나를 위해서 과하 각군의 음률 아는 기생들을 일부러 뽑아올려다가 각가소장(所長)으로 취재를 보이는데 녕변기생 초향(楚香)이의 가야고는 수법(手法)이 무던하더라 초향이는 양녕대군(讓寧大君)께서 구난가(九難歌)를 지어 주섯다는 정향(丁香)이의 종손녀라나 증증손녀라구 하더라 명기의 혈통이 달러서 지조두 잇다더라』

하고 이야기하야 단천령은 초향의 가야고를 한번 들어보고시픈 마음은 잇섯스나 녕변까지 가볼 생각은 업섯는데 그후에 유감사가 그 형님에게 보낸 편지 협지(夾紙)에 초향의말이 함천나리의 거문고를 들엇스니 그 계씨(季氏)단천나리의 피리마저 들엇스면 평생 원이 업겟다고 한다니 주경이를 권하야 한번 평양을 보내라 그러면 내가 초향을 불러다가 계씨에게는 천침(薦枕)까지 시켜서 그 기집의 평생 원을 풀어주겟노라는 우슴의 사연이 잇섯다 이협지사연을 보고 단천령은 녕변을 가볼 생각이 나서 속으로 별르는것이 한달 두달 밀려 나오다가 왕세자 관례가 끗난뒤에 비로소 묘향산 단풍을 구경하기 겸 초향의 가야고를 들으러 간다고 나귀타고 하인하나 데리고 녕변길을 떠낫섯다 단천령이 평양을 지날때 유감사를 차저보앗는데 유감사가 초향을 평양으로 불러온다고 하는것을 이왕 묘향산을 가는 길이니 고만 두라고 구디 사양하고 평양서 바로 떠나려고 하엿더니 유감사가 붓들고 노치아니하야 수일ㅅ동안 묵이서 구일날 금수산모란봉(錦繡山牡丹峰)에서 단풍노리까지하고 구일 다음날 떠나서 사흘만에 녕변을 득달하엿다

단천령이 전례서(典禮署)의 섭사(攝事) 다니는 토관(土官)의집에 하처(下處)를 정하게 되엇는데 주인섭사가 처음에는 행색이 초초한것을 보고 자긔방에서 내다보고만 잇더니 나중에 서울 귀인(貴人)인줄 알고 하처방아패 와서 하정배로 문안을 드리엇다 단천령은 묘향산이 녕변

읍에서 백여리 길인줄 짐작 못하지안컨만

「묘향산이 예서 몃넌가」

하고 뭇는것으로 말시작을 내엇다

「묘향산 구경오셧습니까 읍에서 일백삼십리나됩니다」

「약산(藥山)은 가깝다지」

「네 동대(東臺)는 바루지척이올시다 그러나 동대구경은 꼿피는 봄철이 좃습니다」

「이골에 가야금 잘하는 기생이 잇다지」

「잇다뿐입니까 여럿이올시다」

「가야금 잘하는 기생이 하나 잇다든데」

「아마 초향이 소문을 들으셧나보이다 음률에 밝그시기루 유명한 서울양반 한분께서 올삼월에 평안감영에 오서서 평안도기생들을 취재를 보이섯는데 그때 칭찬바든 기생이 그 여러충중에 초향이 하나뿐이엇답니다 그년이 워낙두 조를 뽑시 빼는년인데 그양반께 칭찬밧구 온 이후루는 더 도도해젓습니다」

「석후에 가야금이나 한번 듯게 초향이를 자네가 불러주겟나」

「본골 사또께서 불릅서두 일수 칭탈하는년이올시다 그년이 그러케 앙뚱하구 방자합니다 불머서는 안옵지요만 그년의 집에를 뫼시구 가면 가야고를 한번 들려 드리겟습니다 그젓두 여느 사람이 가서는 안됩니다 일껀 저혼자 뜻다가두 손님이 가면 집어치우구 뜻지안습니다」

『제가 막이 하향천기(遐鄕賤妓)루 그러케 방자하구 볼기를 안마질까』

『왜 안맛겟습니까 우선 이번 사또께서 수청들라시는데 거역하다가 볼기를 두어차례 톡톡이 마젓습니다 그년이 가야고만 잘 뜻지 인물은 그리 출중나지 못한 까닭게 볼기 두어차례루 용서를 바덧습지요 만일 인물이 사또눈에 들엇드면 그년이 목숨이 부터잇구서야 수청안들구 배기겟습니까』

『그년의 재주란 가야금뿐인가』

『시조를 곳잘 지어서 부릅니다』

『시조를 제가 짓는단말이지』

『녜 지어두 당장 안존자리에서 지어 부르기를 곳잘 합니다』

『방자한것이 병통일른지 몰르나 재주잇는 기집일세 그려』

『그년의 지은 시조하나 들어보시렵니까』

창박게 오동나무 까막가치 집이되니
거문고 만들어서 넷곡조나 올려과저

어드매 봉이황차저 홀론울고 예나뇨

「이 시조하나만 들으셔두 그년이 얼마나 앙똥하구 방자한걸 아실수 잇지 안습니까」

「그년의 집은 어된가」

「동문안이올시다」

「동문안이 여기서 초간한가」

「그리 멀지안씁니다」

「재미잇는 이야기 만히 들엇네 그런데 내가 점심을 설치구와서 시장하니 저녁을 좀 일직해 줄수 잇겟나」

「네 곳 해드레두록 하겟습니다」

주인이 박그로 나간뒤에 단천령은 초향이가 지음을 하나 못하나 한번 시험하야 보려고 궁리하엿다

저녁은 재촉한 보람이 잇서서 밥상이 일직 들어왓다 단천령이 밥을 먹고 상을 물린뒤 주인을 불너서

「내가 어떤 사람을 차저보러 갈텐데 밤에 늣게 올른지두 모르구 또 느지면 자구 올른지두 모르니 기다리지 말게」

하고 말을 일럿다

「삽작문은 다더걸지 안쿠 지처둘테니 혹 늣게 오시거든 그대루 밀어 여십사요」

「지처두지 말구 다더 걸게 내가 와서 들어올쑤 업스면 열어달라구 소리함세」

「혼이 지처만둡니다」

「나위해서 지처둘껀 업단말일세 그러구 내가 자네에게 청할 일이 한가지 잇네」

「무엇입니까」

「내가 쓸데가 잇스니 헌 갓하구 헌 두루막이를 좀 어더주게」

「그전 무엇에 쓰실랍니까」

「쓰는데는 나중에 말함세」

「갓이구 두루막이구 헌걸수룩 좃습니까」

주인이 물으니 단천령은 고개를 끄덕이엇다 주인이 나가서 부서진 제량갓과 때무든 두루막이를 가지고 왓다 단천령이 훌륭한 창의를 벗고 꾀죄죄한 두루막이를 입고 통량갓과 탕건과 망건을 벗고 탈망에 헌제량갓만 쓰니 의복이 날개란말이 빈말이 아니어서 청수한 얼굴까지 갑자기 틀려보이엇다 단천령이 구지레하게 차리고 하인도 안데리고 박그로 나가는데 주인은 속으로

『저낭반이 어듸가서 암행어사질을 할라나』

하고 생각하엿다

단천령이 하처에서 나설때 해ㅅ발이 다 빠지지안헛섯는데 동문안 춘향의 집을 물어서 차저오는 동안에 벌서 땅금이 다 되어서 저녁연긔 잠긴속에 달비치 나기 시작하엿다 싸리문 박게서 안의 동정을 살펴보니 안방에는 불이 켜이엇스나 불잇는 안방과 불업는 건넌방이 다가티 조용하야 마치 사람업는 집과 가텃다 주인을 서너번이나 연거퍼 불른뒤에

『순아 박게 누가 오섯나부다 나가봐라』

녀편네의 곱지 안은 말소리가 안방에서 나더니 불업는 건넌방에서 기집아이년 하나가 나와서 싸리문뒤에 와서 엉성한 바자틈으로 내다보며

『어듸서 오섯습니까』

하고 물엇다

『지나가는 손이 하루ㅅ밤 자자구 왓다』

『우리집에는 손님을 치지 안허요』

『갈데업는 손이 하루ㅅ밤 재워달라구 왓서』

『글세 손님을 재우지 안허요』

「네가 이집 주인이냐」

「아니요」

「그럼 들어가서 주인께 말슴이나 전할것이지 네가 주제넘께 재운다 못재운다 어 맨망스러운년이로군」

하고 아이년을 꾸지즐때 안방문이 열리더니 늘근녀편네 하나가 마당으로 나려왓다

「웬 냥반이요」

하고 뭇는 말소리로 아이년을 불러 내보내든 사람인줄 알수잇섯다

「나는 지나가는 과객인데 하루ㅅ밤 자구 가자구 왓소」

「우리집에선 과객을 재우지 안소」

「과객 재우는 집이 어듸 따루 잇소」

「잔소리말구 얼른 다른데나 가보우」

「나는 과객질하는 법이 녀느과객과 다르우」

「다른게 무어요 모지라진게요」

「내가 과객질 십년에 어느 집에든지 가서 한번 자자구 청한 뒤에는 가진 구박을 다 밧드라두 그집에서 잣지 다른집으루 옮겨가본일이 업소 이법을 내가 과객질 처음 나설때 작정해

가지구 십년ㅅ동안 변처안쿠 지켜 나려오는것인데 어떠케 다른집으루 가겟소」

「임자의 작정한 법 임자나 알께지 우리가 알까닭기 무어요」

「그러니 다른데루 가란말은 마시우」

「첫째 우리집에는 손님재울방이 업소」

「방이 업스면 봉당두 조쿠 헛간두 좃소 한데잠은 십년ㅅ동안에 만히 자밧스니 념려 마시우」

「우리집은 녀편네들만 사는 집이라 외간남자를 봉당 헛간에두 재울쑤가 업소」

「삽작안은 내근하다면 삽작박게서라두 자구갑시다」

「그건 맘대루 하구려」

「여기 박갓마당에서 자구 갈테니 깔구 더풀것이나 좀 빌려주시우 개가 아닌바에 맨땅에서야 잘수 잇소」

「깔구 더풀께 무어요 원앙금침 잣벼개 말이요」

「원앙금침이면 더욱 조쿠 그만못한 객침이라두 좃소」

「미안하지만 우리집에는 객침이 업서 못빌리겟소」

「가을밤 찬 이슬을 맛구 박게서 자라며 객침하나 빌려주지 안는 그런인심이 어듸잇단말이요」

「누가 여기서 자랍되까 다른데루 가지」

「다른데루 가란말은 안될말이구 객침이 업스면 명석이라두 한닙 빌려주우」

「명석을 빌렷다가 마려서 걸머지구 가면 어떠케하게」

「여보 내가 명석도적이요 그게 무슨소리요」

늘근녀편네가 혼자말로

「마당에서 잔다구 명석빌려달라는 과객은 생전 처음보아」

하고 짓거리더니 얼마만에 헌명석 한닙을 아이년과 마주들고 삽작박그로 나왓다

「무거운걸 들어다 주는데 가만이 보구섯소 어서 와 바드우」

「거기 내던저두면 내가 나중에 갓다 깔구 자리다」

늘근녀편네가 화증난 말소리로 아이년더러

「여기 놔라」

말하고 싸리문 바로아페 명석을 나려 노핫다

「끼니때가 지낫는데 군조석을 시키기가 미안해서 저녁은 굴머자니 내일아침한끼 잘해주시우」

「네 진수셩찬으루 아침진지를 해드리오리다」

늘근녀편네가 비교아서 대답한뒤 싸리문을 다더 거는데 한동안 지체하고 아이년을 압세우고 들어갓다

초향의 집이 뒤는 바로 자그마한 동산이요 아픈 훨씬 나가서 행길이요 올흔편은 뒤ㅅ산에서 버더나려온 언덕인데 언덕미테 샘이 박히고 왼편은 김장배추를 심근 채마전인데 채마전 지나서 남의집이 잇고 언덕과 채마전 사이의 박갓마당이 멍석 여나무닙까리 넉넉히 되는데 마당ㅅ가에는 실도랑이 나고 도랑ㅅ가에는 낙엽된 수양버들 서너주가 띄엄 띄엄 섯다 녕변 도호부(都護府)성중이건만 자리가 궁벽하야 촌집이나 다름이 업섯다

단천령이 헌멍석을 대강 떨어서 널븐 마당 한중간에 갓다 깔고 안젓다 품에 지니고온 학경골(鶴脛骨)피리를 손에 내들고 만지면서

「초향이가 과연 지음하는 기집이면 내 피리소리를 듯구 안쪼처나올리 업스렷다」

생각하고 혼자 우섯다

학경골피리란 두루미 다리뼈로 만든 피리다 단천령 집의 기르는 두루미가 개에게 물려 죽은 일이 잇섯는데 그때 단천령이 두루미 다리뼈로 피리를 만들면 어떨까 생각하고 시험쪼로 만들어본것이 뜻박게 일품으로 조핫다 채는 좀 짜르나 소리는 제법 크게 나고 소리의 울리는맛이 대피리와 달라서 맑고도 가볍지안코 강하되 재되지 안핫다 단천령은 그이후로 줄곳 학경

골피리만 불고 대피리는 별로 불지아니하엿다 학경골피리를 여나문개 조이작만하엿는데 이번에 가지고 온것이 그중의 소리 제일 잘나는것이엇다

단천령이 곳 초향이를 불러낼 생각으로 피리를 입에까지 대다가 멍석잠도 이야기꺼리니 한숨자고나서 밤 느직한뒤 초향이를 놀래주리라 고처 생각하고 피리를 다시 품에 너코 일어나 도랑ㅅ가에 가서 갓을 버서 버들가지에 매어달고 벼개삼아 벨만한 돌하나를 들고 왓다 찬 이슬이 나리는데 더프려고 멍석을 이불 개키듯 세골접이로 접치고 찬 돌을 그대로 베지 안호려고 멍석머테다가 노코 그러고 또 두루막이를 버서 착착 접어서 덧벼개로 노흔 뒤에 마치 통이불속에 들어가듯 멍석 속에 들어가서 목우만 내노코 번듯이 누엇다

달은 하늘 복판에 가까이 와서 잇고 흰구름짱은 온 하늘에 군데군데 떠잇섯다 구름이 발근빗가리는것을 달은 조케 녀기지 아니하야 여러 구름짱들을 한달음에 몰코나가려고 달음질을 치는것가티 보이엇다 달이 구름짱에 들어가면 히미하고 나오면 환하야 히미하고 환한것이 연해석바꾸여 변하엿다

단천령이 한동안 달을 치어다보다가 잠을 청하야 보려고 눈을 감앗다 그러나 멍석이 아래서배기고 우에서 눌르고 또 벤것이 거북하야 밤새도록 잠을 청하야도 잠이 올것갓지 안헛다 가을달밤의 임자는 벌레들이라 샘둥천에도 벌레소리 채마전머리에도 벌레소리 도랑ㅅ가와 싸리

문안에도 벌레소리 사방의 벌레소리 뇨란한중에 별안간 가야금 줄골르는 소리가 들려왓다 단천령은 눈을 한번 떳다가 다시 감고 귀를 기우렷다 줄골르는것이 끗나며 바로 계면조(界面調)가 시작되엇다 가야금 수단에 조화(造化)가 부터서 사람의 말할수업는 애틋한 심정을 가야금시켜 매신 말하는듯 하엿다 백락천(白樂天)을 울리든 심양강(潯陽江)우의 비파ㅅ소리가 저처럼 애원하엿슬까 단천령은 이런 생각을 하며 가야금소리를 한참 듯다가 명석박게 반몸을 일으키고 안저서 피리를 불어서 가야금 곡조를 마추엇다 피리소리와 가야금소리가 한참 서로 어울리는중에 가야금소리가 똑 끈치어서 피리도 끄치엇더니 얼마아니잇다 가야금소리가 다시 나서 피리도 다시 시작하엿다 그러나 곡조가 다 끗나기 전에 가야금소리가 또다시 끈치고 이번에는 방문 여닷는 소리가 나는것 갓고 또 사람의 신발소리가 나는것 가텃다 단천령은 초향이가 피리소리를 놋고 쪼차나오는줄로 짐작하고 더 몽낙하야 볼 생각으로 얼른 피리를 품에 품고 멍석속에 얼굴까지 파뭇고 드려누엇다 삽작문여는 소리가 나고 짝짝 신발끄는 소리가 바로 머리마테 와서 끄치고 한참만에

「손님」

하고 부르는것은 멍석 빌려주든 늙근녀편네의 목소리엿다 단천령이 자는체하고 대답을 아니하니 늙근녀편네가 연거퍼 서너번 손님을 불르다가 명석우에 손을대고 흔들엇다 단천령이 더

는 자는체 하는수가 업서서 자다가 놀라서 깨는것가티 엉소리를 질르고 명석박그로 반몸을 일으키며 곳 늘근녀편네더러

『웬일이요 밤중에 명석을 쓸일이 잇소?』

하고 물엇다

『손님 지금 세피리를 부섯소』

『세피리요? 아니요』

『지금 여기서 누가 부는것 듯저두 못햇소』

『나는 자느라고 못들엇소』

단천령이 생파리가티 잡아떼니 늘근녀편네는 입속말로

『별 이상스러운일두 다만허』

하고 혼자 중얼거린뒤 도루 안으로 들어갓다

한동안 조이 지난뒤에 가야금소리가 다시 나는데 곡조도 화평한 평조(平調)거니와 청이 먼저보다 훨씬 나젓다 가야금으로 피리를 자아내서 들으려고 줄소리를 짐짓 줄이는것이 환하엿다 단천령이 가야금을 마추어서 피리를 불긴 불되 멀리서 부는것가티 들리도록 역시 청을 나치엇다 소리만 다내지안치 재주는 다내서 빠른듯 가야금을 싸주고 느린듯 가야금을 도처주되 장

단한점 빈구석이 업섯다 가야금소리 끈칠듯 끈치지 안코 곡조를 다 마치엇다 곡조가 끗난뒤 단천령은 처음 누을때와 가티 얼굴만 멍석박게 내노코 드러누어서 안에서 무슨 긔척이 나려나 마음으로 기다리며 귀를 기우리고 잇섯다 싸리문께 가벼운 신발소리가 나는것가터서 단천령이 머리를 잠ㅅ간 치어드는듯하고 바라보니 아이년이 압서고 그뒤에 절믄 기집이 따라나오는데 키는 크도적도 안코 얼굴은 달뎡이갓고 면광이나서 싸리문아페 달비츤 더 환한것 가텃다 이 기집이 초향인것은 뭇지 안코도 알수 잇섯다 단천령이 자는체 하랴 느니보다도 바라보고 누어잇기 겸연한 생각이나서 눈을 감앗다 신발ㅅ소리들이 멍석여페까지 와서 끄치고 소근소근 속살거리는 소리가 들릴듯 말듯 나더니 아이년이 재된목소리로

「나리」

하고 불럿다

「탕건안쓴 사람을 나리라고 불르게하니 피리소리듯고 짐작이 난것이로군」

단천령은 속으로 생각하며 눈을 떠보고 부진런히 일어안젓다

「네가 나를 깨웟느냐」

「네 나리 일어나세요」

「나리가 웬 나리냐」

「우리 아씨께서 단천녕감 나리신줄 다 아섯세요」

아이년 말고데

「존전에서 아씨가 무어냐」

초향이는 나직이 나물하고

「아씨는 아씨거니와 녕감나리가 무어냐」

하고 단천령은 껄껄 우섯다

「아무리 모르고 한일이라도 찬이슬 나리는데 한데 기시게해서 죄만합니다 어서 일어나서 안으로 들어가시지요」

「내 행색이 고만 탈로난 모양일세그려」

단천령이 초양이를 보고 한번 우슨뒤 멍석자리에서 일어나서 툭툭 떨고 안으로 따라들어오는데 베엇던 두루막이와 매어단 갓은 아이년더러 가지고 들어오라고 일럿다

안방에 들어와서 단천령이 먼저 안즌뒤 초향이는 한팔집고 절하고 여페와 안저서 말끄럼이 얼굴만 치어다 보고 말은 하지아니하엿다

「맨상투바람에 꼴이 보기 우수운가」

단천령이 경치안흔 말을물어서 초향이는 고개를 살래살래흔들고

「꿈에라도 한번 보입고십든 나리께서 제집에를 오시다니 아무리 생각해도 꿈만 갓습니다」

하고 말하는데 정이 말박게 넘치는것가텃다

「내가 이번에 거트루는 묘향산 구경 온다구 하구 실상은자네의 가야금을 들으러 왓네」

「여기를 언제 오섯습니가」

「오늘 다저녁때 들어왓네」

「들어오시는길로 바로 제집을 차저오섯습니까」

「전례서 섭사다니는 사람의 집에 사처는 정햇네」

「그런데 의관은 어떠케하섯습니까 길에서 봉적(逢賊)하섯습니까」

「아니 자네게 와서 과객행세 하려구 폐포파립(弊袍破笠)을 빌어가지구 왓네」

「나리께서 저를 농낙하섯습니다 그려 그러나 제가 만일 가야꼬 고만두고 일직 잣든들 하루ㅅ밤 한데서 떠실뻔 하섯지요」

「내가 한번피리만 불면 자네가 자다가라두 쪼처 나올줄 밋구 잇섯는걸」

「처음 계면조 부실때는 본사람이 업서서 어리석은 소견에 혹 신선이 나려와서 저를 히롱하나 생각 햇섯지만 나중 평조 부실때는 아이년이 울틈으로 망도 보앗고 또 제맘에 짐작도 나서 나리께서 오신줄 알엇습니다」

이런 수작들을할때 늘근녀편네가 건너방에서 건너와서 단천령을 보고

「초향이의 어미올시다」

하고 인사한뒤 초향이더러

「나좀 보자」

하고 모녀가치 마루로 나갓다

「약주대접 할라느냐」

「약주는 가서 바더오지만 안주를 어떠케하느냐」

하고 공론하는 말을 단천령이 방에서 듯고

「여보게 초향이 술을 줄라거든 안주는 푸재김치라두 조흐니 따루 작만하지 말게」

하고 말하엿다

초향이가 단천령여페 와 부터안저서 공연히 소리내서 웃기도하고 정답게 가만가만 이야기도 하는중에 초향이의 어미가 술ㅅ상을 차려 드려보냇는데 술은 소주요 안주는 배추겻저리와 마늘장아찌뿐이엇다 단천령이 소주를 질기지 아니하나 권에못이겨서 두어잔 마신 뒤에 초향이더러

「자내두 한잔먹게」

하고 초향이 손에 든 주전자를 달라고하니
「저는 술을 적구도 못합니다」
하고 초향이는 주전자를 내노치아니하엿다
「술이란 운에 먹는 음식인데 나혼자 무슨 맛인가 나두 고만 먹겟네」
「안주업는 술이나마 한두잔 더 잡수시지요 제가 대작한는 대신으로 노래를 부르겟슴니다」
「참말 자네가 시조를 잘 짓는다데그려 하나 지어불러보게」
「잘짓고 못짓고 지으라시면 짓겟슴니다」
초향이가 시조를 생각하느라고 얼마동안 잠자코잇다가
「할말이 업는듯 만코 만흔듯 업서서 시조가 안됩니다 우슴꺼리로 들어줍시요」
하고 말한뒤 단정하게 안저서 사조를 불럿다
「상공(相公)은 금지옥엽(金枝玉葉)이내몸은 하향천기(遐鄕賤妓)지긔(知己)라 입에 올려 일캇지는 못하오나 정(情)에는 우아래층이 업사올듯 하외다」
「자네 수고를 갑기위해서 나두 되나마나 시조하나 지어서 화답함세」
「시조불르실때 제가 가야고로 어울르까요」
「조치 장단이 혹 틀리거든가야고루 잘 싸주게」

「그러케 말슴하면 고만둘랍니다」

「자네가 어울러 주지안쿠 고만두면 나두 불르지안쿠 고만 두겟네 그러지말구 가야고를 어서 이리 가지고오게」

초향이가 가야금을 가지고와서 줄을 퉁기며 안족(雁足)을 드리키고 내키고 한뒤에 단천명이 시조를 불르기 시작하엿는데 가야금소리 곱게 흘러서 남청의 웅장한맛을 더도치엇다

「그대의 노픈재주 귀에저저 들엇기로

그대를 보랴하고 천리먼길 예왓노라

그대가 실타안흐면 가치놀다 가리라」

단천명이 시조 삼장을 다 불르고나서

「종장사의가 자네맘에 어떤가 실타구하지 안흘텐가」

하고 물으니 초향이는 말업시 방그레 우섯다

「실타안흐면 여기서 자구 실타면 더 늣기전에 가겟네」

「명석자리로 나가지겟단 말슴입니까 명석은 벌서 거둬치웟습니다」

「나를 여기서 자게할라면 내가 길을와서 곤하니 좀일직자게해주게」

「네 그러셥서요」

춘향이가 술ㅅ상을 마루로 내보내고 가야금을 벽에 갓다걸고 방을 훔치고 자리를 나려까는동안에 단천령은 피리를 품에서 꺼내서 머리마테 노핫다 춘향이가 자리를 다 깔어 노흔뒤 피리를 집어들고

「이게 대가 아니고 뼙니다그려 무슨뼙니까」

하고 물어서

「두루미다리뼈루 만든젤세」

하고 단천령은 대답하엿다

「대피리보다 소리가 잘납니까」

「아까 들을제는 대피리와 어떠튼가」

「아까 들을제는 대피리로만 알엇습니다」

「내일 가까이서 잘 들어보게」

「제가 지금 시조를 또하나 불를테니 피리로 어울러주시겟습니까」

「그리하게」

「이날밤 어인밤가 어른님을 뫼시도다

종업시 웃고십고 하염업시 울고십다

아마도 기쁨에겨워 미칠듯하여라」

단천령이 종장끄테 군장단까지 다불고 피리를 입에서 뗄때

「대피리보다 소리가 더 청청하고 강한맛이 인는것갓습니다」

하고 초향이가 말하니 단천령은 고개를 끄덕끄덕하엿다

「고만 누으십시요」

「자네두 눕게」

「어미를 잠ㅅ간 보고와서 자겟습니다」

초향이가 건넌방에 가서 별로 오래도 잇지아니하엿건만 단천령은 그동안에 벌서 잠이 아렴푸시 들다가 도루깨엇다

「불을 켜노쿠 자나」

「아니요 끄지요」

달이 서창으로 드리비처서 방안은 동잔ㅅ불 켯슬때보다 도리어 더 박고 초향이의 얼굴은 동잔불ㅅ미테서 볼때보다 몃배 더 아름다워보이엇다

이튼날 식전에 단천령이 초향이에게 부탁하야 아이년을 하처잡은집에 보내서 의관을 바꾸어오게하엿다 하처에 가야 별로 소간사가 업는까닭게 초향이의집에서 아침을 어더먹고 늘며 안

저서 아악(雅樂)향악(鄕樂)당악(唐樂)의 각기 조혼곳을 들어 이야기하다가 이야기가 번지어서 장악원(掌樂院)의 제도변천을 이야기하고 세종대왕때 관습도감사(慣習都監使)박연(朴堧)이란이가 악공(樂工)을 교습(敎習)시키든 방법이 아직 남아서 조라치들 공부가 수월치 안혼것을 이야기한끄테

「자네두 서울와서 장악원가튼데 시사해보면 어떤가」

하고 물으니 초향이는 한숨만짓고 대답이 업섯다

「자네가 서울 와잇서본다면 내가 이번에 올라가서 주선해보겟네」

「서울왈짜들에게 부대찜을 바드러 서울까지 갈맘은 아직업습니다 장악원이나 내의원(內醫院)가튼데 주선해주실생각을 마시고 나리댁에 시사를 시켜주십시요」

「내집에 와서 시사를 하겟다 그것 조혼말일세 처음에 장악원이나 내의원으루 올라왓다가 나중 내집으루 옴길도리를 해보세그려」

「옴겨주실것만 단단이 언약하시면 조치안혼 시사라도 실탄말안코 가겟습니다」

「내가 언약하기는 어렵지안혼데 우리집에는 안에 호랑이가 하나 잇서서 자네가 옴겨왓자 하루를 배기기가 어려울껄」

「부인이 아무리 무서우시기로 무지스러운 볼기야 때리저겟습니까 볼기맛는데 기생노릇이

너에 신물이 납니다」

「자네가 그러케까지 맘을 먹으면 어듸 다시 생각해보세」

「언제쯤 올라가시겟습니까」

「아직 작정업네 이왕 말하구온게니 일간 묘향산이나 갓다와서 작정하겟네」

「묘향산을 보름후에 가시면 저도 뫼시고 가겟습니다」

「자네가 가치간다면 오늘이라두 가구시픈데 보름전에는 못갈일이잇나」

「보름 점고(點考)를 마쳐야지요」

「점고때문에 못간단말인가 탈하면 고만아닌가」

「제가 사람이 고약해서 남더러 사폐보아달라기도 실코 또 보아달래야 보아줄사람도 업습니다 그래서 초하루보름 점고는 몸지어 누어 알치안흐면 빠지지안코 치르고 그대신 여느때는 관가에를 별로 들어가지안습니다」

「내일이 보름날 아닌가」

「아니 모렙니다」

「그러면 글피 떠나보세」

「무얼 타고 가십니까」

「나는 타고온 나귀가 잇지만 자네 탈것을 준비해야겟네 자네 말탈줄 아나」

「올봄에 중찌나려께 보이려갈때도 말타고 갓섯습니다」

「그럼 내가 삭마라두 어더노흠세 자네 가야고가 단벌인가」

「왜요」

「여벌이 잇스면 갈때 하나 가지구가세」

「가야고를 가지고가자면 지고갈사람이 따로 잇서야지요」

「내가 데려구온 하인이 잇스니까 그눔 지워가지구가지 대체 거추장스러운 악긔는 이런때 재미업는까닭게 나는 거문고를 안배우구 피리를 배웟네」

「어듸를 가시든지 하인들을 데리구다니시는데 거추장스러운 악긔면 어떳습니까 거문고가 거추장스럽다고 안배우섯단말슴은 공연한 말슴인것갓습니다」

「송장묵근거 가튼것을 곁에 뗏지르고 다니기가 무에 조흔가」

「그럼 이번에 가야고를 안가지고 갈랍니다」

「이사람아 골내지 말게 거문고나 가야고가 그래 피리만큼 간단스러운가 자네 말해보게」

「퉁소 단소 젓대 생황등속이 다 간단스럽지요 어듸 피리뿐입니까」

「그러치 그런데 그중에서 피리가 제일 간단스럽단말이야」

「제일간단스러운것이 제일 조흔것은 아니겟습지요」

「제일조흔것이라구 억지를 쓰구시프나 자네가 가야고를 안가지구간다구 뻣댈까 겁이나서 고만두네」

「참말로 간단스려운걸 취해서 피리를 배우섯습니까」

「거짓말을 할리가잇나 우리형님이 거문고를 가치배우자구 하시는것을 나는 구지 실타구 하구단소를 배웟네」

「단소도 잘 부르십니까」

「단소두가 아니야 단소들 피리보다 더잘 불지 그러치만 세상에서 야속하게 안처주니할쑤잇나 우리 이야기는 고만하구 자네 거추장스러운 악긔와 내간단스러운 악긔를 한번 어울러보세」

초향이가 웃고 일어나서 가야금을 가지고와 안저서 줄을 골랏다

「이거 보게 어듸 가저구다니기가 거북한전 차치물론하구 집안에서두 빼처노흘 자리가 잇서야지 줄을 번번이 골라야지 이것이 얼마나 거북살스럽구 번폐스럽구 거추장스러운가」

「가야고 타박은 고만하시고 무엇이든지 먼저 내세요」

「향악 영산이나 한바랑 해볼까」

「조치요」

이야기가 끄치며 바로 피리소리와 가야금소리가 어울려낫다
서로조하하는 남녀가 세상시름을 다 닛고 밤낫 웃고지날때 이틀 사흘은 눈깜짝할사이나 다름이업서 어느듯 보름이지나 열엿샛날이되엇다 단천령이 초향이를 데리고 향산구경ㅅ길을 떠나는데 단천령은 나귀를 타고 초향이는 집부담 삭마를 타고 단천령의하인은 길량식ㅅ자루와 술ㅅ병을 짐만들어 지고 가야금은 삭마마부가 질머젓다 유산나선걸음 조여갈 까닭도 업겟지만 수석(水石)이 조타고 쉬고 단풍이 곱다고 쉬고 곰배곰배 쉬어서 일백삼십리길을 사흘에도 해동갑하야왓다 그날 보현사(普賢寺)에서 자는데 중들이 단천령을 서울양반인줄알면서도 색다른 동행이 잇는까닭그로 씁쓸이들 대접하엿다 이날밤에 달이 발근데 청정법계(淸淨法界)라 달빗도 깨끗한지 천지간에 띄끌한점이업는것 가텃다 단천령이 초향이를 데리고 박게 나와거닐다가 하인을 불러서 가야금을 가저오라 일르고 만세루(萬歲樓)로 올라왓다 그림폭갓고 꿈자취가튼 가까운봉오리와 먼뫼뿌리를 돌라보는중에 가야금이와서 초향이는 달비치 비치는곳에 안치고 단천령은 난간을 의지하고 서서 한곡조를 어울렷다 가릉빈가(迦陵頻伽)의 묘한소리가 십방(十方)에 드루찬듯 균천광악(鈞天廣樂)의 희한한곡조가 구소(九霄)에서 나려오는듯 세상에서 흔히듯는 풍류소리와 다른것은 누가듯든지 짐작할수잇섯다 중들이하나씩 박그르나왓다

이때 보현사 선방(禪房)에서 조실(祖室)을 마터보든 지식잇고 도덕잇는 청허당(淸虛堂) 휴정선사(休靜禪師)까지 박게나서서 바라보앗스니 절문중들이 누아래 모여서서 치어다 보는것은 말할나위도업섯다 향산의 이날밤 달은 오로지 단천령과 초향이를 위하야 발근듯하엿다

초향이가 처음에 향산구경올것을 작정할때 저의 삭종조가 향산중으로 당호(堂號)가 수월당(水月堂)인데 수월당로장스님이라고하면 향산안에서 모를리 업다고 하더니 단천령이 보현사에서 절문중하나에게 물어본즉 과연잘알어서 그로장이 십여년전에는 큰절주지(住持)로 잇섯스나 지금은 큰절의 번뇨한것을 피하야 내원암(內院庵)에 가서 잇다는 대답을 들엇다 향산에 들어오든 이튼날 단천령이 초향이와 가치 내원암에 와서 그로장을 만나보니 나이 근팔십된늘근이가 근력이정정하야 긔거동작이 절문사람과 거의 다름이 업섯다 초향이는 내원암에 머물러두고 단천령은 그로장의 상좌 둘에서 큰상좌를 지로승삼아 데리고 고적(古蹟)구경을 나섯다 쓰러저가는 암자와 다쓰러진 암자가 도처에 눈에 뜨이어서 단천령이 상좌중더러

「암자들을 퇴락하게 내버려두구 중수안논것이 웬일이냐」

하고 물으니

「와서잇슬 중두업는데 물역을드려서 중수해노흐면 무어합니까」

하고 상좌중은 대답하엿다

「보현사에 매인 암자가 수가 모두 며치나 되느냐」

「녜전부터 전해오는말은 묘향산안에 팔만구암자라구합니다」

「녜전 팔만구암자가 지금 며치나 남엇느냐」

「지금두 퍽 만씁지요」

현재 암자ㅅ수는 상좌중이 똑똑이 알지못하는모양이엇다

삼성대(三聖臺)를 와서보고 안저쉴만한자리를 살피는중에 단청렷이 한곳에 와서 깨어진 기와ㅅ장과 삭은 재목이 풀속에 널려잇는것을 보앗다

「여기두 전에 암자가 잇섯구나」

「녜 여기잇든 암자가 이름이 삼성암인데 전에 이인이 한분 와서기섯답니다」

「전이라니 팔만구암자잇슬때말이냐」

「아니 올시다 몃십년박게 안되엇습니다」

「그 이인이 지금은 어디잇느냐」

「돌아가섯습니다」

「그래 이인을 너두봣느냐」

「소승은 세상에 나기두전에돌아가서 못뵈왓습지요만 소승의 스님은 이인과 친하게 지냇답

니다」

「무어시 녀느사람과 달러서 이인ㅅ소리를 드럿다드냐」

「도술이 갸륵하드랍니다」

「갸륵한 도술을 어듸 들은대루 이야기좀 해봐라」

「이인의 일을 스님이 잘아너 스님에게 이야기를 들어보십시요」

삼성대에서 내원암에를 오니 해가 거의 승석때가 다 되엇섯다 구경은 따라다니든 하이파마부는 전날묵든 큰절에 나려보내서 묵게하고 단천령은 초향이와 한께 내원암에서 저녁대접을 밧고 자게되엇는데 석반들을 먹고나서 로장과셋이 솟바가티 안저서 한담 할때 단천령이 삼성암 이인이야기를 물어보앗다

「그전에 삼성암에잇든 이인은 중이로되 법호두 업구 당호두 업구 속인적 성명 이천년(李千年)이란것두 역시 본성명이 아닌모양이엇습니다 연산주(燕山主)임술년 소승의 나이 스물한살쩍 일입니다 이해오월에 소승의 은사(恩師)스님이 우연이난 병환이 대단위중해서 소승이 녕변읍네루 의원을 청하러 가게되엇는데 해는 길지만 읍네를 당일에 들어가자면 첫새벽 떠나야하는까닭게 잔입으루 절에서 떠나서 한 삼십리가량 재벽길을 것구 가지구가든 백설기루 아침뇨긔를하려구 샘물을 차저갓더니 중하나가 샘둥천에 안저잇다가 소승을보구 너 인

제 오느냐하구 마치 소승을 기다리구 잇든사람가티 말을합듸다 머리를 깍근것은 중이나 수염은 속인가티길게 길르구 꿈에두 본일이업는 사람인데 그러케 말을하니 괴상하지안켓습니까 하도 괴상해서 소승은 대답두 못하구 뻔히 보구만잇섯습니다 그중이 빙글빙글 우스면서 네가 지금 녕변읍네 의원아무개를 청하러가지안느냐하구 의원의 성명까지 알구 말합듸다 대체 누구신데 어떠케 그러케 소상이 아시느냐구 소승이 물엇더니 그중이 뭇는말은 대답안쿠 내가 지금 너의스님의 병을 봐주러가는길이니 나하구 가치가자 녕변읍네 의원은 가서청해야 오지두 못하구 오더라두 그 의술가지구는 병을 고치지못한다 하구말합듸다 그중의 외모만 보더라두 허튼말을할 사람갓지안허서 소승이 그중을 데리구 도루 절루왓섯습니다 그중이 와서 스님의 맥을 보구 약을쓰는데 첫번약 서너첩에 대세를 돌리구 나중약 한제에 그위중하든 병환이 유권청천이 되엇섯습니다 소승의 스님두 그중의 래력을 몰라서 여러가지루 물어봣지만 그중이 차차 알라구하구 잘 말하지안씁듸다 하여튼 중병을 고처준 은인이니까 간단말하지안는것을 가라구할쑤야 잇습니까 그래서 한달 두달 가치지내는중에 스님이 그중에게 어떠케 반햇든지 다른데루 간다구할까봐 겁을내게되엇섯습니다 대소사 무슨일이든지 스님이 그중의 훈수를 밧게 되엇섯습니다 그말을 들으면 일이여의하게되구 그말을 안들으면 일을 낭패보게되니 그런훈수를 누가 안밧겟습니까 일년남짓 지난뒤에 그중이 강서(江西)구룡산

(九龍山)으로 간다구하는것을 스님이 향산에 잇스라구 구더붓들어노쿠 그의소원대루 삭성암에 혼자와서잇게하구 쌀가루 지필묵등속만 대주엇섯습니다 쌀가루 가지구 생식하구 지필묵 가지고 책저술하구 삼십여년동안 잇다가 소승의 스님이 녈반(涅槃)에 드신뒤에 그중은 처음에 간다구하던 강서구룡산으로 갓는데 나중에 들으니 가든이듬해 기해(己亥)년에 그곳에서 이세상을 떠낫답듸다 그중이 여기잇는동안에 속인제자 두사람을 거두어 두엇섯는데 그중 한사람은 그스승만 못지안혼 이인이엇습니다 그사람의 래력은 소승이 잘압니다 그사람은 본래 함흥백정 양주팔인데 이장ㅅ자곤(李長字坤) 이찬성의 처삼촌이구 나중 동소문안에 무명씨 갓바치루 조광ㅅ자조(趙光字祖) 조대사헌의 친구이엇답니다 그사람이 기해년에 강서구룡산에서 자긔스승의 종신하구 그길루 여기와서 소승의제자루 삭발햇섯습니다 소승에게서 얼마동안 잇다가 경산으루 간다구 가더니 죽산(竹山)칠장사(七長寺)에 가서 잇섯다는데 승속간(僧俗間)에 생불(生佛)대접을 밧다가 사오년전에 서천극낙(西天極樂)으루 갓답듸다 지금 세상에서 해서대적이라구 떠드는 임꺽정이가 그사람의 제자랍듸다 임꺽정이가 그사람의 재주를 다 배웟스면 호풍환우(呼風喚雨)두 할른지모르구 둔갑장신(遁甲藏身)두 할른지모르구 백니철니박 일두 안저서 환이 내다볼른지 모릅니다』

로장의 긴이야기가 끗난뒤에 단천령은 로장을 보고

「그런줄 몰랏더니 대자가 도둑놈의 대선생이군」

하고 우슴의소리를 하엿다

초향이가 단천령을 보고

「임꺽정이 잇는데가 청석골이라니 청석골이 어딘가요」

하고 물으니 단천령은 로장에게 우슴의 소리하든 심경(心境)이 아직 변치아니하야

「그건 왜뭇나 꺽정이를 차저보러갈 생각이잇나」

하고 실업슨 말을하엿다

「내가 왜도둑놈을 차저보러다니는 사람인가요」

「도둑놈 차저보는 사람이 어듸 따루잇나 누구든지 차저보면 차저보는게지」

「나리도 꺽정이를 더러 차저보섯습니까」

「아직 못차저봣네 자네 앙가품을해서 속이 시원한가」

「말슴을 함부루해서 죄송합니다」

초향이의 사과하는말을 단천령은 적이 우스며 듯고나서

「꺽정이의 소문이 굉장한건 알쑤잇네 녕변구석에잇는 자네가 다 청석골이름을아니」

하고 말끄틀 조금 달리 돌리엇다

『우리골 사또께서 서울로 올려보내시는 봉물을 두번이나 넘거퍼 꺽정이에게 뺏겻답니다 그래서 청석골 이름을 들엇습니다』

하고 초향이가 말한뒤에 로장이 단천령을 보고

『꺽정이까닭그루 서관대로가 막히다시피 될때가 만타지요』

하고 물엇다

『아주 막히기야 할까만 도로(道路)에 작경(作梗)이 부절이 잇스니까 막힌단소리두 날만하지』

『꺽정이가 평안도루 온단소문을 혹 들으섯습니까』

『그놈이 잡힐듯하면 강원도루두 내빼구 평안도루두 내뺀다구 말들하드군』

『임시 피신하러오는게 아니라 아주 붓박여잇스러온단 소문을 혹 들으섯느냔 말슴이올시다』

『별반 그런소문은 못들엇서』

『꺽정이가 아마 평안도루 올모양인갑되다』

『대사가 무슨짐작이 잇나』

『짐작으루 하는말슴이 아닙니다 성천 향풍산 정진사(成川香風山淨進寺)중하나가 항일에 와서 이야기를하는데 꺽정이가 성천 양덕 접계(接界)드메속에 와서 적굴을만든단소문이 잇서서 그중이 일부러 무인지경 산속을 차저들어가본족 고래등가튼 기와집을 새루 지어놧더랍니다 그눔이 필경 평안도루 옴겨올라기에 성천산중에 와서 그런 큰집을 지엇슬것 아닙니까』

『꺽정이가 청석골을 버리구 성천 드메구석으루 올리가 잇다구』

『그중이 꺽정이를 먼비츠루 보기까지 햇다든걸이요』

『그거시 어느달일이라든가』

『지난달이랍니다』

『지난달 언제야』

『그중이 절에서 추석을 쇠구 나섯다니까 아마 이십일경이겟지요』

『그게 꺽정이가아니구 다른도둑눔일세 꺽정이는 지난달 이십일경에 서울 장통방에 와 파무처 잇다가 잡힐뻔햇다는데 성천와서 집역사를시키다니 날러다닌대두 안될일아닌가』

『그눔이 분신술(分身術)을 하는지두 모르지요』

『꺽정이가 이인의 제자란말은 오늘저녁에 대사에게 처음들엇지만 제가 만일 압일을 미리안다면 기집셋을 잡히게 가만둘리가업구 둔갑장신을 한다면 밤ㅅ중에 오간수ㅅ구녕으루 도망할리가 업슬것일세 장통방에서 실포(失捕)한때 꺽정이는 오간수ㅅ구녕으로 빠저내빼구 서울안에 잇든 꺽정이가집셋만 잡혓다네 그러니까 꺽정이가 다른재주는 가젓는지 마치 몰라두 분신하는 재주를가진것만은 나두 잘 아네』

『꺽정이가 분신출부리는걸 보신일이 잇습니까』

『내눈으로 본일은 업지만 본이나 진배업지 꺽정이가 지금 조선팔도에 업는데가업스니 분신안하구야 그러케 도처에 잇슬수가잇나 그런데 분신하는 방법은 별게아니구 다른도독눔들에게 이름을 빌려주는거야』

하고 단천령이 우스니

『꺽정이가튼 큰도적은 좀도적들에게 이름을 도적맞는일두 더러잇겟지요』

하고 로장도 우섯다

밤에 잘때 단천령과 로장과 로장의상좌들은 한방에서 가치자고 초향이만 혼자 딴방에서 자게되엿다 초향이가 자려고 불을 끄고 누엇는데 우수수하는 바람소리에 공연히 처량한 생각이나서 잠을 못이루고 이리뒤척 저리뒤척 하엿다 우수수 소리는 끄치고 우하는소리가 멀리 들리다가 차차로 가까이 들려왓다 그소리를 어찌 들으면 급한비가 몰려오는듯하나 남창에 달이 발그니 비소리가 아니겟고 또 어찌들으면 큰물결 밀려오는것 가트나 첩첩한 산중에 물ㅅ결ㅅ소리 날까닭이 업다 노픈산우에서 바람이 불어나려오거나 짐작하고 듯는 중에 룡에게는 구름이 따르고 범에게는 바람이 따른단말이문득 생각나며 곳 범이올까 무서워서 여럿자는방으로 가고시픈마음이 간절하엿스나 변스럽게 녀길듯 고만 두엇다 방뒤에서 별안간 버스럭소리가 낫다 범이와서 뒤ㅅ벽을 발로 허비는것만 가터서 몸이 으쓱하여젓다 버스럭소리도 수상한데다가 벽의흙 떨어지는 소리가 완연히 들리니 범이 아니면 무엇이랴 쥐랴 쥐작난 가트면 우르르 몰려다니는 소리도 나고 찍찍소리도 날터인데 한결 가티 버스럭 소리만 날뿐이고 버스럭소리는 벽을허비는것이 흙떨어지는소리만 들어도 알수잇섯다 틀림업시 범인모양이다 기집사람이 암자에 와서 자는것을 산신령이 부정하게녀겨서 잡아먹으라고 범을보냇는가부다 인제는 변스럽게 녀기거나 말거나 여럿자는방으로 가려고 일어안끼까지 하엿스나 방문을 열고 나갈수가 업서서 방에들어와서 잡아먹으려거든 잡아먹어라 마음을 먹고 도루 드러 눕는데 치마를 얼굴에 뒤집어 쓰고 목을 한줌되도록 오그렷다 팔다리가 떨리기 시작하더니 온몸이 떨떨떨 떨리엇다 니를 악물고 떨지 안흐려고하나 점점더 떨리어서 오장육부가 다 떨리엇다 얼마를 떨엇든지 떨다떨다 지처서 잠이 들엇다가 새벽 종소리에 놀라깨엇다

퇴마루구석 신중단아페서 례불하는 소리가 나서 정신을차리고 일어안저 방문을 조금 빼기고 내다본즉 지재는 달빗속에 흰장삼 닙은 상좌가 너픈너픈 절을하고 잇섯다 범이 중으로 변화한다는 넷날이야기가 생각나서 빼기엇든 방문을 얼른 도루 꼭 다치엇다 례불이 끗나고 퇴

마루에 발ㅅ소리가 날때 참말 상좌인가 아닌가 시험하려고

「스님 손님 다 일어나섯소」

하고 물어보니

「네 다 일어나섯습니다」

하는 대답이 적은상좌의 목소리가 분명하엿다 초향이가 비로소 마음이 노이어서 여럿잇는 방으로 건너가는데 그래도 되마루와 마루를 지나갈때 마당쪽을 바라보며 바쁜거름을 걸엇다

「벌서 일어낫느냐」

로장이 뭇고

「잘 잣나」

단천령이 뭇는것을 초향이는 대답도 변변이 아니하고 로장을보고

「밤에 무어 오지안햇세요」

하고 물엇더니

「오긴 무에 온단말이냐」

로장의 대답이 하두 무뚝뚝하야 밤지난 이야기를 하려다가 말앗다

구경을 다하는동안 자긔 암자에서 묵으라고 로장이 말하고 단천령은 로장의말을 조차서 일이

일간 더 묵으려고 하는데 초양이가 로장과 단천령을번가려 보며

「저는 오늘 나가겟세요」

하고 말하야

「자네 혼자 먼저 가겟단말인가 가치왓다가 그런법이 어듸잇나」

하고 단천령이 책을 잡앗다

「나리께서 구경을 더 하신다면 저 혼자 먼저 가겟세요」

「갑자기 웬일인가」

「산에 다니시는데 따러 다닐수도 업고 혼자 암자에 떨어저잇기도 실코 그래서 먼저 가겟단 말슴입니다」

「그러면 가치 가자구 말을해야 올치안흔가」

「그럼 가치 가세요」

「업질러 절밧길세그려 아무리나 그래보세」

단천령은 묘향산을 다시 오기가 쉽지못하야 이왕 온길에 명승고적(名勝古蹟)을 대강 고루 구경하고 갈마음이 잇섯스나 초향이에게 끌려서 고만두고 가기로하엿다

초향이가 단천령을 따라 묘향산에 간 동안에 녕변 진관(鎭管)에 매인 태천현감(泰川縣監)과

운산군수(雲山郡守)가 녕변와서 모이엇섯다

을묘년에 호남(湖南)에만 시행한 제승방략(制勝方略)의 분군법(分軍法)을 그 뒤에 각도에 다 시행하야 진관제도(鎭管制度)가 유명무실 하게 되엿스나 녕변은 다른진관과 달러서 대도호부사(大都護府使)가 병마절도사(兵馬節度使)를 겸임하는까닭게 진관에매인 각읍 수령을 절제(節制)하는것이 그전과 다름이 업섯다

태천현감은 새로 도임하야 절도사에게 현신하러 온 길이요 운산군수는 군오(軍伍)에 관한 중요한일을 절도사에게 취품하러 온 길인데 우연히 한때와서 모이게 된것이엇다

녕변부사가 운산군수와 태천현감을 위하야 운주루(運籌樓)에서 자그마하게 잔치를 하는데 주식은 전주국(典酒局)에서 진배(進排)하고 기악(妓樂)은 전례서에서 지휘하엿다 운산군수가 기악을 듯다가

『초향이의 가야고는 사또께서 두구 혼자만 들으십니까』

하고 우슴의말로 초향이의 가야금 듯기를 청하야 부사가 행수(行首)기생을 불러서

『초향이는 엇재 안왓느냐 그년 또 병탈이냐』

하고 물엇다 행수기생은 초향이를 못잡아 먹어 몸살하는 기집이라

『그년이 어떤 서울냥반을 따러서 향산으로 유산하러가는데 말미도 밧지안코 갓답니다』

고 춘향이의 뒤를 밟기집어내엇다

「무엇이야 말미두 안밧구 출타하다니 그런 발칙한년이 어듸잇단말이냐」

부사가 화를내서 말하고 곳 좌우에 뫼서섯는 통인들을 돌아보며

「수로(首奴)불르래라」

하고 일러서 긴 대답소리가 난뒤 수노가 누아래에 와서 대령하엿다 부사가 누아래를 나려다 보며

「관기(官妓)가 수유(受由)안쿠 임의루 출타해두 조흐냐 그러다가는 어듸루 도타(逃躱)해두 모르겟구나 춘향이란년이 향산을 갓다니 지금 곳 관로를 보내서 내일 해전으루 잡이 오게해라」

하고 수노에게 분부를 나리엇다 부사 지리에 가까이 안젓든 판관(判官)이

「춘향이를 다리고 간 서울냥반이란게 누군가 알어 보시지요」

하고 말하야 부사는 수통인(首通引)더러 서울량반이 누구인것을 알아올리라고 일럿다 수통인이 누아래 나려가서 여러 로관(土官)들에게 물어보는중에 전례서 섭사가 종실 단천령이라고 말하야 주엇다 수통인이 올라 와서 그대로 아뢰니 부사는 듯고 판관을 돌아보며

「단천령이 어느틈에 왓군」

하고 말하엿다

「온단 선성이 잇섯습니까」

「향일 관찰사사또 하서(下書)에 단천령이 가거든 극진보호하란 부탁이 기섯는데 왓단말이 업기에 아직 안온줄만 알엇네」

「단천령이 음률을 잘 안다지요?」

「피리를 썩 잘 분다데」

「초향이란년이 지음해주는데 반해서 향산까지 쪼처간겝니다그려」

「그런게지」

「단천령의 안면을 보아 주시자면 초향이를 잡어오란 분부는 도루 거두시는게 조흘것 갓습니다」

판관의 말을 부사는 올케듯고 수노를 다시불러서 초향이가 오거든 치죄할셈 잡고 잡으러보내진말라고 고처 분부하엿다 운산군수가 단천령과 친분이 잇서서 부사를 보고

「단천령 주경(周卿)이가 여기오긴 의외데요」

하고 말하니

「단천령과 친하시우」

하고 부사가 물엇다

「네 친합니다」

「그럼 여기서 며칠 묵어서 만나보구 가시구려」

「한만하게 유산나간사람을 언제올줄 알구 기다립니까」

「친한 친구사이면 운산까지 가기가 쉽겟소」

「그사람이 맘이 내키면 천리두 멀다안쿠 차저 다니지만 맘이 내키지 안흐면 과문불입(過門不入)두 네사루합니다」

운산군수와 부사사이에 이런수작이 잇슨뒤 판관과 태천현감이 번가러가며 단천령의 인물을 물어서 운산군수는 단천령이 시속사람과 다른것을 한동안 입에 침이업시 이야기 하엿다

단천령과 초향이가 묘향산에서 돌아온지 이삼일 된뒤 단천령이 초향이집에 와서 잇슬때 사령들이 억개바람나게 들어와서 바로 안방문을 잡아 열어저치다가 방안에 량반 한분이 안즌것을 보고 무춤하고 뒤로들 물러섯다 초향이가 내다보며

「웬일들이요」

하고 물으니 사령 하나가 초향이더러 나오라고 손ㅅ길을 첫다

「글세 무슨 일이요」

「무슨 일인걸 알어야 나오겟나 사또께서 자네를 보자구 불르시네 어서 이리 나오게」

초향이의 어미가 마침 동네ㅅ집에 간것을 아이년이 쪼차가 불러서 허둥지둥 박게서 들어왓다 사령 하나는 눈한번 흘낏떠보구 아무말도 안코 초향이와 말하든 사령은 인사썽으로

「어듸 갓다 오시우」

하고 물엇다

「자네들 오래간만일세 초향이가 또 무슨일에 걸렷나」

「그런가 보우」

「저 건넌방으루들 들어가서 이야기나 좀 속 시원하게 해주게」

「언제 들어안꾸 잇겟소 얼른 가야지」

「아무리 잡혀가드라두 옷이나 좀 바꿔닙어야지 이사람들아」

「얼른 바꿔닙으라시우」

「그동안 잠ㅅ간이라두 좀 들어안께그려」

사령들끼리 두어마듸 수군수군 짓거린뒤 초향이어미의 뒤를따라서 건넌방으로들 들어갓다 초향이의 어미가 사령들을 안처노코 박게나와서 아이년더러 술을 사오라고 일르고 안방에 들어와서 단천령을 보고

「나리께서 어떠케든지 잡혀가지안루룩 해주시우」

하고 말하엿다

「부사가 잡어오란다는걸 내가 무슨수루 잡혀가지 안루룩 하나」

「서울 냥반님네가 그만수두 업단말슴이요」

「자네 말따라 내가 서울 량반이니까 서울가면 량반자세를 더러 할수잇지만 녕변서는 하는 수 업네」

「저 애가 지금 잡혀가면 등으루 업어내올른지 거적으루 마러내올른지 생사가 어찌 될지 몰라요 그게 뒤탓인데 배썸조케 실업슨 말슴을 하구 기시우」

「어머니 웨 이러오」

초향이의 어미가 단천령에게 곳 시비를하며 대드는데 초향이가 눈ㅅ살을 잔뜩 찌프리고

하고 나물하엿다

「웨 이러다니 내가 못할말 햇느냐」

「어머니는 건넌방에 가서 술 대접이나 하시우」

「네일루 온사람이니 네가 가서 대접하렴」

「어머니 그예 나 죽는꼴을 보고십소」

「그게 늘근어미 위로하는 말이냐」

「나는 어머니를 위로하고 어머니는 나를 위로해야 하지안쏘」

춘향이 눈에 눈물이 매치는것을 보고 그어미는 쓴입맛을 다시며 일어나서 건넌방으로 건너갓다

「내가 자네 매를 벌어준 모양이니 자네어머니가 나를 책망안하겟나」

「나리때문에 매를 맛게되면 하루 열두번 마저도 달게 맛겟세요」

「자네 이머니야 어듸 자네맘과 가튼가」

「제가 잡혀들어가서 나리말슴을 해도 조켓슴니까」

「조타뿐인가 내게 밀어부칠만한 일이거든 죄다 밀어 부치게」

「지금 제 요량에는 말미안밧고 향산간것을 누가 고자질해서 잡힌모양인데 나리께서 변안간가자고 끌어 내세우서서 말미바들새도 업섯다고 발명해 볼까요」

「자네 구변껏 발명하구 무사이 나오기만 하게」

「나리와 친촙게 지내게된것을 뭇거든 명석잠 주무시려든것까지 다 이야기할까요 이야기해도 창피하지 안호시겟세요」

「나는 그걸 창피한일루 알지안네 우리들 그동안 지낸일이 우러러 하늘두 부끄럽지 안쿠 굽

이 땅두 부끄럽지 안흔데 사람아페서 이야기 못할께 무어잇나」

안방에서 단천령과 초향이가 이런수작을 하는동안에 건넌방의 사령들은 두어차례나 간다고 서들엇다 초향이가 옷을 바꾸어 닙고 건넌방에 가서 사령들 술을 권하야 먹인 뒤에 사령들에게 붓들려서 관가로 들어갓다

「초향 잡아드렷소」

사령의 외치는 소리를 급장이 대ㅅ돌 우에서 밧고 형리가 방문박게서 바덧다 부사가 다치엇든 방문을 열어저치고 대ㅅ돌아래 쭈구려안친 초향이를 나려다보며

「네가 관가의 매인몸으루 자행자지를하니 너는 관장두 두렵지안쿠 법두 무섭지안흐냐」

하고 호령을 내노핫다

「친쪼운 서울량반 한분이 묘향산을 가치 가자고 끄시옵기에 매이몸으로 수유안코 갈수업다고 고사하엿습더니 그 량반께서 말슴이 묘향산이 타도타군도 아니요 녕변경낸데 경내에 잠ㅅ간 갓다오는것을 수유안하면 어떠냐 핑계를 말라하시며 화를 내서서 할수업시 그 량반을 뫼시고 갓다왓소이다」

하고 초향이가 료료하게 발명하엿다

부사가 단천령의 안면을 보아서 초향이의 수유안코 출타한것을 더펴두고 시펏스나 중인소시

(衆人所視)에 잡아오라 말라하고 체면에 그대로 두기 어려워서 꾸중이나 한번 하려고 잡아드린까닭게 초향이를 대ㅅ돌우에 올라서라고 명한뒤

「네가 뫼시구간 서울량반이 종실 단천령나리시라지」

하고 네사말소리로 물엇다

「네 그럿소이다」

「단천령나리가 여기를 무어하러 오섯다더냐」

「묘향산 구경겸 제 가야금을 들으러 오섯다고 하십듸다」

「네 가야금이 소문이 굉장이 낫구나」

「그 중씨 나리께서 올봄에 평양 오섯다 가서서 말슴하섯답듸다」

「그 나리의 피리전성은 너두 전에 들엇겟지」

「네 익히 듯조왓섯소이다」

「그 나리 피리가 과연 용하시더냐」

「용하시다 뿐이오니까 이세상에는 짝이 업슬줄로 아옵니다」

「그 나리가 묘향산 가시기전에 너를 차지섯더냐」

「그 나리께서 여기 도착하시든날 저녁때 바로 차저 오섯는데 과객모양을 차리고 오서서 모

로고 농낙을 바덧소이다』
「네가 그 나리게 농낙을 바덧단 말이냐』
「네』
「농낙바든 이야기 좀 해봐라』
단천령이 한데마당 멍석자리에 누어서 피리로 농낙하든것을 초향이가 일장 다 이야기하야 부사가 듯고 우스며
「풍뉴남아의 일이다』
하고 말한뒤 다시 정색하고
「네 이번 소행은 단단이 치죄해야 마땅하되 단천령나리의 안면을 봐서 특별 용서하니 일후에는 그런일이 다시 업도록 하렷다』
하고 일렀다 초향이가 잡혀올때 매는 면부득 마질줄로 알엇는데 다행이 매 한개 안맛고 용서를 바덧다
초향이의 어미는 딸을 잡혀보낸뒤 도무사(都務司)의 전사(典事)로 잇는 먼촌일가를 차저가서 딸이 무사히 노혀나오도록 주선하야 달라고 백번천번 부탁하고 관문아페 와서 동정을 살피려고 기웃거리고 잇는중에 전사가 관문안에 들어갓다 나와서

「어떠케든지 주선해서 무사이 나가게할테니 집에가서 기다리시우」

하고 말하야 그말을 태산갈티 밋고 집에와서 잇섯다 별안간 삽각박게서

「어머니」

하고 불르는소리가 나며 초향이가 웃고 들어와서 초향이의 어미는 버선발로 쪼차나오며

「네가 무사이 나왓구나 아이구 고맙다 전사아재 신세를 무얼루 다 갑는단말이냐」

하고 짓거렷다

「전사 아저씨 신세라니 무어요」

「네가 무사이 나오게된게 전사아재 주선한덕이다」

「천만 도섭스러운 소리 고만하시우 사또께서 단천령나리 안면을 봐서 용서하신다고 말슴하시든데 누가 무슨 주선을 햇단말이요」

「사또께서 단천령 나리 안면을 보시두룩 주선햇는지 누가 아늬」

「내가 잡혀 들어가기전은 몰라도 잡혀들어간 뒤에는 전사아저씨 그림자가 사또아페 얼른하는것도 못 보앗소」

「이애 그래두 네가 한번 차저가서 고맙다구 인사는 해두어라」

「고맙다고 인사하면 전사아저씨 낫이 간지러우라고요」

『사람이 무슨일이든지 뒷길을 무어야하는 법이다』

『뒷길이야기는 두엇다하고 우선 단천령나리께 나 나왓다고 긔별이나 하시우』

『그건 그리 급할께 무엇잇늬』

『궁금해 녀기실텐데 얼른 알려드리는게 조치안쏘』

『마당에 서서 긴 이야기 하지말구 방으루 들어가자』

『어머니가 긔별 안해준다면 내가 가서 보입고 오겟소』

『누가 긔별 안는다나 아이년을 보내잣구나』

『아주 보내고 방으로 들어갑시다』

초향이의 욱임대로 기집아이년을 단천령하처에 보내고 비로소 모녀가치 방으로 들어갓다 단천령이 긔별하려간 아이년과 가치 왓다 초향이가 단천령을 보고 부사와 문답한말을 저저히 다 옴기고 끄트로

『사또께서 수이 한번 만나보입자고 말씀을 여쭈라십듸다』

하고 말하엿다

『부사가 나를 차저나온다든가 나더러 관가루 들어오라든가』

『그런말슴 저런말슴 업시 그저 만나 보입자고만 말슴하십듸다』

『자네가 잡혀가치구 못나오게되얏더면 부사를 차저 뵛슬른지두 모르지만 인제는 부사를 차저볼 일이 업네』

여페서 듯든 초향이의 어미가 입을 실쭉하고

『녕변부사를 차저보면 종반지체가 떨어지시우』

하고 말 참예하야 단천령은 마음에 불쾌한것을 억지로 참고 내색하지안헛다

단천령이 초향이와 친하게 지낸 뒤로 아직것 쌀한말 상목한자 주지아니하야 초향이의 어미는 대접을 차차로 전만못하게하엿다 초향이집에서 숙식을 하는때가 만흔데 조석상의 찬만 가지고 말하더라도 처음에는 아무쪼록 먹도록해주는 정성이 반상에 가득하더니 그 정성은 어느결에 업서지고 찬업다는 빈입인사만 남앗다가 충내는 그 인사마저 업서젓다

단청령이 하처에가고 업슬때는 딸이 어미의 심정을 나물하고 어미가 딸의심사를 뒤집어서 초향이 모녀간에 말다툼이 자주 낫섯다

초향이가 관가에 잡혀갓다나오는날 낫부터 이튼날 다 저녁때까지 단천령여페서 먹고 자고 웃고 놀고 별로 건넌방에도 건너가지 아니하엿다 초향이의 어미가 마당에서 어슬렁어슬렁 돌아다니는데 초향이가 안방에서 내다보고

『어머니 저녁 곳 시키시우 나리께서 아침진지도 얼마 안 잡수섯소』

하고 말하니 초향이의 어미는 단천령더러 귀 잇거든 들으라는듯이

「거리업는 저녁을 날더러 어떠케 하란말이냐」

하고 소리를 질럿다 초향이가 일어나서 마당으로 나려가더니 안방에서 보이지안는구석에 가서 그 어미를 불러가지고 한바탕 말다툼을 하고 다시 방으로 들어왓다 단천령이 우스면서

「자네집엔 저녁이 업는모양이니 나는 자처루 가겟네」

하고 곳 일어나려고 하니

「굼더라도 가치 굼므서야지 그런 인심이 어듸잇세요」

하고 초향이가 붓잡고 노치 아니하엿다

방안이 어두어서 등잔ㅅ불을 켜노흔뒤에 거리업다는 저녁밥이 어떠케 되어서 단천령이 밥을 먹긴먹엇스나 마음에 가시먹는것과 가텃다 밤에 초향이집에서 자면 자연 이튼날 조반까지 먹게되는까달게 단천령은 볼일이 잇다하고 하처로 자려왓다 단천령 생각에 일면부지 녕변부사를 차저보고 사정을 하더라도 괄시는 아니할것이요 친분잇는 운산군수를 가서보고 이야기를 하면 당장 변통이 될것이지만 객지의 용쓸것을 서울집에서 보내줄터인데 구태어 남에게 구차한 소리할까달기 업스므로 서울서 전인(專人)이든지 환(換)이든지 오는동안 초향이집에를 조석으로 놀러갈지라도 숙식은 아니하려고 작정하엿다

이튿날 단천령이 아침밥을 먹은뒤에도 한동안 하처에 잇다가 초향이집에 와서 싸리문안에 들어서니 방문들을 다치고 들어앉저서 사람은 보이지안코 말소리만 나는데 안방의 초향이와 건너방의 그 어미가 얼굴도 서로 보지안코 말다툼을 하는듯

「금지옥엽 귀한 양반을 건달룰객이라니 그게 말이요 무어요」

안방에서 나는 초향이의 말 소리는 독살스럽고

「허울조흔 하눌타리 다 봤다 고만둬라」

건너방에서 나는 그 어미의 말소리는 느물느물하엿다 단천령은 싸리문 박그로 도루 나갓다가 다시 돌처서서 들어오며 에헴 큰기침하고 뚜벅뚜벅 신발소리를 내엇다 건너방에는 쥐 죽은듯 아무 소리가 업고 안방에서는 버스럭소리가 나며 곳 초향이가 마루로 나와서

「왜 인제 오세요」

하고 늦게온것을 매원하는데 모녀간 말다툼할때 난 독살이 갑자기 다 풀리지못하야 진정으로 매원하는것 가텃다

「나는 어듸 좀 가네」

「어딀 가세요」

「운산을 잠ㅅ간 갓다오겟네」

「저 하고 가치 가세요」

「자네 매맛는꼴을 그예 나더러 보란말인가」

「며칠이나 되시겟서요」

「가 봐야 알지만 느저두 사오일박게 더 안될테지」

「왜 올라오시지 안코 거기 서섯세요」

「지금 곳 떠날테니까 올라갈새두 업네 갓다와서 만나세」

단천령은 초향이의집 마루아페 잠ㅅ간 섯다가 바로 하처로 돌아와서 하인더러 나귀안장을 지우라고 일르고 주인에게 운산을 갓다온다고 말하고 무슨 급한일이나 생긴것처럼 총총이 운산으로 떠나갓다

운산군수가 단천령을 반갑게 마저서 후하게 대접하고 서울가서 갑는다고 쌀열섬과 상목열필을 변통하야 달라는것도 두말안코 허락하엿다 단천령은 운산서 하루묵고 떠나오려고하엿더니 군수의 말이 운산에는 초향이가튼 명기(名妓)도 업고 묘향산가튼 명산도 업스나 천리타향에 고인(故人)을 만나서 그러케홀홀이 작별하고 갈법이잇느냐고 책망으로 만류하야 오륙일을 묵게되엿는데 쌀파상목은 그동안에 먼저 녕변 초향이의 집으로 실려보내엿다

단천령이 녕변으로 돌아오든날 하처에서 저녁밥을 먹고 석후에 초향이를 보러온즉 초향이의

이미가 초향이보다더 반가워하며 가진 너스레를 다 노핫다 기생어미의 염냥(炎凉)이 의례 그러하려니 셈을 치면서도 너스레 놋는꼴이 우습기도 하고 밉살스럽기도하엿다 초향이가 오륙일 그런 정회를 탐탐하게 이야기하는중에

「나리 안기신동안에 사또께서 저를 불르섯겟지요」

하고 부사에게 불린것을 말하야 단천령이

「왜」

하고 불린까닭을 물엇다

「사또께서 밤저녁에 한번 저의집에를 나오시겟다고 말슴하세요」

「자네아버지 무덤우에 꼬치피엇는가」

「나리를 만나려 나오신단 말슴이에요」

「나를 만나려면 사처루 전갈이라두하구 나올것이지 엇재 밤저녁에 자네집으루 나온단말인가」

「나리께서 와서노실때 뒤로 긔별해드리면 미복으로 나오서서 하루ㅅ밤 가치노시겟단 말슴입듸다」

「우리들 정답게 노는것을 발가리노려 나온단말인겔세」

「제 가야교에 나리 피리 어울르시는걸 들으러 나오신대요」

「부사가 나를 룰객으로 아는 모양일세그려 내가 여기 더 잇다간 무슨망신을 할른지 모르니까 곳 떠나야겟네」

「나리가 제게 와서기실때 긔별해드리지 안흐면 고만이지요」

「그러지안허두 수이 떠날 생각이 잇든차이니까 하루이틀 밀울것업시 내일 바루 떠나겟네」

「어떠케 그러케 속히가세요」

「속히라니 여기온지가 벌서 이십여일인데 속히야」

「아주 한달이나 채우고 가시지요」

「한달잇스면 떠날때 섭섭하지 안흔가 내일 내가 안오거든 떠난줄루알게」

「가시더래두 그러켄 못가세요」

「갈때는 자네를 작별안하구 갈른지 모르니 그쯤만 알어두게」

「참말 내일 떠나실테요」

「참말이구 아닌건 내일 보면 알겟지」

「난 실에요 난 어떠케하란 말슴이에요」

「내년봄쯤 서울서 다시 만나두룩 해보세」

「내일 하루만 더 잇다가세요 그것도 못하시겟세요」

「하루 더 잇스나마나 매한가지아닌가」

「제 손톱이 빠지도록 실컨 이별곡이나 뜻고 이별하겟세요」

「그것두 조켓지만 지금 우리 한곡조 어울러보세」

밤이 이슥하도록 피리와 가야금을 어울르다가 단천령은 행역끄테 피곤하다고 풍류를 끄치고 자리를 보게하엿다

이튼날 단천령이 초향이집에서 조반을 먹고 눌러안저잇다가 별안간 무슨 이즌일이잇는것가티 말하고 하처에를 와서 운산군수가 객지의 잔용을 쓰라고준 상목두필에서 한필은 주인을 내주고 나머지 한필을 로수로 가지고 녕변서 도망하듯이 떠낫다 첫날은 안주(安州)와서 숙소하는데 초향이가 쪼차와서 내버리고 도망하엿다고 매원하는 꿈을 꾸고 이튼날은 냉정(冷井)와서 숙소하는데 꿈에 초향이의 어미가 멱살을 들러 대들어서 호령하다가 잠이 깨고 그이튼날은 평양을 들어 왓는데 이때 평안 감사 유장이 벼슬이 내직(內職)으로 올마서 재감사와 교대하기를 기다리고 잇는중이라 차저보고 벼슬갈린 인사하고 하루ㅅ밤 자고 바루떠낫다 평양서 늣게떠난 까닭그로 그날은 중화와서 숙소하고 다음날은 봉산참을 못대고 동선역에서 숙소하고 그다음날은 서흥와서 숙소하고 또 그다음날은 평산와서 숙소하엿다 평산서 백십리 송도

를 숙소참 대려고 길을 조여오다가 금교역에 와서 중화하는데 하처잡은집 주인이 송도로 가는줄을 알고

「탑고개가 요새 버쩍 더 험해저서 행차가 무사이 지나가시기 어렵습니다」

하고 말하엿다

「탑고개가 요새 험하다니 도적이 자주 난단말인가」

「자주 여부가 업습니다 매일 난답니다」

「그럼 탑고개루 사람이 못다니나」

「다니기야 다닙지요만 꺽정이에게 세를 바치구 다닙니다」

「세를 바치다니?」

「꺽정이패가 길ㅅ세란 명목은 내걸고 탑고개 지나가는 사람에게 세를 밧는답니다」

「그래 행인한사람에 세를 얼마큼씩 밧는다든가」

「근처 장ㅅ군에게는 대개 십일조를 밧구 녀느행인에게는 드리업시 밧는답니다」

「인명은 살해하지 안는다든가」

「웬걸이요 선심이 내키면 물건만 뺏구 선심이 드리키면 목숨두 뺏는갑듸다 며칠전에두 평산 봉산 선비님네 여러분이 작반해서 탑고개를 지나오다가 꺽정이에게 붓들려가서 다섯분

인가 여섯분이죽구 겨우 세분이 살어갓습니다」

「죽은사람은 엇재 죽구 산사람은 어떠케 살엇다든가」

「말을 잘못한양반은 죽구 말을 잘한양반은 살엇겟지요」

「지금 이해가저구 용고개루 돌아서 송도를 갈쑤잇슬가」

「탑고개루 바루 가서두 저물터인데 더구나 길을 돌아가시면 밤중에나 들어가시게될걸이요」

「요새 달이 조흐니까 쾌안잡히구두 갈쑤잇겟지」

「용고개는 전에 무사햇섯는데 근래 길을 돌아다니는 사람이 하두 만흔까닭그루 꺽정이패가 용고개까지 나와서 지킨단 말이 잇습듸다」

「돌아가두 도적이요 바루가두 도적이면 돌아갈까닥잇나 바루 가는게지」

「어뚝새벽이나 어둔 밤중이면 탑고개두 대개 무사 합니다 여기서 주무시구 첫닥울이에 떠나가시지요」

「밤ㅅ중두 조흐면 오날밤에 밤ㅅ길루 가겟네」

「송두가서 주무실데가 업서서 고생하시지 안흘까요」

「새벽ㅅ길 밤ㅅ길 다고만두구 지금 그대루 가겟네 뺏길만한 물건이 업는데 겁날것잇나」

「그건 처분대루 하십시요」

단천령은 아무것도 가진것이 업는것만밋고 금교역말서 그대로 떠낫다
이날 청석골두령중의 황천왕동이가 탑고개로 나오게되엿는데 한온이가 심심한데 가치가겟다고 꺽정이에게 말하고 황천왕동이를 따라 나왓섯다
홀아비로 지내든 탑고개 주막주인이 도망군이 절믄기집하나를 갓 어덧는데 얼굴이 해반지그레 하다고하야 한온이는 주막기집을 구경하려고 따라나온것이엇다 황천왕동이와 한온이가 주막방에 들어안저서 기집을 데리고 허영수도하고 술도먹엇다 해가 승석때가 다되엇슬때 두목하나가 방박게 와서
『해가 다저갑니다 들어가지 안흐시렵니까』
하고 품하야 황천왕동이가 두목더러
『다들 게잇느냐』
하고 물으니
『네 다 여기잇습니다』
하고 그두목이 대답하엿다
『아무리나 고만 들어가자 오늘하루는 아주 빈탕이로구나』
하고 황천왕동이가 먼저 방박게나서서 방안의 한온이를 돌아보며

「이사람아 고만나와」

하고 재촉할때 길에나섯든 졸개하나가 쪼차와서

「나귀탄 양반하나가 이아래옵니다」

하고 말하야 황천왕동이는 두목 졸개 십여명을 얼른 주막헛간에 드려세우고 혼자 주막압길에 나서서 기다리엇다 나귀탄 량반이 하인하나를 데리고 오는데 행색은 초초하나 신수를 보든지 긔상을 보든지 귀인이 분명하엿다

「이애들 나오너라」

황천왕동이가 소리를 치자 곳 두목과 졸개들이 헛간에서 뛰어나와서 나귀아플 가로막앗다 하인은 대번에 궁둥방아를 찟고 주저안꼬 량반은 눈ㅅ살만 찌프리엇다 두목하나가 졸개들을보고

「얼른 끌어나리지 못하구 구경들하구 섯느냐」

하고 소리를 질러서 졸개들이 끌어나리려고 달려드니 그량반은 찌프렷든 눈ㅅ살까지 펴고서

「대들지 말구 말루해라 너이가 내게 무얼 바라느냐」

하고 말하는데 말하는모양이 태연하엿다

황천왕동이가 그량반의 거동을 밉게보지아니하야 졸개들에게

「그냥반을 가만둬라」

하고 분부한뒤

「우리가 바라는건 재물이니 재물을 가진대루 다 내시우」

하고 대접하야 하우로 말하엿다

「다들 보다시피 행장은 아무것두 업구 저 하인이 걸머진 자루에 결량식이 너댓되 들엇슬뿐이니 그거라두 달라면 주지」

남은 일껀 하우로 대접하는데 아니꼽게 반말을하야

「다른재물을 가진것이 업거든 나귀라두 두구가라구」

하고 황천왕동이도 반말지거리를하엿다 황천왕동이의 눈치가 조치안흔것을 알앗든지 그량반은 바로 말씨를 고처서

「나귀를 주면 나는 무얼 타구가란말이요」

하고 하우를 하는데 이번에는 뒤쪽으로 황천왕동이가

「정강말은 타구가지 무얼타구가」

하고 반말로 내빼덧다

「그대네 괴수가 임꺽정이아니요 꺽정이가 여기잇거든 나를 상면좀시켜주구려」

「댁은 대체 누구시우」

황천왕동이가 성정이 싹싹한 까닭그로 반말을 고만두고 다시 하우하야주엇다

「나는 종실 단천령이요」

황천왕동이는 단천령을 잘몰라서 누군지 아느냐 뭇는눈치로 여페 나와섯는 한온이를 돌아보앗다 한온이가 단천령더러

「피리 잘부는 단천령이시우 금지옥엽이시구려」

하고 말한다음에 황천왕동이에게 귀ㅅ속말를 몃마듸 소근소근 짓거리엇다 황천왕동이가 단천령을 보고

「우리대장을 상면하구십거든 우리하구 가치갑시다」

말하고

「여기잇거든 만나잔말이지 일부러 다른데까지 가서 만날껀 업소」

하고 단천령이 실타고 대답하는 말은 들은척도 아니하고 두목과 졸개들을 둘러보며

「이냥반을 잘 뫼시구가자」

하고 분부하엿다 두목 졸개 십여명이 나귀탄 단천령을 전후로 옹위하고 또 벌벌떠는 하인을 냥쪽에서 부축하듯 껴들고 산속으로 들어왓다

황천왕동이가 단천령을 허생원 약국에 잠시 안처두게하고 바로 한온이와가치 꺽정이 사랑에 와서보니 꺽정이는 마침 소홍이집에 가고 사랑에 업섯다

「단천령 노주(奴主)의 저녁을 얼른 어듸다가 시켜야할텐데 어떠케할라나」

한온이의 말을

「형님말을 들어봐야지 형님잇는데루 우리 가세」

황천왕동이가 대답한뒤 두사람이가치 소홍이 집으로 꺽정이를 보러왓다 소홍이가 광복산서 청석골로 온뒤에 초막한채를 조금 변작하여가지고 딴살림을 하게되엿는데 집박게 울도 둘르고 방아패 되도 노핫스나 원래가 추막이라 일자집 삼간뿐이엿다 황천왕동이와 한온이가 소홍이집 삽작안에 들어와서 방아프로 가까이오는데 방문이 다치고 방안에 말소리가 업서서 둘이 서로 눈짓하고 도루나가려고할때 소홍이가 방문을 열고 내다보며

「텁고개들 나가섯다더니 언제 오섯세요 대장께서 여기 기십니다 어서이리 들어들오십시오」

하고 말하엿다 두사람이 방안에 들어와 안즌뒤 황천왕동이가 단천령붓들어 온사연을 말하니 꺽정이는 말을 다 듯지도안코

「나귀가 조흐면 나귀나 뺏구 보내지 그건 왜 붓들어온단 말이냐」

하고 말하는것이 붓들어온것을 긴치안케 녀기는 모양이엿다 황천왕동이가 한온이를 가르치며

「이사람이 붓들어가지구와서 피리를 한번듯구 보내자구 말합듸다 그래서 붓들어왓습니다」

하고 한온이에게 밀어부처서 한온이가 단천령의 피리가 용하다는 소문을 이야기한끄테 소홍이더러

「자네는 더러 들어봣겟지」

하고 물엇다

「그냥반 형님의 거문고도 들어보고 그냥반의 피리도 들어 봣지요 그냥반이 피리에는 귀신이에요」

꺽정이가 소홍이의 말을 듯고

「이왕 붓들어왓스니 오늘밤에 여럿이 모여서 피리를 한번 들어보자」

하고 황천왕동이더러 일럿다

「그 노주의 저녁은 뉘게다 시키까요」

「온이가 청해온 손님이니 온이집에서 어련이 잘 대접하겟느냐」

꺽정이가 일변 황천왕동이에게 대답하며 일변 한온이를 보고 우섯다

꺽정이가 소홍이집에서 사랑으로 왓슬매 서림이가 마침와서 단천령을 탑고개에서 붓들어온것과 여럿이 밤에 모여서 피리들을것을 꺽정이의 이야기로 듯고

「단천령을 하루 묵혀서 내일밤에 피리를 듯는것이 조흘것 갓습니다」

하고 말하엿다

「내일밤이 조흘께 무어요」

「여러가지루 조켓습니다 난데나간 이두령 길두령 두분이 내일은 들어올테니 원만이 한께모여서 하루ㅅ밤을 질겁게보내는것이 조켓구요 또 피리를불때 장단처줄사람은 반드시 잇서야할텐데 이왕이면 내일 송도에 사람을 보내서 음률아는 기생을 한둘 붓들어오는것이 조켓구요 그러구 또 여럿이 모여 놀처소루는 옹색한 이사랑보다 널직한 도회청이 조켓는데 내일밤이면 밤에 선선치안루룩 준비를 잘할쑤잇지만 오늘밤에는 준비할새가 업슬것갓습니다」

「오늘밤에 이사랑에서 한번듯구 내일밤에 도회청에서 또한번 들으면 되지안쏘」

「여느 률객이나 광대만 가트면 그러케하는게 조켓지요만 종반(宗班)중에두 내노라하는 훌륭한 낭반을 률객이나 광대가티 대접해서 말을 잘들을른지 모르겟습니다 피리를 한사쿠 불지안흐면 어떠케 하실랍니까 죽이기는 쉬워두 억지루 불리기는 어렵지 안씁니까 또 억지루 불려서는 재주껏 불릴쑤두 업습니다 제생각에는 내일하루 손님으루 대접을 잘해서 맘을 눅여주구 저녁 연석(宴席)에서 술과 기집으루 흥을 도더준뒤에 피리를 한번 들려달라구 청하면 그재주를 다 내노케될듯 합니다」

서림이 말에 꺽정이는 고개를 끄덕이고 곳 황천왕동이와 한온이를 불러서 피리는 내일밤에 돗게하고 대접은 아모조록 잘하라고 말을 일럿다

이튼날 아침후에 꺽정이가 황천왕동이더러 송도가서 김천만이와 상의하야 기생두엇을 데려오게 하라고하고 김산이 더러 도회청 밤잔치를 한온이와가치 준비하라고하고 또 서림이더러 한온이집에 가서 단천령을 잘 접대하라고 분부하엿다 서림이가 단천령에게 가잇다가 와서

「대장을 만나뵙구시퍼하는 눈치든데 만나보실랍니까」

하고 물어서

「만나볼테니 이리 데리구 오구려」

하고 꺽정이는 대답하엿다

「이왕 특별히 대접하실바엔 가서보시는게 어떨까요」

「내가 가서 하정배하리까」

「대접을 아주 융숭하게 해주시려면 가보시는것두 조흘듯해서 말슴한게올시다」

「안온다거든 고만두구 온다거든 데리구오우」

「만나자구 오라시면 오겟습지요 그럼 가서데리고 오겟습니다」

「그리하우」

서림이가 단천령을 대릴러간 동안에 꺽정이는 심부름 하는 졸개들을 사랑박갓마당에 세우고 신불출이 곽능통이 두시위를 사랑마루에 세워서 손이 오거든 거래하고 드리게하엿다 미구에 졸개하나가 나는듯이 들어와서

「서종사께서 손님을 뫼시구 오섯습니다」

하고 아뢰고 신불출이가 박게까지 들릴 큰소리로

「손님 듭시라구 하랍신다」

하고 외친뒤에 서림이가 압서고 단천령이 뒤따라 들어오는데 꺽정이가 열어노흔 방문으로 내다보니 단천령의 얼굴모습이 언뜻보기에 리봉학이와 비슷한데가 잇서보이엇다 단천령이 방에 들어서는것을 보고 꺽정이가 비로소 자리에서 일어서서 여러두령 모일때 리봉학이의 안는 자리를 가르치며 와안즈라고 청하엿다 좌정하고 수인사가 긋난뒤에 단천령이 먼저

「내가 말슴할일이 잇소」

하고 말을 내어서

「무슨일이요」

하고 꺽정이가 물엇다

「탑고개에 나왓든사람들이 내나귀를 달라는데 내가 서울까지 이백니ㅅ길을 도보루 가기가

어려워서 사정하구 시프나 속담에 잔고기 가시세다구 그사람들은 사정을 잘 들어줄것갓지 안허서 대장을 만나게해말라구 말햇다가 여기를 붓들려오게되엇소 처음뵙구 이런말슴을해서 미드실지 모르지만 사람하나를 날주면 내가 서울가서 그사람에게 나귀를 주어보내리다」

「나귀는 아무리 조터라두 내가 욕심내지 안흘테니 념려마시우」

「그럼 나를 오늘 가게해주시우」

「이왕 오섯스니 일이일간 묵어가시우」

「내가 집을 떠난지가 오래돼서 생각에 일각이 삼추(三秋)갓소」

「오늘 묵어서 내일 가시우」

「지금 집에갈맘이 살가터서 하루바삐 가야겟소」

「임꺽정이는 한말을 두번세번 곱씹구 되푸리하는 사람이 아니요」

꺽정이의 말이 힘진데 눌리엇든지 단천령은 가겟단말을 다시 하지못하엿다

단천령이 무류하야 안젓는것을 서림이가 위로하느라고

「하루 쯤 더 묵으서서 별루 낭패되실일은 업겟지요」

하고 말하니 단천령은 한참만에

「낭패될일은 업지만 잠시라두 잇서부지럽슨 사람을 붓들어 묵히시는게 무슨 의사신지 의사

를몰라서 궁금하우」

하고 대답하엿다

「서울낭반이 이런데 오시기가 어듸 쉽습니까 쉽지안흔길이니 묵어가시란 말이지요 우리가 례법은 모르는 사람이지만 손님으루 대접하는데 악의(惡意)는 먹지안씁니다 맘을노흐시구 하루 놀다가십시요」

「이산속에 수석이나 조흔데 잇거든 한번 구경시켜주시우」

「여기가 첩첩산중일뿐이지 수석은 볼만한데가 업습니다」

「내가 이번에 묘향산을 구경하구 오는데 산세두 웅장하구 수석두 긔특합듸다」

서림이는 묘향산을 보지못한 사람이라

「네 그래요」

하고 말할뿐인데 꺽정이가 전에본 산들을 비교하야

「묘향산이 산세가 웅장하기는 백두산만 못하구 수석이 긔이하기는 금강산만 못하지요」

하고 단천령의 말을 뒤바덧다

「대장은 백두산을 구경하섯소」

하고 단천령이 뭇는것을

「우리대장께서는 북으루 백두산부터 남으루 한라산까지 조선팔도의 명산이란 명산을 골고루 다 구경하셧답니다」

하고 서림이가 대신 대답한뒤 꺽정이가 너어서

「전에 우리 선생님이 산수에 벽(癖)이잇는 분이어서 만이 따러다녓섯소」

하고 다시 대답하엿다

「대장의 선생님이 이인이랍되다그려?」

「우리 선생님말슴을 뉘게 들으셧소?」

「이장곤 이찬성의 후취처삼촌이 지인지감이 잇서서 이찬성을 조카사위 삼엇단 이야기두 전에돌엇구 갓바치에 숨은 인물이 잇서서 조정암(趙靜庵)선생이 친구루 사귀구 영정대왕(榮靖大王)께서 영의정(領議政)감으로 치셧단 이야기두 전에 들엇지만 그가 한사람인것은 이번에 묘향산가서 알엇소」

「묘향산 중에 우리선생님일을 자세이 아는사람이 잇습되까」

「수월당 노장중이 자세이 압되다」

「올치 우리선생님이 출가할때 삭발해드린 중이 그저 살엇군」

「대장의 선생님이 분신출두할줄 아시구 초풍환우두할줄 아섯소?」

『난 모르우 난못봣스니까』

『그러재주를 가진사람은 구경 잡술ㅅ군인데 조정암선생가튼 정인군자(正人君子)가 잡술ㅅ군을 친구루 사귀섯슬리가 업슬듯해서 나두 그런말은 고지듯지 안햇소』

『우리 선생님이 잡술은 아섯는지 모르지만 천문 지리 의약 복서 무어세구 막힐데가 업스섯소 그러구 압일을 잘 아섯소』

『대장두 압일을 잘 아시우?』

『내가 압일을 잘알면 도독눔이 됏겟소?』

꺽정이가 껄껄 우슨다음에

『우리선생님이 돌아가실때 내게하신 유서(遺書)가 잇는데 그유서가 무슨뜻인지 아는사람이 업스니 한번 보실라우』

하고 물엇다

『무슨뜻인지 모르드라두 한번 보기나합시다』

꺽정이가 머리마테 노힌 조그만 손궤짝을 열고 그중에서 쪽조이 착착접은것을 꺼내서 단천령을 주엇다 그조이는

삼년적리관산월(三年笛裏關山月) 구월병전초목풍(九月兵前草木風) 부상서지봉단석(扶桑西

枝封斷石) 천자정긔재안중(天子旌旗在眼中)

이란 절구 한수 적힌것이엇다 단천령이 한참 드려다보다가 그조이를 접은금대로 도루접어서 꺽정이아프로 밀어노핫다

「그뜻을 아시겟소」

꺽정이가 뭇는데 단천령은 대답업시 고개를 가로흔들엇다

「글하는이들이 모두 모른다니 무슨글이 뜻이 그러케 어렵단말이요」

「글뜻은 별루 모를것이 업지만 유서루는 뜻을 땅띄임두 못하겟소」

「대체 글뜻은 무어요 아는대루 말슴좀하시우」

「그게 당나라 두보(杜甫)의 글을 모은것이요 첫귀한짝은 삼년동안 이별(離別)햇단뜻이구 박갓작은 만국(萬國)에 난리난단뜻인데 원래는 만국인것을 구월이라구 고첫구려 그러구 나귀안짝은 동쪽에서 서쪽으루 간단뜻이겟구 박갓짝은 천자의 긔ㅅ발이 눈에보인단뜻이요」

단천령이 말을할때 박게서 두세두세하는 소리가 나더니 여러사람이 사랑압마당으로 죽들어서며 그중의 두사람은 바로 방으로 들어왓다

꺽정이가 방에 들어온 두사람의 절을 바들때는

「잘들 다녀왓나」

말을 뭇고 마당에선 여러사람의 문안을 바들때는 말업시 고개만 끄덕이엇다 두사람중의 얼굴히고 수염검은 사람이 자리에서 일어섯는 서림이와 수어수작을 하는데 꺽정이가

『가서 옷들이나 바꿔닙구 오게 다녀온 이야기는 나중에 듯세』

하고 말하야 두사람은 섯다가 도루 나갓다 두사람이 마당의 여러사람을 거느리고 나간뒤에 단천령이 먼저잇든 처소로 가겟다고 말하니 꺽정이가 그럴것 업다고 말리고 나서

『전에 종반 이가에 이학년(李鶴年)이란 사람이 잇섯는데 촌수를 따질수잇소』

하고 물엇다

『이학년이라니 신사년 안씨집 옥사에 죽은 사람말슴이요』

『네 그렇소』

『촌수를 따지면 동고조팔촌(同高祖八寸)일것이요』

『그럼 그리 먼일가두 아니구려』

『삼종이 무어 멀겟소 그런데 그건 엇재 물으시우』

『일가 하나를 차지시우 그아들이 여기잇소』

『그가 자제가 잇서요 그자제가 이름은 무어구 나이는 몃살이요』

『이름은 봉학이구 나이는 올에 갓마흔이요』

「갓마흔이면 신사생 아니요 그럼 그아버지 죽든해에 낫구려」

「난지 백일두 되기전에 그아버지가 죽엇다는갑되다」

「참말 조고여생(早孤餘生)이구려 가까이 잇거든 만나보게 해주시우」

「옷바꿔입구 오랫스니까 곳 올것이요」

「아까 왓다간 사람이요」

꺽정이가 대답으로 고개를 끄덕이엇다 서림이는 리학년의 근본을 자세히 알지못하야

「아무리 천첩소생(賤妾所生)이라두 종반냥반의 아들루 홍문관 관노(館奴)노릇을 한것이 어찌된일입니까」

하고 단천령더러 물어서 리학년이 노는 기집의 몸에서 난것을 그아버지가 찻지아니하야 모족(母族)을 따라서 천인이 된것과 속량못하고 천인노릇을 하엿지만 학문이 잇서서 당대의 문인학사(文人學士)들과 추축이 만헛든것을 단천령이 간단하게 이야기하엿다 리학년은 긔묘년 조정암 옥사에 걸려서 장류(杖流)를 속바치고 면하고 신사년 안처겸(安處謙)옥사에 또 걸려서 처참(處斬)을 당한 사람이라 긔묘년이야기도 나오고 신사년이야기도 나왓는데 꺽정이와 단천령이 서로 돌려가며 말자루를 잡고 서림이도 간간이 말참녜를 들엇다

한동인 조이지나서 리봉학이가 탕창(宕氅)을 말쑥하게 차리고 왓다 리봉학이가 서림이의 비

켜주는 자리에와서 안존뒤

「이냥반허구 인사하게 자네의 일가양반일세」

꺽정이가 단천령과 인사를 부치엇다

「나는 이봉학이란 사람이요」

「나는 단천령이야 선장(先丈) 휘짜가 학짜 년짜시라지 우리가 촌수를 따지면 사종숙질간인데 내가 숙행(叔行)이니 처음 봐두 하게 하겟네」

「일가루 하게한생각은 마시우 나는 일가가 업는사람이요」

「선장 일은 생각하면 자네가 그러케 격한말을 하는것두 괴상할것이 업지만 일가를 어떠케 억지루 떼어버리나 그러구 나두 지체가 자네나 별루 다름업는 사람일세 증조 익녕군(益寧君)은 말슴할것 업구 조부 수천부정두 서자(庶子)시구 나 자신두 서자일세」

「그건 나를 냥반의 서족(庶族)으루 알구 하는 말슴이지만 아니요 나는 상놈이요」

단천령은 말을 더 하지 못하고 한숨을 지엇다 평소에 불상하게 생각하든 일가 학년이 아들이 잇단 말만 들어도 반가울터인데 그아들 되는 사람을 만나보게까지 되어서 반갑기가 기지업건만 정답게 수작을 부칠수 업는것이 애달벗든것이다 꺽정이가 빙그레 우스면서

「일가간에 정다울줄 알구 일껀 인사를 부쳣는데 말하는것이 곳 척진사이 가트니 인사부친

사람까지 무안해」

하고 리봉학이를 나물하듯 말하니 리봉학이가 단천령을 돌아보며

「처음 뵙는 처지지만 남과 달리 생각해주시는 까닭게 진정을 속임업시 말슴한게니 어찌알지 마시우」

하고 부드러운 언사로 말하엿다

지월도 보름이 가까웟건만 일긔 따뜻한것이 봄날과 가탓다 해진뒤에는 바람이 좀 차나 장정들은 무명 고이적삼으로 견딀만 하엿다

하늘에 구름도 업고 공중에 진애도 업스나 산에서 남긔(嵐氣)가 나리는지 저녁연긔가 아직다 사라지지안코 잠겨잇는지 초저녁 달비츤 조금 흐릿하야 물가티 맑지 못하고 수은(水銀)가티 하엿다

조사때만 지나면 종일 텅비는 도회청에 이날은 낫부터 저녁까지 사람이 끈치지안코 들락날락하엿다

모뎌갓든 도회청을 그동안 좀 변작하야 뒤와좌우는 벽을치고 전면은 남쪽에 난간을 드리엿섯다 난간중간은 오르나리는 층계인데 층계 우만 퇴우고 난간박근 남쪽 다 휘장을 치고 대장안는 주홋칠한 큰교의 하나만남기고 그외의 다른교의는 다 치워버리고 대칭안에 멍석을 드려

깔고 멋석우에 뭇메를 덧깔고 층계에서 정면에노힌 주홍교의 남쪽으로 벌려서 또 좌우로 모꺽거서 보료방석들을 깔어노코 대청압 추녀끄테는 사초롱들을 달아노코 대청안 들보아래는 큰등롱을 달아노핫다 박갓마당에 화로ㅅ불을 노코 압마당에 홰ㅅ불을 피우고 사초롱과 등롱에 춘ㅅ불을 밝리엇다 바람마지에는 등롱을 달앗거니와 취장이 바람을 막아서 아늑한데는 나무춘ㅅ대들에(이때는 유긔춘ㅅ대가 업섯다) 대초를 부처서 널븐 대청을 발키엇다

꺽정이 자랑에 모이엇든 여러 두령들이 꺽정이를 옹위하고 도회청으로 왓다 두령중의 아니온 사람이 오가와 한온이와 김산이 셋인데 김산이는 음식을 보삷피고 올것이고 한온이는 손님과 가치 올것이나 오가는 두통이나서 못오겟다고 아니왓다 오가가 상처한뒤로 그전 놀기조하하든 풍치가 업서저서 노는 자리에는 모피를 잘하므로 두통이 심하거든 머리를 동이고라도 오라고 꺽정이가 박유복이를 보내고 또 서림이를 연거퍼 보내서 오가를 억지로 끌어오다시피하엿다 오가까지 마저온뒤에 꺽정이가 한온이에게 사람을 보내서 손님을 뫼시고 오라고하야 단천령이 한온이를 따라 왓슬때 꺽정이가 일어서니 여러두령이 모두 따라 일어서서 단천령을 정중하게 마저드리엇다

꺽정이의 걸터안즌 교의 남쪽에 보로가 하나씩 깔렷는데 왼쪽 보료에는 서림이와 리봉학이가 안교 바른쪽보료에는 오가와 박유복이가 안젓다 또 좌우편으로 모꺽거서 보료하나 방석둘씩

깔렷는데 왼편에는 단천령을 보료에 안치고 황천왕동이와 한온이가 방석에 안고 바른편에는 배돈석이와 곽오주가 보료에 안고 길막봉이가 방석하나를 깔고 방석하나는 김산이의 안즐 자리로 남겨노핫다 좌정한뒤에 나제 서로 보지못한 오가와 단천령은 꺽정이가 인사를 부치엇다 오가가 인사를 마치자마자 곽오주가 꺽정이를 바라보고

『나두 인사 못햇소』

하고 인사 부처달라고 말하는것은 꺽정이가 못들은체 하니 곽오주는 바로 단천령을 건너다 보며

『우리두 인사합시다』

하고 제대루 인사수작을 건느기 시작하엿다

『나는 성은 곽가구 이름은 오주요』

『나눈 단천령이요』

『서울은 단가가 만소 나는 단가성가진 사람을 처음보우』

꺽정이가 곽오주의 말을 뭇고

『이놈아 그게 무슨 미친소리냐』

하고 나물하엿다

『무에 미친소리라구 공연이 호령을하시우』

『이냥반 성이 이씬줄을 모르느냐』

『이씨요 난 몰랏소 그럼 왜 단천령이라우』

『단천령은 벼슬 이름이다』

『모두들 단천령이 단천령이 하기에 나는 성이 단가구 이름이 천령인줄 알엇소』

『그러키에 너가튼 무식한놈은 인사할 생각두 말구 구구루 가만잇지』

꺽정이가 곽오주를 욱박질른다음에 곳 단천령을 돌아보며

『저놈의 행적을 들으섯는지 모르겟소 요새 녀인네들이 우는애를 혼동시킬때 곽쥐라구 한답되다 그 곽쥐가 곳 저놈이요』

하고 말하니 단천령은 깜짝 놀라면서

『어린애를』

하고 말하다가 말을 중동무이하고 곽오주를 바라보앗다

단천령 생각에 곽오주의 얼굴은 보기 흉악하기가 야차의 화상 가터야 할것인데 이목구비가 어느사람과 다름업는것이 도리어 괴상하엿다 단천령이 도둑놈들에게 대접을 밧는것이 마음에 송구스러운데다가 죄업는 어린애를 해치는 곽쥐와가튼 전고에 업는흉악한 도둑놈과 마주 대하고 안것는것이 진저리가 치이도록 불쾌하야 말도 안코 웃도 안코 고개를 숙이고 안젓섯다 꺽정이가 기집들을 곳 불러오라고 재촉하야 김산이가 기집 셋을 데리고 왓다 셋중에 둘은 송도서 온 기생이요 나머지 하나는 소홍이엇다 소홍이는 전에 단천령과 안면이 잇다고하야 꺽정이가 밤에와서 가치 놀게 하라고 미리 일러 두엇든것이다 꺽정이의 지휘로 소홍이는 꺽정이 교의아페 드러안고 송도기생들은 단천령 좌우에 갈라 안젓다 단천령은 소향이를 생각하야 마음과 뜻이 멀리 녕변으로 가고 가까히 여페안즌 기생들은 눈도 잘 거들떠보지 아니하엿다 서림이가 단천령에게로 가까이 나와안저서 이런말 저런말 부치다가

『우리 청석골 자랑을 좀 들어 보실랍니까』

하고 말한뒤 꺽정이와 길막봉이가 호도와 잣을 엄지 식지 두손까락으로 깨기내기하든것을 이야기하고 리봉학이와 배돌석이가 을묘년에전공(戰功) 세운것을 이야기하고 박유복이가 원통하게 죽은 아버지의 원수 가픈것을 이야기하고 황천왕동이가 여색(女色)에 근엄(謹嚴)한뎌으로 김산이 칼에 죽지안흔것을 이야기하야 단천령의 귀를 흠씬 소승기어노코 곽오주의 이야기를 시작하엿다 곽오주가 남의 집에서 머슴을 살때 주인의 아들이 과부 하나를 첩삼으려고 업어왓다가 연이업서 가치 살지못하고 곽오주를 내준것과 그과부가 곽오주의 아들 하나를 나노코 산후발이로 죽어서 곽오주가 갓난애를 안고 동네로 돌아다니며 동냥젓을 어더먹인것과

어느날 밤ㅅ중에 어린애가 배곱파서 우는데 젓은 어더먹일수 업고 가로안고 둥둥이를 치다 치다 겁겁한 성미에 동당이를 친것과 어린애가 죽은뒤 곽오주는 심질(心疾)로 거의 폐인(癈人)이될뻔 하다가 다행이 폐인은 되지아니하엿스나 어린애 우는 소리만 들으면 심질이 발작되어서 정신모르고 해치는것을 자세히 다 이야기하야 들리엇다 송도기생들은 단천령과 가치 이야기를 잠착하게 듯고 그외의 다른사람들은 가까이 안즌대로 서로 웃고 짓거리고 무슨이야기하는것을 알려고도 하지아니하엿다

단천령은 전에 한번 어린애 우는것이 듯기 실혀서 어린애를 포대기째 방구석에 밀어박질럿다가 어린애의 경긔를 그처주느라고 달포애쓴 일이 잇서서 자긔의 일과 곽오주의 일이 오십보백보까지 틀릴것이 업는듯하야 곽오주가 흉악한 조명을 듯게된것이 용혹무괴의일로 생각이들엇다

단천령생각에 흉악한 야차만 녀긴 곽오주도 구경 자기와 다름이업는 사람이나 사람으로 생김생김은 도독놈박게 더 될것이 업서보이엇다 그러나 이건 곽오주 하나뿐이아니다 우선 꺽정이부터 사내답게는 생겻스나 천생도독놈이고 그외의 여럿도 목자불량한것이 숨길수업는 도독놈들이엇다 어느모로 뜨더보든지 도독놈갓지 안흔사람이 한가 황가 봉학이 셋인데 언어 동작이 한가는 왈짜요 황가는 상껫이요 오직 봉학이만 씨가 달라서 량반가텃다 단천령이 곽오주로부

더 여러 두령들까지 한번 쭉 돌라보며 이와가티 생각하엿다

단천령이 꺽정이 아페 안즌 기생을 바라보니 낫은 익어보이는데 이름은 생각나지 아니하야

「저사람은 어듸서 만이 본것가튼데」

하고 혼자말을 한다음에

「자네 이름이 무언가」

하고 물엇다

「소홍이올시다」

「소홍이? 자네 장악원에 시사하지 안햇나」

「네 그랫습니다」

「여기서 만나긴 의욀세」

「네」

멀리안즌 기생과수작하고 가까이안즌 기생들을 모른체 할법이 업서서 단천령은 자긔 냥여페 기생들을 돌아보며 약간 말마듸를 물어보앗다

꺽정이가 김산이더러 술을 곳 가저오게 하라고 재촉하야 떡벌어지게 차린 주안상 두상이 드러왓다 여러 사람이 자리들을 옴겨안는데 이때까지 혼자 교의에 걸터안저서 거만을 부리든

꺽정이드 교의를 뒤로 물리고 방석깔고 나려안젓다
꺽정이가 서림이 리봉학이 두사람과 가치 한상을 가지고 단천령을 대접하고 그외의 여러사람은 모두 한상으로 몰리엇다 소홍이는 꺽정이 상에서 술을치며 권주가까지 불르고 여러사람상에 와서 시중을 들게된 초도기생들은 상제 오입쟁이 한온이와 만수바지도 변변이 하지못하고 그저 술치기에 분주하엿다

좌중 십여인의 복색들을 볼작시면 조관(朝官)의 모듬과 거의 다름이업섯다 꺽정이는 진사립에 당건을 바처쓰고 홍포(紅袍)에 자주띄를 눌러띄고 여러두령들은 거지반 주사립(朱絲笠)미테 당건쓰고 남천익(藍天翼)우에 도홍띄 띄고 단천령은 복건 쓰고 창의 닙고 오직 한온이만 상제노릇 하느라고 두건우에 평량자를 쓰고 베직령(直領)우에 삼띄를 띄엿섯다 여러사람 상에서 좌석을 좁히려고 먼저 파탈하기 시작하야 꺽정이 서림이 리봉학이 세사람도 운에 딸려서 의관들을 벗고 끄트로 단천령을 비스라고 번갈러 권한즉 단천령은 선선하야 벗기 실타고 방색하엿다 단천령속에는 무슨핑계든지하고 술ㅅ자리에서 일직 일어나 볼생각이 잇는까닭게 파탈까지 하고 십지안헛든것이다 도회청안이 소냉하지 안흔데 선선하다고하므로 귀인이라 달르다고 꺽정이가 단천령을 비우슨뒤 곳 가까이 섯는 신불출이에게 손님께 화로ㅅ불을 갓다드리라고 분부하엿다 사람운김과 술긔운으로 실상은 선선치도 안흔데다가 숫불이 이글이글하는

청동화로를 여페도 갓다 노코 뒤에도 갓다 노하서 땀이 날지경이라 단천령이 더 방색할말이 업서서 창의를 버스려고 술띄를 끌르니 소홍이가 선뜻 일어나 창의를 바더서 한겨트로 치워 노핫다

「복건마저 버스시지요」

하고 소홍이가 권하는데

「맨상투바람으루 안젓는 꼴이 보구시픈가」

하고 단천령이 말하는것은 꺽정이가 듯고 한온이를 불러서

「손님 감투가 집에 잇겟지 얼른 사람보내 가저오게」

하고 일럿다 꺽정이 입에서 말이 떨어지기가 무섭게 들똘가티 탕건을 가져와서 단천령이 복건마저 버섯다

얼굴들이 불그레 할만큼 술ㅅ긔운이 돌앗슬때 서림이가 꺽정이를 보고

「술은 나중에 다시 먹을작정하구 저 기집들의 음률을 한번 들어보시지요」

하고 말하야 꺽정이의 분부로 주안상들을 물리는데 곽오주 길막봉이가튼 사람은 내노키 실흔 상을 억지로 참고 내노핫다 여러사람의 상이 노혓든 자리와 그 압자리에 송도기생이 하나는 가야금을 안고 또 하나는 장고를 끼고 들이안젓다 단천령은 초향이의 가야금은 들은귀가 더러워질듯 생각하엿든지 가야고 드려오란 말을 들은때부터 눈ㅅ살을 찌프리고 잇섯다 가야금

ㅅ소리 나기전에 단천령은 슬며시 자리에서 일어나서 난간아페 나와 안저서 박글 내다보려고 휘장을 치어드니 먼저 화로를 갓다노튼 사람이 어느틈에 뒤에 따라와 섯다가 여프로 나서며

「휘장은 좀 거드치오리까」

하고 물어서 단천령은 말업시 고개를 끄덕이엇다 그사람이 휘장끄를 접침접침 접어서 출우로 거더올린뒤에 단천령이 난간을 의지하고 안저서 박글 내다보며

「홰ㅅ불이 달을 끄슬르는군」

하고 혼자말을 하엿다 신불출이가 단천령의 혼자하는 말은듯고 꺽정이에게 가서 품하고 마루끄테 나서서 마당에 섯는 졸개들더러 홰를 끄라고 소리를 첫다 졸개들이 홰ㅅ불을 두들겨 끄는중에 이왕이면 사초롱도 아프로 두엇만 남기고 다 꺼버리라고 꺽정이가 분부를 나리어서 불비치 거의다 업서지니 달비치 밝께 소사낫다 초저녁의 흐릿하든것이 맑가저서 달비치 대낫가티 명랑하엿다 가야금뜻는 기생은 그동안에 줄을 다 골르고 향악에 밋도드리부터 시작하야 벌서 이장을 마치고 삼장을 뜻는중인데 수단이 과이 망측하든아니하나 초향이의 수단과는 천지상격으로 틀리엇다 단천령이 초향이를 생각하고 산너머 먼하늘을 바라보며 회파람을 불엇다 단천령은 회파람도 잘부는까닭게 소리가 초군아이들의 초적(草笛)만 못하지아니하엿다

꺽정이가 서림이를 돌아보며 빙그레 우슨뒤 입과 손으로 피리부는 시늉을 내고 턱으로 단천

령을 가르첫다 회파람보다 피리를 불게하란 뜻이다 서림이가 꺽정이의 뜻을 밧고 단천령여페 와서 안즈며

「피리선성은 익히 듯조왓지만 휘파람까지 용하신줄은 몰랏소이다」

하고 말을 부치니 단청령은 회파람을 그치고 한참 잇다가

「오늘밤 달이 좃소」

하고 딴청으로 대답하엿다

「저기생의 가야끄가 어떳습니까」

「어떠타니」

「잘하느냔 말슴입니다」

「잘하는구려」

이때 가야금은 밋도드리 칠ㅅ장이 다 끗나고 둘ㅅ장이 시작되엇섯다

「밋도드리가 인제 끗낫구면요」

「음률을 아시우」

「어수귀나 겨우 떳다구 할까요」

「어수귀라니 무슨말이요」

「눈에 어수눈이 잇스니 귀에 어수귀가 업겟습니까」

「훌륭한 재담이구려」

「대체 피리를 어떠케 잘 부시면 고금무쌍이라구 칭찬을 바드십니까」

「누가 고금무쌍이라구 칭찬합듸까」

「세상사람이 다들 그러케 칭찬하지 안씁니까」

「모르구하는 칭찬이 대중잇소 그러구 그까지 피리가 정말루 고금무쌍이면 조흘께 무어요 률객천명이 수치나 될뿐이지」

「률객천명이라니 천만의말슴이지요 우선 선조부영감께서두 거문고를 잘하셧다는데 세상에서 률객으로 친단말슴은 듯지 못햇습니다」

「사람으루 보든지 학문으로 보든지 나가튼 불초손(不肖孫)이 어듸잇겟소 그러구 또 거문고는 점잔흔 악긔라 여느 악긔와 달르니까」

「왜 거문고를 배우시지안쿠 피리를 배우섯습니까」

「배우려구 배운것두 아니요 장악원악공의 피리잘부는 사람이 우리 조부때부터 집에를 다녀서 아이적에 작난으루 배운것인데 그럭저럭 조명이 널리 나게되엇소」

「오늘밤가튼 이런 조흔달밤에 피리를 한번 안부르시렵니까」

「달은 조하두 흥이 나지안쏘」

「내가 귀틈해 드릴말슴이 잇습니다」

하고 서림이가 갑자기 가는목소리로 소근거리듯 말하니

「무슨말이요」

하고 뭇는 단천령의 말소리도 따라서 나저젓다

「오늘밤 이잔치의 속내를 아십니까」

「내가 알까닭기잇소」

「대장이란사람이 피리가 듯구시퍼서 일부러 이잔치를 차렷습니다 가야고 끗난뒤에는 필경 한곡조 듯자구 청할테니 처음에 조흔낫으루 청할때 선듯 허락하십시요」

「그청을 듯지안흐면 어떠케 할모양이요」

「아까 잔치차릴 공론을 할때 일껀 잔치까지 차렷다가 피리를 안불면 어떠케하랴 말이 낫섯습니다 오복전 졸르듯 졸르자고 말하는 사람두 잇섯구 한달이구 두달이구 붓들어두엇다가 그예 한번 듯자구 말하는 사람두 잇섯는데 대장이 이말저말 다 듯구나서 하는말이 한번 불래서 불지안흐면 창피하게 졸를것두 업구 또 나중 듯자구 붓들어둘것두 업구 피리를 다시는 불지못하두록 입살을 짜개서 쌍언청이를 만들구 두손의 손까락을 끈허서 조막손이를 만

들어 놔보내겟다구 합되다 이런 불호광경이 나지 안루룩 조심하십시요 저녁전에 잠ㅅ간가서 뵙구 말슴을 해드리려구 한것이 틈이 업서 못갓습니다」

서림이의 소곤소곤 짓거리는 말이 단천령 귀에는 우뢰가티 울리엇다 단천령이 송구한마음을 억지로 진정하고 한참 생각하고 잇다가

「여러사람이 모두 피리를 듯구시퍼 하우」

하고 물엇다

「그러면이요 피리를 들으려구 박게 졸개들두 만이 모엿습니다」

「여러사람 낙망 안되게 한곡조 불어볼까 그러구 이왕 불바엔 청하기를 기다릴것두 업지」

「지금 부시렵니까」

「가야꼬가 갓나거든」

「가야꼬는 고만 두라지요 피리가 어듸잇습니까」

「내 창의를 이리 가저오라시우 소매에 피리가 들엇소」

단천령이 서림이께에 떨어저서 한곡조 불려고 마음을 먹고 창의 소매에서 하경골 피리를 꺼내들엇다

가야금뜻는 기생은 듯는사람들이 재미잇게 들어주지아니하야 신명이 나지안는판에 고만두란

말을 듯고 끄티 조곰남은 타령을 굽히몰아 마친뒤에 가야금은 밀치고 일어나고 장고치는 기생은 서림이의 시키는대로 장고를 들고 단천령 뒤에 와서안고 꺽정이이하 여러 두령은 대개 안즌자리에 그대로 안저서 단천령 안즌쪽을 바라보고들 잇섯다

단천령이 피리를 입에 대려고 할즈음에 뒤에안즌 기생이

「무슨장단을 치라고 미리말슴해주섯스면 조캣습니다」

하고 말하야 단천령은 피리를 한손에 들고 뒤를 돌아보며

「우조(羽調)초중대엽(初中大葉)부터 삼중대엽(三中大葉)까지」

하고 대답하엿다

단천령이 피리를 입에 갓다 대엿다 피리소리가 나기시작하엿다 처음에는 어느사람의 피리나 마찬가지지 별수가 업섯다 처음잠ㅅ간 듯고 일어서 간사람이 잇다고치고 그사람더러 말하라면

「단천령이 피리를 귀신가티 분다더니 그저 그러테」

하고 말하엿슬것이다

피리가 차차로 조화를 부리는듯 우수수 지나가는 바람소리 딸딸딸 굴르는 낙엽소리 사람들의 짓걸짓걸하는소리 모든소리를 다 업시하야 여러사람 귀에 들리는것이 피리소리박게업섯다 꺽

정이이하 여러두령이 서로 돌아보고 고개를 끄덕이엇다 조그만 피리에서 이찌하면 그런 웅장한 곡조가 나오며 우수운 피리소리에 어찌하면 그런 굉장한긔세가 나타날까 그곡조 그긔세를 좀 헌감스럽게 형용하면 큰바람이 바다물을 뒤집는듯하고 바위덩이가 노픈산에서 나리굴르는듯하고 호걸남자(豪傑男子)가 큰칼 빗겨들고 말은 노하 천만진중에서 횡행하는듯하엿다 형용은 고만두고 말할지라도 대장부의 씩씩한 긔운을 도처줄만하엿다 꺽정이이하 여러두령들이 어느틈에 단천령뒤에 와서 둘러안젓는데 꺽정이는 채수염을 쓱쓱 씨다듬고 두령들은 혹 팔도 뽑내고 혹 억개도 으쓱으쓱하엿다

단천령이 우조를 다불고 뒤를 돌아다보다가 여러사람 거동을 보고 적이 우스면서 피리를 다시 물엇다 곡조가 달렷다 이번곡조는 처량하엿다 장고치든 기생이 계면조(界面調)를 몰를리업건만 장고채를 끄저노코 가만이 안젓스므로 소홍이가 장고를 끌어다가 끼고안저서 피리를 따라 장단을 첫다

춘몽(春夢)가튼 세상이요 초로(草露)가튼 인생인데 시름도 첩첩하고 설음도 첩첩하다 첩첩한 시름과 설음을 피리로 풀어내는듯 피리소리가 원망하는것도 갓고 한탄하는것도 갓고 하소연하는것도 가트나 어떤마듸는 천연 울음을 우는것과 가텃다 끈칠듯 자즈러지는 소리는 목이메어 울음이 나오지안는것갓고 호들갑스러운 된소리는 울음이 북바처 터지는것 가텃다 사람의

울음은 아니나 울음소리 가튼것은 필시 귀신의 울음일것이다 오가는 죽은마누라의 혼이와서 울고불고하는듯 생각하고 닭기똥가튼 눈물이 뚝뚝떨어젓다 다른두령들도 각기 구슬프고 한심한생각이나서 혹은 눈을 끔벅거리고 혹은 한숨을 지엇다 박갓마당에서는 누가 우는지 흑흑 느끼는 소리까지 낫다 꺽정이가 마음이 공연히 비창하야지는것을 억지로 참는중에 이광경을 보고 급히 손을 내저으며

「피리를 고만 그치우」

하고 소리를 질럿다 단천령이 못들은체하고 피리를 그치지 아니하야 꺽정이가 벌떡 일어나서 단천령의 팔쭉지를 잡어 일으켜 세웟다 단천령은 팔쭉지가 떨어지는것 가터서 아이쿠 소리를 부지중에 질럿다 꺽정이가 잡은 팔쭉지를 노코

「우리 자리루 가서 술이나 더먹읍시다」

하고 말하엿다

여러사람이 다가치 먼저 안젓든자리에 와서 다시 좌정한뒤에 꺽정이가 주안을 새로 가져오라고하야 술들을 또한차례 먹고 다담을 잇대어가저오라고 하야 밤참들을 먹엇다

송도기생중의 가야금뜻든 기집은 단천령 가까이 안는것도 호광인양 생각하는지 술먹기전부터 밤참먹은뒤까지 단천령여플 잘 떠나며들지 아니하엿다 서림이가 이것을 눈여겨보고 리봉학이

에게 몃마듸 귀ㅅ속말을 하더니 자리를 파하고 일어들설때 리봉학이가 그기생더러

「너는 손님을 뫼시구가서 오늘밤에 수청을 자거라」

하고 일러서 단천령을 딸려보냇다

이튼날 식전에 꺽정이가 도회청에 나가서 조사를 마치고 사랑으로 돌아올때 서림이가 뒤를따라왓다

「아침먹으러 가지안쿠 엇재왓소 무슨 할말이잇소」

「단천령을 어떠케 하실랍니까 놔보내실랍니까」

「오늘 보내겟소」

「제생각에는 아주 붓들어두이두 조흘것가튼데 어떨까요」

「서종사 피리에 반햇구려」

「옛날 초한전쟁(楚漢戰爭)때 한나라 장자방이 계명산 가을밤에 통소를 불어서 초ㅅ나라 대군을 허터버린일이 잇답니다 단천령의 피리가 장자방의 통소만 못지안흘듯한데 붓들어두면 아프루 혹시 쓸데가 잇슬른지 누가압니까」

「그럼메 적진(敵陣)군사는 헛지못하구 자긔군사를 허트면 어찌하노」

「그거야 미리 단속해두면 념려업겟지요」

「단천령이 입당운 할듯십소」

「지금은 잘 안한다구 하겟지만 오래두구 시달리면 모르지요」

「당장은 고만두구 장내라두 꼭 쓸데가 잇다면 또 모르지만 혹시나 쓸데잇슬까 바라구 귀골냥반을 붓들어둘껀 업소」

「칠장사 스님 유서에 삼년적리관산월이란 글이 잇습지요 단천령을 삼년동안 붓들어두면 그글뜻이 마질듯 생각이듭니다」

「관산달이란말에 이별(離別)뜻이 잇다며 이별이란 조치안흔 것인데 억지루 맛두룩할것 무어잇소」

「저두 꼭 붓들어 두자구 말슴여쭙는건 아닙니다」

이때마침 한온이가 퇴아패까지 들어오다가 도루나가는것을 꺽정이가 열어노흔 방문으로 내다보고

「그게 온이 아닌가 왜 안들어 오구 도루가나」

하고 소리하야 한온이가 방에 들어와서 도루나간 발명으로

「무슨 의논들하시는줄 알엇습니다」

하고 말하엿다

「무슨 의논을 하기루 자네가 피할까닭 잇나」

「말슴할일이 급한일이 아니니까 좀잇다 다시 오려구햇습니다」

「무슨일인데」

「단천령이 석전 일어나며부터 와서 보입겟다구 하는것을 조사 끗나기까지 기다리라구 일어두엇는데 지금 데리구와두 조홀른지 여쭤보러 왓습니다」

「오늘 가게해달라구 나를 보자는게지」

「아마 그러켓지요」

「아침후에 데리구오게」

「아침은 먹엇습니다」

「나는 아침을 아직 안먹엇는데 나중에 데리구 오라구 통긔할테니 가서잇게」

한온이와 서림이가 가치일어서 나간뒤에 꺽정이는 신불출이를 불러서 아침재촉을 시키엇다

전날밤에 꺽정이가 도회청에서 소홍이집으로 가서 음률 이야기를 듯다가 그대로 눌러자고 식전에 기침은 여느때보다 늦게한까닭게 자리조반도 안먹고 조사를 보러 나갓섯다

꺽정이가 안에 들어와서 아침밥을 먹을때 그누님 애기어머니가 상머리에 안저서 지중을 들면서

「대장두 어제밤에 피리듯구 눈물을 냇다지」

하고 물엇다

「누가 그따위소릴 합듸까」

「백손이 외삼촌이 우리를 속엿구먼」

「재텁슨것이 가지뿌리하는걸 고지듯는사람이 딱하우」

「우리만 보고 그런소릴하면 고지 안들엇겟지만 백손이더러 형님께서 눈물을 내셧다하구 바로점잔케 말하기에 그럴싸하게 듣엇지 속은걸 생각하니 분해죽겟네」

「누님두 나와 들으셧소」

「죄다 나갓섯지 누구 안나간 사람잇서」

「그래 안식구들중에 더러 운사람이 잇소」

「소리내서 울기까지한사람은 갑돌이처 하나지만 눈물낸사람은 한둘이 아니야」

「갑돌이처는 아주 통곡을햇소」

「난간모롱이에가 부터서서 피리를 듯다가 거기서 느껴가며 울엇서요 우는소리가 도회청안에도 들렷슬껄」

「갑돌이천줄은 몰랏서두 우는소린 나두 들엇소 그년은 무슨설음이 그러케 만허서 통곡까지 햇단 말이요」

「그년이 어느때는 꼭 산매드린것 가르니까 매친중이 낫든거야」

꺽정이가 남매이야기하며 밥을 먹느라고 한동안 늘어지게 안에잇다가 사랑에를 나와보니 리봉학이 박유복이 배돌석이 길막봉이 네두령이 사랑에 와안저잇섯다 네두령이 일제히 일어섯다가 꺽정이가 자리에와서 안즌뒤에 다시들 안는데 그중의 길막봉이는 이날 탑고개를 나가게 되어서 꺽정이를 보고가려고 기다리든 차이라 일어선채로

「저는 지금 탑고개를 나갑니다」

하고 말하엿다

「아직 좀 잇거라」

「무슨 일르실 말슴이 잇슴니까」

「단천령을 오늘 보낼텐데 네가 데리구 나가거라」

「그럼 한두령에게 가서 단천령을 데리구 가겟습니다」

「가만이 좀 잇서 내가 아직 가란말루 일르지안헛다」

「데리구 나갈 아이들을 도회청아페 세워놧는데 그아이들이나 먼저 내보낼까요」

「가만잇스라는데 무슨 잔소리냐」

하고

꺽정이가 신불출이를 불러서

「한두령에게 가서 손님을 데리구 오시라구 말해라」

하고 분부할때 서림이가 들어오더니 꺽정이를 보고

「좀잇다 보내시지요」

하고 말하야

「왜」

하고 꺽정이가 물엇다

「제가 지금 한두령에게를 다녀오는데 단천령이 황두령하구 내가 장긔를 둡듸다」

「무슨내기야」

「단천령이 지면 피리를 한번 더 불구 황두령이 지면 탑고개까지 곳 데려다 주기랍듸다 단천령장긔가 황두령하구 맛둘수가 못되는걸 황두령이 수를 속이구 한두령과 김두령이 부추겨서 내기를 시킨모양입듸다 지금 사람을 보내시면 장긔판이 깨질테니 잇다가 피리소리 난뒤에 보내셧스면 조켓습니다」

꺽정이가 서림이의 말은 대답안코 가지안코섯는 신불출이를 돌아보며

「왜안가구 섯느냐 얼른 가서 곳 오시라구 해라」

하고 재차 분부하야 내기장기판을 끗마치게 하려고 청하든 서림이는 더 개구하지 못하엿다

신불출이가 간지 얼마아니되어서 한온이가 단천령을 데리고 오는데 황천왕동이와 김산이도 따라왓다 꺽정이와 먼저잇든 네두령이 밤잔인사들을 마치고 여러사람이 다가치 좌정한뒤에 꺽정이가 단천령의 보자는뜻을 다 짐작하면서 짐짓

「무슨일루 나를 보자구하셧소」

하고 물엇다

「어제두 누누히 말슴햇지만 내가 집에갈맘이 일시가 바쁘니 오늘아침에는 꼭 떠나게 해주시우 이말슴하려구 보입자구 햇소」

「당신의 피리가 하두 용해서 우리중의 반한사람이 만소 당신을 붓들어서 한삼년 가치 지내게해달라는 청을 내가받구잇소」

단천령은 놀라서 입을 딱벌리고 말을 못하엿다

「어제 내가 오늘 보내드리마구 말햇는데 대장부가 일구이언하겟소 보내드릴테니 념려마시우」

꺽정이 말에 단천령은 놀란마음이 가러안저서

「지금 곳 떠나게 해주섯스면 조켓소」

하고 바짝 졸랏다

「그리하시우 서울까지 가실노수를 드리구시프나 찐덥게 생각하실지 몰라서 그만 두구 정으루 조그만 물건 하나를 빌리겟소」

하고 꺽정이가 옷고름에찬 먹감나무로만든 제골 장도를 끌려서 단천령을 주면서

「길에서 혹시 작경하는 자들을 만나거든 이걸 내보이시우」

하고 말하니 단천령은 인사썽으로 한번 치사하고 바덧다

길막봉이가 단천령의 노주(奴主)를 데리고 탑고개로 나가려고할때 송도기생들이 단천령의행과 가치 나가게하야 달라고 황천왕동이를 졸라서 황천왕동이가 꺽정이에게 말하고 가치내보내는데 단천령에게 수청든 기생은 의례로주는 상급외에 필육몃필을 더 행하야주엇다

단천령이 길막봉이의 배행으로 탑고개까지 나와서 길막봉이에게 수어치사(數語致謝)하고 바로 송도로 향하는데 몸과 마음이 다 거뜬하야 곳 날것가텃다 몸은 나귀등에 실리엇슬망정 마음은날렷다 거미줄에걸리엇든 나비가 거미줄에서 떨어저서 청산으로 날려가는듯 조롱에 가치엇든 새가 조롱을 버서나서 공중으로 날려가는듯 단천령이 눈뜨고 꾸는꿈에 나비되어 너픈너픈날고 새가되어 훨훨 날다가 나귀가 널븐 도랑을 건너뛸때 하마 떨어질뻔하고 꿈이 깨어젓다 댕갈댕갈 짓거리는 기집들 말소리에 뒤를 돌아보니 적굴에서부터 동행하는 송도기생들이

말들을 여프로타고 뒤에 따라오는데 짓거리는것은 자긔이야긴듯 량반룰객이란 말이 귀ㅅ결에 들리엇다 룰객소리가 귀에는 거치나 마음에까지는 거슬리지 아니하엿다 그보다 더한소리를 한대도 시들스러웟다

단천령눈에 좌우산천(山川)이 처음대하는것가티 새로워서 산보고 조하하고 물보고 조하하며 송도부중까지 들어왓다 송도를 지나면 점심참이 업스나 해가 점심때가 안되어서 단천령이 송도서 쉬지안코 그대로 지나가려고 하다가 적굴에서 수청든 기생이 저이집이 멀지안타고 잠시 들려가라고 붓들어서 그기생의 집에 가서 점심대접을 밧고 묵어가라고 붓드는 것은 못하겟다 떼치고 떠나왓다 장단읍내 숙소할작정하고 나귀를 술렁술렁 걸리엇다 어느듯 널문이를 지나서 어룡개압길에 당도하야 산한모통이를 돌아서자 수건으로 머리를 질끈질끈 동인놈 서넛이 길ㅅ가에 주저안젓다가 죽들일어섯다 단천령의 하인이 얼른 지나가려고 나귀를채처모니 세놈이 길을 가르막고 나섯다 하인은 뒤로 주춤 물러서며 단천령을 치어다보고 단천령은 태연하게 나귀등에 안저서 세놈을 나려다보앗다

「어서 나려라」

하고 한놈이 소리를 질르며 아프로 나서는데 단천령은 예사언성으로

「왜 나리라느냐」

하고 뇌까렷다

「우리가 어떤사람인지 보다 모르겟느냐 노수 다 내노쿠 나귀까지 두구 가거라」

단천령은 꺽정이 장도가 무뜩 생각나서

「보여줄만한 물건은 하나잇거니」

하고 말하며 창의소매에 든장도를 꺼내서 아페나선놈을 내주엇다 그놈이 장도를 바더들고 보는데 두놈마저 와서 드려다 보더니 세놈이 서로 돌아보면서 혹 입도 벌리고 혹 고개도 흔들엇다 장도가진놈이 단천령을 치이다보며

「이걸 어듸서 어드셧습니까」

하고 깍뜻한 말씨로 물엇다

「장도임자에게서 어덧지 어디서 어더」

「네 그러십니까 그러신줄은 몰랏습니다 죄송합니다 자 어서 행차합시요」

「장도는 나를 도루주어야지」

「네 에잇습니다」

단천령이 이봉개입길 후미진곳에서적환(賊患)을 면한뒤 꺽정이의 장도가 갑잇는줄을 밝키알엇다

이날밤에 장단 숙소하고 이튿날 나제 과주 중화하고 고양으로 오는길에 혜음령 중턱에서 단천령은 또 화적을 만낫다 화적 댓놈이 내달어서 길을 막으며

「나귀 제 세워라」

하고 소리 질를때 단천령은 화적들을 가까이 오라고 손짓하야 불러다가 창의 것고름에 찬 장도를 보라고 내밀엇다 화적한놈이 저의 동무들더러

「청석골 대장의 표신일세」

하고 말한뒤 곳 길들을 비키엇다

고양읍에서 숙소하더라도 내일 입성하기는 일반인데 단천령은 단십리나마 서울 더가까이 오려고 새원와서 숙소하고 이튿날 일직 떠나서 아침ㅅ결에 록번이고개를 넘어올때 어떤사람 하나가 나귀머리에 와서 굽신 절을하엿다 단천령이 전에 본적이업는 사람이라

「누군고」

하고 물으니 그사람이 누구란말은 하지안코

「청석골서 장두가지구 오시는 행차시지요」

하고 되물엇다

「그걸 어찌알구 뭇나」

「다 압니다 그장두를 이리 줍시요」

「그건 왜 달래」

「차저보내란 기별이 왓습니다」

「청석골서 사람이 왓단말이야」

「네 그저께 왓다갓습니다」

「무어야 내가 그저께 청석골서 떠낫는데」

「오지안흘걸 왓달리가 잇습니까 황두령이 그저께 왓다 갓습니다」

「황두령이라니 장긔잘두는 사람말인가」

「네 그럿습니다」

「그사람이 그저께 청석골 잇섯는데 무슨 당치안흔 소리야」

「황두령이 장긔잘두는건 아서두 축지법하는건 모르십니다그려 요새해에두 서울은 드서너차례 도다녀간겁니다」

단천령은 더 말안하고 곳 장도를 끌러서 그사람을 내주엇다

단천령이 입성한뒤 불과 삼사일쯤 지나서부터 단천령의 봉변한 이야기가 남북촌사랑의 이야기스거리로 돌기시작하엿다

당시 병조판서 권철(權轍)이 이느날밤에 문객 사오인을 불러노코 세상소문을 이야기시키고 듯는중에 문객하나가

「종실 단천령이 청석골 적굴에 붓잡혀가서 피리불구 대접바든 이야기를 들어기십지요」

하고 뭇으니 권판서는 고개를 한두번 가로흔들며

「못들엇네」

하고 대답하엿다

「단천령이야기가 요새 파다하든데 엇재 대감께서 이때까지 못들으섯습니까」

「파다한이야기를 인제라도 좀듯게 이야기하게」

그문객이 단천령이야기를 몰라서 빼기도하고 꾸며서 보태기도하야 일장이야기를 다 마치자 다른문객하나가 그뒤를 바더서 황해도 선비들의 소조를 이야기하는데 주어들은 소문이라 죽은사람과 살어간사람의 수효가 다 틀릴뿐더러 사실과 뒤쪽으로 말을 뻣뻣하게 한사람들은 모두 죽고 창피하도록 애걸복걸한사람은 살어갓다더라고 이야기하엿다 단천령이야기가 꺽정이 이야기로 번지어나왓는데 꺽정이 이야기나고 태반 터무니도업는 이야기를 여러문객들이 밧고채기로 짓거린끄테 먼저 단천령의 일을 이야기하든 문객이 주인대감을 보고

「꺽정이가튼 근고(近古)에 업는 큰도둑놈을 조정에서 얼른잡어업샐 도리를 차리지 안는것

이 웬일이오니까」

하고 물은즉 권판서는 잠자코 쓴입맛만 다시엇다

매일 상참(常叅)에는 임금이 편전(便殿)에서 신하들을 접견(接見)하고 간일(間日)조참(朝叅)에는 임금이 정전(正殿)에서 신하들 조회(朝會)를 밧든것인데 상참과 조참이 연산주때 정지(停止)된뒤 거이 빈읽음만 남께되어서 근신(近臣)의에는 신하들이 임금을 면대(面對)할기회가 드물엇다

권판서가 재상 몃사람과 서로 의론하고 가치 예궐(詣闕)하야 우에 알현(謁見)을 청하야 편전에서 면계(面啓)로 아뢰기를

「황해도대당 근포(跟捕)하올 방책은 삼공(三公)이 이미 아뢰온일도 잇솝거니와 근래 적세(賊勢)가 점점더 성하와 행려(行旅)를 욕보이는건 여차이옵고 살육까지 낭자이 하옵는까닭게 서관대로에 행려가 두절(杜絕)될 지경이오며 심지어 조관이라 칭(稱)하옵고 긔탄업시 각군에를 출입하옵는데 수령이 혹 모르고접대까지 한자가 잇섯다하오니 이런해괴한일이 어대 잇소리까 본도(本道)에서 체포하려고 한다는 선성이 나오면 의례 강원도나 평안도로 도망하옵는데 강원도에는 이천지경에 소굴이 잇솝고 평안도에는 양덕 맹산지경에 소굴이 잇다고 하옵건만 량도의 감사나 병사가 체포할방범을 강구한단말이 업사오니 이것은 잘못된

일이외다 속히 체포하도록 비밀히 하유(下諭)하옵소서 또 그흉악한 대당이 황해도에서 재물을 략탈하와 개성부중에 가저다가 판매하기도 하옵고 도성안에 와서 거접하기도 한다고 하오므로 포도대장을시켜 비밀히 근포하게 하엿솝는데 체포할조처를 한단말이 업사오니 이것은 미타(未妥)한일이외다 포도대장과 종사관들은 추고시켜 그한만한것을 징계하옵시고 부장 군관들은 사목(事目)을 따라 치죄하게하옵시고 금군(禁軍)은 각별 택차(擇差)하게 하옵소서」

대개 이와가티 아뢰어서 우의 윤허(允許)를 물엇다 륙칠일후에 사간원 간관들이 초긔(草記)로 합계(合啓)를 올리엇는데 그계사(啓辭)는 이러하엿다

「황해도 한도가 도적의 소굴이되어서 행인을 무참히 죽이거나 잔상이 욕보이와 도로가 막히게되옵고 략탈한 물화를 실고 서울와서 숨어파옵고 조관이나 감사의 친족이니하고 각군의허실을 엿보고 다녓다하오니 이전 근고에업는 변이라 어찌 놀랍지안사오리까 수색하고 체포하는건 수령들의 할일이오나 명령은 감사에게서 나올것이온데 황해감사 류지선(柳智善)이 한방면전제(專制)의 책임을 마터가지고 간지 지금벌서 삼사삭이되옵건만 도적잡을 방략을 세운것이 조금도업고 대적이 친족이라하고 횡행한일을 일직 징계도안코 더퍼두엇사오니 이러미타한일이 어듸 잇사오리까 속히 체차시키시고 문무겸전한 사람을각별 택송(擇送)

합서서 도적을 섬멸(殲滅)하와 지방을 간정케하심을 바랍내다」

우에서 간관들의 계사대로하라 처분을 나려서 이삼일후에 김덕룡(金德龍)이란 재상이 유지선을 대신하야 황해감사로 나가게되엿고 새황해감사는 윤지숙이 적당에게 수치당한것을 들이아는까닭그로 도임초에 장파(狀罷)하고 신계현령 리흠례가 그대(代)에 봉산군수로 승탁되엿다

평산쌈

금교역말 어물전주인 부자는 청석골도중과 거의 한속가티 지나는터인데 절믄주인이 주색이과하야 삼십미만 절믄나이에 요사(夭死)하엿다 손자는 유치의것이 두엇잇스나 장남한 자식을 압세운 늙근주인의 정경이 가련하기 짝이업섯다 청석골 도중에서 통부를 바든뒤 초종부비의 한목을 보태도록 부의를 후히 보내고 망인과 친구이든 황천왕동이가 꺽정이와 및 여러두령의 몸을 바더서 조상을하러 나갓섯다 늙근주인이 황천왕동이를 보고 일을 좀보아달라고 간청하야 황천왕동이가 인정에 차마 못한단말을 못하고 들어와서 꺽정이에게 말하고 다시 나가려고 하엿더니 서림이가 꺽정이보고 말하기를 일보아주고 잇는것은 잠시 다녀오는것과 달러서 자연히 안면아는 사람들을 만히 만나게 될터이라 재미업다고 하야 꺽정이가 서림이의 말을 옳히

듯고 나가지 못하게하엿다

「그늘근이는 올줄루 밋고 기다릴텐데 어떠케합니까」

「엇재 내말두 들어보지안쿠 다시 오겟다구 말햇느냐」

「여쭤보구 다시 오마구 말은햇지만 그래두 오기를 기다릴껄이요」

「서종사가티 초종치는 절차나 잘알면 외려두 모르지만 네가 가서 무얼하겟느냐 두말말구 고막둬라」

「그럼 제대신 서종사라두 보내주시지요」

「서종사는 네대신 초상집에 다니는사람이냐 지각업는소리 하지말아」

황천왕동이가 꺽정이에게 꾸지람을 듯고 다시더 말을못할때 꺽정이여페 안서잇든 리봉학이가 꺽정이를 보고

「그늘근이가 일을 봐달라지 안터라두 우리가 구애(拘碍)만 업스면 하나가서 봐주는게 조흘것가튼데요」

하고 말하야 은근히 황천왕동이의 말을 거들어주니 꺽정이가 리봉학이를 돌아보며

「가서 일봐주는게 조치안타구 누가못가게하나」

하고 증을내서 말하엿다

「서종사 말이 안면짐작하는 사람을 만날까봐 재미가적다구 그러니 금교 일판에서 통히 안면모를 사람이 가면 상관업지 안씁니까」

「그런사람이 누구야」

「탑고개에두 별루 나가보지안혼 김두령가튼 사람이야 금교서 누가 알겟습니까」

「도중회계는 누구더러 보라구」

「요재는 일용이 그리 만치두 안혼데 한두령더러 혼자서 치부까지 다하라시지요」

「죽은사람 산사람 다 친치못한 산이더러 가랄밧이 무언가」

「도중을 대표해서 가는데 친치못하면 어떳습니까」

꺽정이가 한참ㅅ동안 아무말안코 잇다가 황천왕동이더러

「네가 가서 산이를 데리구 오너라」

하고 말하엿다 황천왕동이는 어물전 늘근주인에게 실신될것을 속으로짜게 녀기는중이라 꺽정이의말이 떨어지기가 무섭게 곳 나가서 김산이를 불러가지고 왓다

「향일 부의보낸 금교초상집에서 천왕동이더러 와서 일을보아달라구 청하더란다 천왕동이는 근방에 안면아는 사람뿐이 만허서 사람만히 모이는 상가에 보내는게 부지럽스니 네가 가서 일을 좀보아주구 오너라」

꺽정이가 김산이더러 말을 일르니 김산이는 선뜻

『녜』

대답하고나서

『입관 성복 다햇슬텐데 가서 무슨일을 봐줍니까』

하고갈것업다는 의사를 비치엇다

『장사를 순장(旬葬)으루 지내는데 장지(葬地)는 멀구 일은 뒤죽박죽 잘안된다구 와서 봐달라데』

하고 황천왕동이가 말한뒤

『가서 봐줄만한 일이업거든 도루 들어오려므나』

하고 꺽정이가 다시 일러서 김산이는 금교 초상집에를 나가게되엇다

황천왕동이가 금교 다녀온 이튿날 다시 김산이를 데리고 나와서 어물전 늘근주인을 보고

『나는 도중에 다른일이 잇서서 단하루라두 난데 나와잇슬수가 업소 여기가치온 김드령이 우리도중을 대표해서 나왓스니 그리아시우』

하고 말하니 늘근이는 시원치안케

『녜』

하고 대답하엿다

어물전 늘근주인은 삼십후에 아들을 나허서 후사(後嗣)를 닛게되고 가세(家勢)가 늘어서 불빈(不貧)하게 된것이 다 부모산소의 발음(發蔭)이라고 밋는사람이라 지가설(地家說)에 반하야 지관들을 다리고 답산(踏山)도 만히 하엿섯다 어느때 산안(山眼)이노픈 지관하나를 만나서 가치답산하려 나간길에 평산 남면마산리(南面馬山里)에 지관의말로 장군격고출동형(將軍擊鼓出洞形)이란 대지(大地)가 비어잇는것을 차저낸뒤 반계곡경(盤溪曲逕)으로 그산을 사서 자긔내외의 신후지지(身後之地)로 정하야 두엇섯다 그마누라가 먼저 죽어서 갓다무들때 그여페 자긔무칠광중까지 작광을하야 두엇고 마누라 무덤에서 그리머지아니한 조그만날가지에 한장부칠만한 자리가 잇서서 류념생으로 치표(置標)를하야 두엇섯는데 그치표한 자리에 이번에 죽은 아들을 갓다 무드려고 작정하고 모든준비를 차리는중이엇다

그 늘근이가 이십안팍적에 어물을 가지고 등짐장사를 다니다가 미천을 모은뒤에 금교서 장가를 들고 눌러안저서 어물로 전을 내기 시작하고 내처 한편으로 어물을 파는까닭게 남들이 전부터 불러나려온대로 어물전이라고 불르지만 실상은 곡식 포목 재목 여러가지를 무역하야파는 금교장터의 제일 큰장사라 초상에 와서 일보아주는사람도 적지안헛다 그런데 그늘근이가 황천왕동이더러 와서 일을 보아달라고 청한것은 장지(葬地)까지 근백리길에 사람이 한번 갓

다오자면 적어도 이틀씩 걸리는까닭게 황천왕동이의 빨른거름을 빌어써보려고 생각하엿든것인대 김산이는 친치도 못할뿐더러 긴치도안히서 여짓 고만두고 도루가라고 말하고시프나 황해감사는 둥지고 살어도 청석골패는 둥지고 살수업는 처지에 그패에서 무등호의(無等好意)로 내보내준 사람을 가거라말어라 할수가 업서서 늘근이는 김산이를 보고

『이런사람의집의 구진일을 봐주려 나오섯다니 황송하기 일을데 업소』

하고 의면치례로 인사하고 또 황천왕동이가 들어갈때

『여러분께서 너무 근념들해주서서 황감합니다구 면면이 말슴좀 해주시우』

하고 이면을 차려서 인사부탁까지하엿다

일한다고 공연히 분주만 떠는 사람도만코 일시킨답시고 떠도는것으로 한목보는사람도 만흔데 김산이는 입을 봉하고 가만이 안저잇스니 안젓슬맛도 업고 또 나온본의도 아니어서 주인늘근이더러 물어보아서 보아줄일이 별로업스면 도루 들어가려고 생각하엿다 그러나 늘근이가 물으러 오는사람을 붓들고 신세한탄하며 질금질금울랴 일하는 사람을 쪼차다니며 일잘못한다고 잔소리하랴 잠시도 가만이 안잇서서 김산이는 말할틈을 타지못하야 그대로 안저잇는중에 저녁이되어서 두루거리 밥상이 안에서 나왓다 밥상에 둘러안는 여러사람중의 한사람이 가만이 안저잇는 김산이를 바라보고

「저손님두 이리 오시지요」

하고 청하야 김산이가 여러사람틈에 가서끼어안젓슬때 늘근이가 방아페 와서 드려다보더니

「왜 거기가 안지셧소 이리 나오시우」

하고 불러내엿다

「저녁진지를 지관하구 겸상해내온다니 지관잇는방으루 가십시다」

하고 늘근이가 압서가는데 김산이는 뒤따라가면서

「가만이 보니 내가 봐드릴만한일이 업는것 갓구려」

하고 말하엿다

「무슨 일이든지 봐주시겟소」

「일만잇스면 봐드리다뿐이요」

「모레가 참파토(斬破土)할날인 까닭게 지관을 내일 산으루 보낼텐데 지관하구 가치가서 산역(山役)을 시켜주셧스면 조켓소」

「아무러나 하라는대루 하리다」

김산이가 지관하고 가치먹고 가치자고 또 마산리 장지에를 가치왓다 오는날은 산마터보는 자람집에서 자고 이튼날 일ㅅ군들을 데리고 산상에 올라와서 산역을 시키는데 구경온 동네ㅅ사

람중에서 어떤사람 하나가 아프로 나와서

『자네 나를 모르겟나』

하고 김산이의 팔을 꽉 잡앗다

김산이는 팔잡은사람이 무안스럽도록 지지러지게 놀라고 너무 놀란데 창피한마음이 들어서 놀랄때와는 딴판으로 곳 흘기를하고 그사람을 노려보앗다 그사람이 키는 구척이요 얼굴은 둥글넙적한데 눈은 부리부리하고 코는 얼굴의 주인이 내란드시 안즐자리를 널게잡고 우로 우뚝 솟기까지 하엿다 그유난이 큰코를 김산이가 물그럼이 보다가

『자네가 춘동(春同)이 아닌가』

김산이의 얼굴만 빤히 보고섯든 그사람은 껄껄우스며 고개를 끄덕이엇다

『나는 자네가 죽은줄 알엇더니 죽지안코 살어잇네그려』

김산이의 말을 춘동이란사람은 입내 내듯이

『나는 자네가 죽은줄 알엇네』

하고 말하엿다

『죽지안흐면 서루 만나는겔세 우리가 대체 얼마만에 만나나 이십년이나 거진되지 안헛나』

『한 이십년 되엇슬걸 가만잇게 내가 고모부아저씨 돌아가시던해에 파주 자네집에를 갓섯구

그뒤루 못갓스니까 올에 꼭 열아홉해만인가베」

「자네 올에 설혼며친가」

「여덜일세」

「나버덤 삼년이나 우이는가」

「그럼 자네가 코ㅅ물흘릴때 나는 어른이엇섯네」

「주제넘은소리 하지말게」

「내가 열아홉에 첫장가 들구 꼬무부 아저씨 상청에를 다니러갓섯는데 그때 자네가 나를 이서방어른이라구 불르지 안햇나 내가 거짓말인가」

「상투꼬부랑이니까 이서방이라군 불럿섯겟지 옳치 참말 그때 자네상투가 컷섯지 그래 우리가 상투치레 코치레 당나귀 무엇치레하구 놀려 주엇거니」

「예 이사람」

「우리 어듸가서 좀안저 이야기하세」

「어듸가서 안질께아니라 우리집으루 나려가세」

「자네집이 어듼가」

「이아래 마산리여」

「내가 지금 여기 산역을 봐주는중인데 언제 마산리까지 갓다오나 저기 어듸 잔듸바테 좀가 안저서 이야기하세」

김산이가 리춘동이와 손을 맛잡고 금정노흔 자리에서 멀지기 나와서 잔듸바테 다리들을 뻣고 안젓다 두사람이 의외에 만난것을 반갑다고 새삼스럽게 서로 말한뒤에 리춘동이가 먼저

「금교역말 어물장사가 부자라지」

하고 물어서 김산이는 자세히 모르는말로

「패 견듸는 모양이데」

하고 대답하엿다

「청석골 덕미테서 부자소리듯구 살자면 임꺽정이에게 공을만히 바처야할껄」

리춘동이가 심사꿰어진 어투로 말하는것을 김산이는 듯고 한참 잇다가

「더러 뜻기겟지」

가볍게 흘려서 대답하고 말을 달리 돌리려고

「자네 언제부터 여기와서 사나」

하고 리춘동이더러 물엇다

「작년에 왓네」

「그전에는 어듸서 살다가」

「해주땅에서 살다가 이리 들어왓네」

「농사하나」

「대장쟁이 노릇하네」

「자네가 대장일을 배웟서」

「늦까기루 배웟네」

「그래 버리가 조흔가」

「건지가 만허야 국물이 나지 이런 산ㅅ골동네의 대장간일이 변변한가 그저 낫자루 도끼자루나 벼러주는게지」

「자네집 식구는 며친가」

「식구는 만치안혜 어머니 우리내외 딸자식하나 원식구는 넷이구 그외에 일ㅅ군이 서넛잇네」

「자네 어머니가 그저 살어기신가」

「그럼 아직두 사실량이 멀엇네」

「련세가 올에 어떠케되섯나」

「올이 한갑인데 재달 스무엿샛날이 한갑날일세」

「일ㅅ군을 서넛이나 두엇슬젠 대장ㅅ간 일이 꽤 만흔모양일세그려」

「농사두 좀시키네」

「그래 의식걱정은 업나」

「낭식을 남의집에 꾸러다니진안네」

「고마운일일세」

「산역마치구 나려올때 우리집으로 와서 사는꼴을 보게」

「오늘저녁때는 상행이 올테니까 자네집에 가게될는지 모르겟네」

「상행이 오더라두 자네가 상젠가 못나올것 무어잇나 저녁밥은 우리집에 와서먹게」

「내일 여기 장사지내는것까지 보구 자네집에 가서 일이일간 묵어가겟네」

「일이일이구 일이삭이구 내가 와 보내구시플때 와보낼테니까 아주 그리 알구잇게」

「내가 팔자가 사나우니까 아주 자네에게 봉양을 바드러올른지두 모르지」

「어른에게 욕하지안나 버릇업는 놈이구나」

하고 리츈동이가 김산이의 억개를 치며 허허허 우섯다

리츈동이가 김산이더러 어물전에서 서사나 차인노릇을 하느냐 어듸서 무얼하고 사느냐 뭇는

것을 김산이가 어물어물 대답하니 리츈동이는 자긔를 외대한다고 골을 펄쩍 내엿다

「이사람 골내지말게 내 일신상일은 나중 조용이 만나서 다 이야기함세」

「내가 자네뒤를 다알구잇네」

「다 알면 왜 뭇나」

「자네 말을 들어보려구 물엇네」

「이사람이 뉘 등을 치는셈인가」

「자네가 적성가서 아전다니구 아전내노흔뒤 마전달ㅅ골가서 살지안헛나」

「내말은 자네가 뉘게서 들엇나」

「듯지안쿠두 아는수가 잇지그려」

「이보(耳報)하나」

「자네짐작이 용해 내게 이보해주는 청의동자(靑衣童子) 두잇구 내분부를 거행하는 황건력사(黃巾力士) 두 잇네 조심하게」

리츈동이의 골은 바로 풀리고 김산이의 마음은 조금 떨떨음하야젓다 리츈동이가 김산이의 내색이 달라진 얼굴을 드려다보면서 싱글싱글 우섯다

「왜 웃나」

「내가 신장을 부린다니까 겁이나는 모양일세그려」

「자네가 신장을 부리기루 내가 겁날까닭기 잇나」

「아까 내가 자네 팔을 잡을때 왜그러케 질겁을햇나」

「뜻박게 팔을 붓잡으니까 잠ㅅ간 놀랏지 질겁은 무슨질겁이야」

「실업슨소린 고만두구 내가 올여름에 십오륙년만에 서울을 갓섯네 서울서 나려오는길에 자네가 그저 고향에서 사나하구 자네집살든 동네를 차저들어갓더니 아는얼굴이 어듸 하나나 잇든가 그래서 한참 공연이 돌아다니며 이사람저사람더러 물어보다가 도루나오는데 동네아페 큰 오래나무잇지 그 오래나무는 그저잇데 그나무아래서 얼굴이 눈에 익어 보이는 늘근이를 하나만낫네 그늘근이가 자네집이웃에 살든 최생원이데 최생원이 자네가 적성으루 이사간것을 가르처주어서 이왕맘이 내킨김이기에 적성까지 갓섯네 적성가서」

리춘동이가 한참 이야기를 하는데 김산이는 누가 잡아일으키는것가티 뻘덕 일어섯다

「이야기 듯다말구 왜 일어나나」

「그런이야기는 나중 둘이 조용이 만나서 하세」

「그럼 나는 먼저 나려가겟네」

하고 리춘동이도 따라닐어섯다 김산이가 우두머니 서서 산아래로 나려가는 리춘동이를 바라

보다가 다시 산역하는데 와서 일을 보앗다

해질물에 상생이 들어와서 전(奠)을 지내다 상두군 술을먹인다 한참 수선한중에 리춘동이가 저녁먹으러 가자고 불르러와서 김산이는 가까스로 틈을타서 주상(主喪)하는 늘근이에게 의외에 녯친구를 만나서 그사람의 집으로 저녁밥먹으러간다고 말하고 리춘동이를 따라왓다 리춘동이의 집은 산미테잇는데 집이 커서 어림에 한이십간되는것 갓텃다 박갓방은 치지말고 안으로만 방이셋인데 그중의 제일적은 아래ㅅ방도 간반이 이간가티 널찍하엿다 리춘동이의 어머니는 환갑늘근이가 칠십이 너머보이도록 나이보다 더 늙것고 리춘동이의 안해란 안핸지 첩인지 춘동이보다 근이십년 아래될듯 절머보이엇다 김산이가 리춘동이의 끄는대로 먼저 춘동이어머니 거처하는 건넌방에 들어가서 잠시ㅅ동안 안젓다가 건넌방에서 나오는길에 춘동이내외쓴다는 안방을 드려다보고 나중에 아래ㅅ방으로 나려왓다 얼마아니잇다가 저녁밥을 내와서 주인손 두사람이 겸상하야 먹는데 닭을 몃마리나 잡앗는지 국에도 닭고기요 지지미에도 닭고기요 구은고기도 닭이요 복근고기도 닭이엇다 반주먹고 밥먹고 다먹은 밥상을 내보낸뒤 리춘동이가 김산이더러

「인제 자네이야기를 좀 듯세」

하고 말하엿다

「재미두업는 이야기를 듯기가 그리 바뿐가」

「대체 자네가 지금 어듸잇나 금교역말 잇나」

「나잇는데를 몰라서 궁금한가 황해도 선화당에잇네」

「정당하게 뭇는데 실업슨말루 대답하는것이 그게 친구대접인가」

「이야기를 하자면 순서차려해야겟네 우선 자네가 나를 차저다니든 이야기부터 마저하게 그래적성가서 어떠케햇나」

「적성가선 마전으로 이사간것을알구 또 마전가선 기집년과 종각눔을 죽여노쿠 도망한것을 알엇네」

「그럼 내가 그년눔 죽이든날 밤일부터 이야기함세」

하고 김산이는 곳 이야기를 시작하엿다

김산이가 자긔 데리고 살든 기집의 행실이 원래 부정하든것과 그날 저녁때 젊은과객이 와서 자자고 청하는데 기집의 눈치가 달려서 일부러 과객을 재우고 소상집에 밤새임하러 가는체하고 숨어서 엿본것과 기집이 정을 도드다못하야 나중에는 막 달라붓는것을 그과객이 끗끗내밧자하지 안흔것과 과객을 죽이려든 칼에 엽집 종각눔이 죽게된것을 죽 나려이야기하고 잠ㅅ간 숨을 돌리고나서 다시 그과객과 가치 밤ㅅ길을 것는중에 그과객이 청석골두령 황천왕동인줄을 알게된것과 황천왕동이를 따라서 청석골을 왓더니 림꺽정이가 백부에게 검술을 배운사람인 까닭으로 백부를 생각하고 특별히 후대하야 대번 두령을 시켜준것과 이번에 도중을 대표하야 어물전 초상에 일보아주러온것을 다 까노코 이야기하엿다

리츈동이가 김산이의 이야기를 듯고난뒤

『자네를 내가 수상스럽게 봣더니 아니나 달를까 청석골 대장일세그려』

하고 싱그레 우섯다 이때 일ㅅ군하나가 와서 방문을 열고 드려다보며 아랫말 간다고 말하는것을 리츈동이가 좀잇다 가라고 일르고 그일ㅅ군의 발굼치도 미처 돌아서기전에 김산이더러

『임꺽정이 사람이 대체 어떤가 가치지낼만한가』

하고 물엇다 김산이는 얼굴비츨 변하고 대답을 못하고 잇다가 그일ㅅ군이 박갓방으로 나가는듯 신발소리가 멀어진뒤 리츈동이를 보고

『나는 자네를 아이적친구루 밋구서 못할말업시 다햇더니 미든보람이업네』

하고 책망을 하엿다

『일ㅅ군 듯는데 임꺽정이 말을 햇다구 자네가 그러지 우리집 일ㅅ군은 자네를 밀고할사람들이 아니니 안심하게』

『일ㅅ군이 밀고할까봐 겁이 나서 하는말이 아닐세 자네가 친구의 비밀한 이야기를 누설시

키는것이 섭섭하단 말이지」

「자네가 우리집에서 역적모이를 하더라두 박게 누설될리는 만무하지 내가 목벨다짐함세 입꺽정이 이야기를 나두 듯긴 만이 들엇네만 도청도설을 준신할쑤잇나 자네가 친이 격거본걸좀이야기하게」

「그보다두 자네 소경녀을 먼저좀 듯세」

리춘동이는 김산이백모(伯母)의 친정조카니 본래 양주 어둔니사람이다 춘동이 열아홉살때 장가든 색씨가 입이 싸서 시어머니 말대답을 넷두리로하고 주착이 업서서 동네로 돌아다니며 말질을 일수잘하야 시어머니와 갈등이 나고 동네 녀편네들과 물음마침이 자주 낫섯다 춘동이가 처음에 그저 구박하다가 나중에는 아주 소박하야 친정으로 쪼치려든즉 죽는다고 독살을 부리더니 참말 어느날 춘동이모자 집에업는틈에 보고개에 목을매고 죽어버렷다 색씨 친정쪽의 친오라비 사촌오라비 여러종형제가 사람들이 모두 불량하야 춘동이 모자를 저의누의 죽인원수라고때려죽인다고 서드는통에 춘동이어머니가 외아들 춘동이몸에 무슨일이 잇슬까 겁이나서 마저죽어도 조타고 배ㅅ장부리는 춘동이를 달래어데리고 어둔니서 도망하듯 서울로 올라왓섯다 서울서 남의집 행랑사리를 하는중에 춘동이가 못된동무들을 사귀어서 술을 배우고 놈음을 배우고 또 도적질을 배워서 어머니의 속을 무척 썩여주엇다 춘동이의 친한동무가 란

전(亂廛)은 버렷는데 물건은 팔어서 동무일을 도아주기겸 장사한다고 어머니 마음을 위로하야주려고 란전물건을 가지고 시골로 나려다니다가 한번 평산서 해주로 나가는길에 우연히 운달산패의 연출을 어더서 바로입당하고 서울 어머니를 운달산으로 다려나려왓섯다 춘동이가 려력(膂力)도 세거니와 사람이 긔걸하야 괴수 박련중의 눈에 들어서 괴수의 버금가는 수령노릇까지 하엿는데 운달산패가 관군에게 소탕을당하야 풍비박산(風飛雹散)흐터질때 춘동이는 박련중이와 가치 해주땅에 가서 숨어살다가 마산리로 이사온지 이때불과 일년남짓되엿섯다 리춘동이가 열아홉살이후 소경력을 다 이야기하고 김산이와 서로보고 웃는데 두사람의 우슴이 다가치 서구픈 우슴이엇다

밤이 이슥하야 김산이가 상행 묵는집으로 다시 올때 리춘동이는 아랫말간다든 일ㅅ군을 불러서 광솔ㅅ불을 들리고 자긔도 가치나와서 그집까지 데려다주고 갓다

진시초(辰時初)가 지나야 해가뜨는시월그믐께 하관시(下棺時)가 사시초(巳時初)라 시각을 대기가 바쁘지마는 광중은 전날나제 만들어노코 다른준비는 전날밤에 다해노흔까닭게 일이 몰리지안코 제시각에 하관하게되엿다 오시(午時)가지나기전에 평토(平土)가 끄티나서 반우(返虞)가 떠나갈때 김산이는 어물전 늘근이를 보고

「나는 친구에게 붓들려서 이삼일후에나 가겟스니 우리게서들 긔다리지안루룩 기별좀 해주

지우ㅣ

하고 부탁하엿다

리춘동이가 일부러 데릴러 산으로 올라온것을 김산이는 이왕 보아주든일이니 봉분짓는것까지 마저 보고간다고 춘동이를 먼저 나려보내고 한나지 지나기까지 산에잇다가 춘동이집으로 나려왓다 춘동이는 대장ㅅ간에나가서 집에업고 춘동이 어머니가 아래ㅅ방문을 열어주며 들어안ㅈ라고 권하는데 김산이가 춘동이의 대장일하는꼴을 구경하러간다고 동네박게잇는 대장ㅅ간을 차저나왓다 게딱지가튼 대장ㅅ간속에 맨뒤에는 일ㅅ군하나가 풀무우에 올라서서 풀무질을 하고 모루뒤에는 춘동이가 왼손에 집개들고 바른손에 마치들고 불속을 드려다보고 안젓고 춘동이아페는 일ㅅ군들이 메들을 꺼꾸로 세우고 최우에 팔들을 걸치고섯고 대장ㅅ간아페는 동네ㅅ사람 서넛이 쪼그리고들 안젓는데 둘은 고누를두고 하나는 여페서 구경하는 모양이엇다 얼마뒤에 춘동이가 불속에서 발가케 단쇠를 집개로 집어내서 모루우에노코 마치질을 하는데 마치질한번에 메질한번씩 쌍메가 번갈러들엇다 마치질소리와 메질소리가 고저장단(高低長短)이 서로마젓다 한동안 지나서 마치질이 끄치고 메질하는 일ㅅ군들이 다시 쉬게되엇슬때 그중의 하나가 대장ㅅ간뒤 둑우에 올라섯는 김산이를보고 춘동이더러 말하야 춘동이가 돌아다보면서

「엇재 여기를 나왓나 우리집으루 들어가게 나두 곳 들어감세」

하고 말하엿다

「어서 일이나하게 나는 여기서 구경하겟네」

「내일 발매 간다구 낫하구 독기들을 벼려달래서 끌려나왓는데 자네 나려오기전에 다해치운다는것이 그러케 못됏네」

「자네 어머니께 말슴을 듯구왓네」

「어머니하구 이야기나하지 왜 나왓나」

「자네 일하는 구경하려구」

「그럼 구경하게 인제 독기들 낫하나 남앗는데 곳 다되겟네」

김산이가 둑우에서 왓다갓다하며 쇠를 불리고 이기고 담그는것을 구경하는중에 대장일이 끄티나서 춘동이가 마치 집개 다노코 일어서는데 고누구경하든 사람이 맨나중에 벼려내노흔 낫을 들고 보며

「이러케 건정으루 벼려서는 며칠못쓰구 도루 무돼지겟네」

하고 두덜거리니 리춘동이는

「여게 이사람 이번은 용서하게 이담ㅅ번에 맘먹구 잘 벼려줌세」

하고 너스레를 노핫다 리춘동이가 일ㅅ군들더러
『뒤는 너의들이 다 치우구 들어오너라』
하고 말을 일르고 뒤우로 올라왓다
김산이가 리춘동이와가치 동네로 들어오는길에
『자네가 일ㅅ군들더러 해라를하니 무어되는 사람들인가』
하고 물으니 리춘동이는 우스면서
『왜 일ㅅ군들더러 해라못하나』
하고 되물은뒤
『전에 아페두구 부리든 아이들일세』
하고 말하야 전날ㅅ밤 일ㅅ군뭇는데 꺽정이말을 펄처노코 못든것이 비로소 해혹(解惑)이 되어서 김산이는 고개를 여러번 끄덕이엇다
리춘동이가 김산이와가치 집에 와서 김산이는 먼저 아래ㅅ방에 드려안치고 자긔는 질자바기에 물을 떠다가 아래ㅅ방아페서 세수를할때 춘동이어머니가 웃채에서 나려와서
『저녁을 기다리자면 시장들하지 안흐까』
하고 물으니 리춘동이가 물무든 얼굴을 들고 그어머니를 치어다보며

「시장하다면 무어 먹을껄 주실라우」

하고 되물엇다

「애기어미가 술을 걸러놧단다」

「지금 속이 출출한데 한사발 먹엇스면 조켓소 아주두 만이놔서 나려보내시우」

춘동이 어머니는 웃채로 도루올라가고 리춘동이는 얼굴에 수건질을하며 방으로 들어왓다 얼마뒤에 춘동이안해가 알방구리 우에 납작소반을 언저서 들고 나려왓는데 소반에는 대접에 담은 편육과 보시기에떠노흔 장물과 술먹을 사발과 편육집을 저까락이 느러노혓고 방구리에 담긴것은 탁배기엿다 리춘동이가 소반과 방구리를 바더서 방에 드려노흐며

「고기를 좀 만히노치 요게 무어야」

하고 안주를 투정하니 며느리뒤를 따라온 춘동이어머니가

「아주 만히 저며서 한목판 담어놧다 나중에 더 갓다먹어라」

하고 아들더러 말한뒤 김산이를 보고

「김서방 우리아들하구 개고기 누가 만히먹나 내기해보게」

하고 우스며 말하엿다

「목판에 담어놧다는 고기를 아주 이리 가저오게」

하고 리춘동이가 그안해에게 말은 일러서 다시 가저온 고기는 쪽목판일망정 그리 적지아니한데 수북하게 담기엇섯다

개고기 편육 한대접 한목판을 안주로 노코 술들을 먹는데 리춘동이가 한입에 고기를 두서너점씩 너코 몃번 씹지도안코 꿀떡꿀떡 삼키는것을 김산이는 구경하듯 바라보다가

「인제 알구보니 자네가 사람이아니라 개호줄세그려」

하고 우스니 리춘동이가 입에든 고기를 삼키고나서

「어른더러 욕하면 으래 산단다 어서 욕해라」

대꾸하고 마주우섯다

「자네가 전에두 개를 잘먹엇든가」

「내가 전에는 개비린내가 실혀서 복날 개장국두 입에 대지안헛섯는대 참말 개호주한분과 십여년 가치지내는 동안에 식성이 변햇네」

「박련중이란이가 개고기를 잘먹나」

「잘먹는이 만이 지금 환진갑다지난 늙은이건만두 우리버덤 곱절 만이덕네」

「그가 절머서 장사ㅅ소리 들은이라네그려」

「지금 늙근이라두 우리루는 못당하네」

「긔운쓰는걸 더러 봣나」

「보다뿐이야」

「우리대장은 천하장사라지만 장사체두 하지안네 내가 가치지낸뒤루 칠팔삭동안에 긔운쓰는걸 한번두 보지못햇네」

「이야기는 만이 들엇겟지」

「다른사람들에게서 이야기는 더러 들엇지」

「서울 남대문을 뛰어 넘은일이 잇다든가」

「그런이야긴 듯지못햇네」

「경상두 조령인가 어듸서 모듬발을 한번 굴러서 바위우에 발자국이 낫단말이 잇는데 그런이야긴 들엇나」

「그런이야기두 못듯구」

「그래 세상눔들 떠드는 소린 고지듯는사람이 실업슨 사람이야」

「말이란 갈쑤록 보태는것이니까 세상에 떠도는말은 에누리속으루 들어야겟지」

「보태는건 밋절미나 잇지만 멀쩡한 허무니두업는말은 어떠커구」

리춘동이 말끄테 김산이는 로밤이의 허무니업는 거짓말 잘하는것이 생각나고 로밤이가 본래

운달산 사람이란것이 생각나서

「자네 노뱀이를 아나」

하고 물엇다

「노뱀이가 무어야」

「사람이지 무어야 그애꾸가 운달산에 오래 셧다데그려」

「그놈을 자네가 어듸서 봣나」

「지금 우리게 와잇네」

「그놈이 천하흉물일세」

「거짓말이 난당이데」

「거짓말뿐이 아니야」

이때 일ㅅ군들이 대장간에서 들어와서 연장을 야래ㅅ방에 드려노핫다 리춘동이가 일ㅅ군들을 보고

「애꾸눈이 뱀이란놈이 지금 청석골 가서잇단다」

하고 말하니 일ㅅ군중의 하나가 우스면서

「그럼 청석골대장이 삼씨오쟁이를 지겟구먼이요」

하고 대답하엿다
김산이는 일ㅅ군의말이 귀에 거치나 잠자코잇다가 일ㅅ군들이 박갓방으로 나간뒤에 리춘동이
를 보고
「청석골 대장이 삼씨오쟁이를 지다니 그게 무슨소린가」
하고 탄하엿다
「그게 까닭기잇는 말일세 뱀이란눔이 운달산에 잇슬때 박대장의 셋째첩이 여름밤에 문열어
노쿠 자는데 뛰어들어간 일이 잇섯다네」
「그눔을 그래서 떨어내쫏첫나」
「일이 발각나기전에 그눔이 핑게를 만들어가지구 산 아래나려가서 그대루 고만 빵손이를
첫네 그러치 안헛스면 그때 목달아낫지」
「그눔이 우리 대장의 성명을 가지구 철원 영평등지루 돌아다니며 가진더러운짓을 다하다가
우리대장에게 잡혀서 항복하고 따러왓다네」
「그눔이 임꺽정이루 행세햇단 말이야 임꺽정이 망신 만이 시켯겟네」
「가짜 임장사가 한참은 성풍햇구 지금두 더러잇다데 내가 임아무게다하면 열뜬 세상눔들이
고만 질겁을 하니까 그맛에 그런눔이 자꾸 생기는가부데 나를 청석골루 인도해준친구 황천

동이가 올칠월에 이천땅에서 서울을 올라가다가 양주 축석녕 고개에서 좀도적 하나를 만낫는데 그눔이 시벌거케녹쓴 칼한자루를 들구나서서 나는 양주장사 임아무다하구 호통을 하더라지 그친구가 자살구진 작난을 곳잘하는 사람이라 그눔을 놀리려구 임장사 성화는 노피들엇지만 처음 보입소하구 인사를 걸엇더니 갓 망건 웃옷을 버서노쿠 그러구 주머니를 떼어노쿠 가거라하더라네 양주임장사는 당세의 호걸남자라더니 보행행인의 주머니를 발르러드는것이 다라운 좀도적 갓구려하니까 그눔이 구변조케 범이 배가고프면 가재두 뒤지는일이 잇느니라하구 말하더라네 그친구가 나중에 자긔가 누구란것을 말하구 그눔을 단단이 제독주엇다구 이야기하데」

「임꺽정이가 가짜는 만흔모양이야 내가 들은 이야기중에두 서울 구리개 약국하는 어떤늘근이가 새벽 일어나서 문을 열어보니까 허우대큰 사내하나가 문아페 쓰러저서 거의 다죽게되엇더래 그래 그늘근이는 약국에서 자든 사람들을 모두 깨워가지구 그사내를 들어드려다가 구호해주엇더니 그사내는 대엿새동안 곡긔를 못해서 하마죽을ㅅ번 한것을 구해주엇다구 백번천번 치사하구 갓는데 나중 알구보니 그사내가 임꺽정이더라네 그런일이 참말잇섯다던 그임꺽정이두 정녕 가짜겟지」

「가짜구 여부가 잇나 우리대장이 서울가서 굴물리두 업구 대엿새 곡긔못해서 걸ㅅ가에 쓰러질리두 업스니까」

「구리개이야기에 또 한가지 다른이야기가 생각나네 어느해 겨울밤에 눈이 만이와서 서울거리가 눈으루 더펏는데 파루치기전 거리에 사람자취가 아직 업슬때 순라 군사들이 종각아페서 눈우에 큰발ㅅ자국 둘이 나란이 박힌것을 보구 그발ㅅ자국의 오구간곳을 살펴봐두 근처에는 다시업서서 차점차점 멀리나오며 차저본즉 광통교우에 나란이 박히구 구리개어구에 또 나란이 박혓더라네 그발ㅅ자국을 가지구보면 종각아페서 한번뛰어서 광통교에를 오구 광통교에서 또한번뛰어서 구리개어구에를 온것이 분명하나 날개도친 사람이 아닌담에야 그러케 멀리 뛸수가 업스니까 다들 도깨비작난으루 알엇더니 나중에 알구본즉 그것이 도깨비작난이아니구 임꺽정이작난이더라네그려」

「그건 허풍선이의 허풍일세」

「세상에 떠도는 임꺽정이 이야기란 대개다 허풍이지 그것만 허풍이 아닐꺼야」

두사람이 이런이야기를 하는중에 김산이가 리춘동이를 청석골로 끌어드려갈 생각이 나서 리춘동이의 의사를 떠보려고

「내가 자네에게 물어볼 말이 한마듸 잇는데 자네 진정을 기이지말구 대답해주게」

하고 허두를 노코

「자네가 지금 지내는것이 운달산에서 지내든때와 어떤가 나은가」

하고 물으니 리츈동이는 이야기하느라고 잘먹지못한 오려을 내려는것가티 부즈런히 고기를 집어먹다가 한참만에 고개를 가로흔들엇다

「운달산 버덤 낫지못하단 말인가」

하고 다저물어서 리츈동이가 고개끄덕이는것을 본뒤에 김산이는 정중하게 말하려고 안즘까지 고처안고

「그럼 내가 자네를 우리도중에 천거하겟네」

하고 말하니 리츈동이는 손을 홰홰 내저엇다

「왜 실흔가」

「내가 실흔것보다두 우리어머니가 대끠실세 자네가 지금 내게 권하는말을 어머니가 들으시면 자네를 당장 배송내려 드실껠세」

「그럼 운달산선 어떠케 지내셋슬까」

「내게 끌려서 그럭저럭 그대루 지내셋지만 노상 끌탕이셋네 그래서 여기와서 살게된뒤루 비로소 발을 뻣구 주므신다구하시네」

김산이는 다시 더 말을못하고 무류하야 젓다

「내가 임씨의 션셩을 하두 노피 들어서 언제든지 한번 만나보구십든차인데 자네가 가치잇다니 겸두겸두해서 한번 놀러감세」

「이번에 나하구 가치가세」

「우리어머니 한갑때 자네 안올라나 오겟지 그때와서 가치가세」

「이번에는 왜 못갈일이 잇나」

「한갑잔치 차릴 준비를 차차 좀 해야겟네」

「아직두 장근 한달이나 남엇는데 지금부터 준비안하기루 낭패되겟나 나두 이번에는 도중에 말을안하구 와서 한만이 오래 묵을수가 업스니 내일 곳 가치가세」

「우리어머니한갑때 와서는 오래 묵어갈텐가 그런다면 내가 내일 가치가겟네」

김산이가 리춘동이집에서 하루ㅅ밤 자고 이튿날 리춘동이와 가치떠나서 청석골로 돌아오는데 길에서 참참이 술ㅅ집에 들어가서 놀짱들을 부린까달게 이틀만에도 다저녁때 들어왓다 김산이가 자긔 거처하는 처소에 리춘동이를 드려안친뒤 꺽정이 사랑에를 와서보니 꺽정이는 업고 박유복이 배돌석이 세사람이 어쓱비쓱 누어잇다가 일어나서 인사들하엿다

「마산니서 며칠되겟다더니 속히 왓구려」

서림이의 말은 어붙전긔별을 들은말이고

「웬사람 하나하구 가치 왓다지」

배돌석이의 말은 파수ㅅ군보고를 바른말이고

「마산나가 대체 몃년데 이러케 일직 들어왓나」

박유복이의 말은 당일에 온줄로 아는말이엇다 김산이가 어제 떠나서 노량으로 이틀에 온것을 말하고 가치 온사람은 백부의 처조카요 아이쩍 동무요 또 운달산패의 버금두령이엇든것을 이야기하니

「그사람을 여긴 엇재 데리구왓소」

하고 서림이가 물어서

「우리대장을 한번 만나보입구 시퍼하기에 데리구왓소」

하고 대답하엿다

「대장께 말슴을 여쭤보구 이다음에 데리구왓더면 조흘걸 그랫소」

「여쭤보지안쿠 데리구왓다구 대장께서 꾸중하실까요」

「꾸중하실지 칭찬하실지 그야 내가 알수잇소 내생각에 이다음 데리구왓더면 조흘뻔햇단 말이지」

「그사람을 입당을 시켜보려구 생각하는데 어떨까요」

「입당하라구 권해봣소」

「권하진 안헛지만 말은 비처밧지요」

「그래 그사람이 대장을 한번 만나보인뒤에 입당할의사루 말합듸까」

「아니요 그사람은 곳 입당할 생각두 업지안흔데 그어머니때문에 자저하는 모양입듸다」

「어머니때문에 자저하다니」

「그어머니는 아들이 지금가티 낭민노릇하구 사는걸 대단히 조케 녀기는갑듸다」

「김두령이 그어머니의 말을 들어봣소?」

「아니요 그사람이 그러케 말합듸다」

「그러면 그사람더러 너의 어머니가 전에는 낭민노릇을 하지말래서 운달산패에 들어갓섯는냐구 물어보시지」

「대장께 여쭙구 차차 권해볼 작정인데 내가 힘써 권하면 대개 입당할껩니다」

「사람이 대관절 미덥기나하우」

「사람이 미덥지못하면 내가 여기를 데리구올리가 잇나요 사람만은 의심업지요」

「사람이 한세상 살어가는동안에 몃번 고처되는것인데 수십년만에 만난 아이적동무를 어떠케 의심업시 미드시우」

서림이가 처음부터 리추동이 데리고온것을 불긴하게 말하는데 김산이는 속이 상한끄티라 부지중 불쾌스러운 말소리로

「그사람이 조금이라두 의심쩍은 구석이 잇스면 내목을 서종사께 바치겟소」

하고 말하니 서림이가 김산이의 얼굴을 뻔히 바라보다가

「우리네는 매사에 조심을 해야할 처진까닭게 아무리 아이쩍 동무라두 속을 선뜻 줄수가 업단말이지 김두령친구가 미덥지못한 사람이란 말이아니요」

하고 타일르듯 말하엿다 두사람의 수작을 듯고잇든 배돌석이와 박유복이가 다가티 서종사말이 옳다고 서림이의 편을들어서 김산이는 자긔의 무세한것을 생각하고 긴한숨을 지엇다 박유복이가 위로하는말로

「대장형님이 자네온줄 아시니까 곳 오실걸세 오시거든 말슴을 잘 여쭙게 설마 가치온사람을 푸대접해서 자네 낫이 깍기게 하시겟나」

하고 말하야 김산이가 박유복이더러

「대장께서 안으서에게 가셧나요」

하고 물을때 박게서 위 위소리가 낫다

꺽정이가 신불출이 곽능통이 두시위를 데리고 들어오다가 뜰아래 나려서는 김산이를 보고

「마산너서 친구 하나를 만낫다더니 그친구하구 가치왓느냐」

하고 뭇는것을 김산이는 그저 네 대답하고 방에 들어와서 절하고 문안한뒤 리춘동이 데리고 온사연을 중언부언 말하고 리춘동이의 사람과 내력을 소상하게 이야기하엿다 꺽정이가 서림이와가치 꾀까다러운말을하면 리춘동이를 대접하야 보냄이 여간 난처하지아니한데 꺽정이는 순편하게

「입당은 나중 봐가며 권할작정하구 우선 대접이나 잘하두록해라」

하고 말하므로 김산이는 한근심이 덜리는것가텃다

「지금 곳 만나보실랍니까」

「아무리나 가서 데리구 오려므나」

꺽정이가 김산이의 취품하는말을 허락하자 곳 서림이가 출반좌하고

「김두령 낫을 봐서 만나보시더라두 내일 조사고테 잠ㅅ간 만나보시지요」

하고 말하야 꺽정이가 서림이를 돌아보며

「왜」

하고 까닭글 물엇다

「운달산이 평양봉물 동티루 망햇스너까 운달산에 잇든 사람들은 우리게 대해서 조흔의사를

멱을려가 업슬듯 합니다 지금 온사람이 말은 대장을 보이려 왓다구 하지만 속에 무슨딴맘을 먹구왓는지 누가 압니까 그사람이 김두령하구 과갈 간이구 또 아이쩍 친한동무라구하지만 수십년 서루 격조한동안에 사람이 어떠케 변햇는지 알쑤잇습니까 인심이란 못미들것입니다」

「노뱀이두 운달산에서 온놈이아니요」

「그놈은 운달산에서 쪼껴난 놈일뿐더러 그따위 무명소졸과 수령노룻하든 사람과 가티 말할쑤잇습니까」

「그래 내일 만나라니 온사람의 속내를 하루ㅅ밤동안에 자세이 알어볼도리가 잇소」

「아주 안만나보시면 김두령의 낫이 깍기니까 내일 잠ㅅ간만나보시는게 조켓단 말슴입니다」

서림이 말끄테 김산이가 걱정이를 바라보며

「이춘동이가 만일 악의를품구 온사람이라면 저는 데리구온죄루 죽어마땅할텐데 낫까기는게 다무엇입니까 그러나 이춘동이 악의 업는건 제가 목벨다짐을 하겟습니다」

하고 부프게 말하는것을 걱정이는 대답도 안코 서림이더러

「이왕 만나볼바엔 오늘이나 내일이나 마찬가진데 이러니저러니 긴말할것 잇소 지금 데려다가 만나봅시다」

하고 말하엿다 이때 신불출이가 방웃간문을 열고 드려다보면서

「박두령댁에서 진지여쭈러 사람이왓습니다 오두령께서 시장하시다구 얼른 오시랍니다」

하고 고하야 박유복이가 일어서는데

「저두가서 저녁먹구 오겟습니다」

하고 서림이도 따라 일어섯다

「이춘동이란사람이 오거든 보구들가지」

꺽정이 말에 일어선 두사람이 가지를못하고 주제주제하는데 김산이가 꺽정이를 보고

「그사람두 아주 저녁을 먹여가지구 석후에 데리구 오는게 조치안켓습니까」

하고 물으니

「그럼 잇다 여럿이 모일때쯤 데리구 오너라」

하고 꺽정이가 말하엿다

김산이가 자긔처조에 돌아왓슬때 리츈동이는 방에 혼자 들어안젓기 심심하든지 마당에 나와서 거닐다가 김산이 오는것을 보고 몃거름 마주나오며

「나를 혼자 안처노쿠 어듸가서 그러케 오래잇다 오나」

하고 책망을 내노핫다

「대장뫼시구 이야기좀하다가 느젓네」
「어째 자네대장하구 가치오지안쿠 혼자왓나」
「대장께 가치 오시잔말슴을 안햇는걸」
「내가 온사연은 말햇겟지」
「그야 말슴햇지」
「먼데 친구가 전위해 차저온줄을 알구 나와보지안는단 말인가 그게 어듸 친구대접인가」
「그런게 아니야」
「무에 그런게 아니란 말인가」
「사람이 여럿이니까 소견업는 소리하는 사람두 혹잇지만 우리대장은 그런사람이 아닐세」
「나때문에 무슨 말썽이 잇섯나」
「아니 말썽이 무슨말썽이야 저녁밥을 먹구 잇다 가세」

김산이는 서림이 치의와 리춘동이 책망사이에 끼어서 안팍곱사 노릇을 하엿다 김산이가 리춘동이 모르게 넌지시 식사공궤하는 졸개내외를 시켜서 도중 숙설청(熟設廳)에 말근술을 반주할만큼 가저오게하고 또 한온이집의 솜씨조흔 찬을몃가지 어더오게하야 제법 모양잇는 겸상으로 리춘동이와가치 저녁밥을 먹는중에 꺽정이가 자긔 저녁상의 조흔찬을 물려보내서 상이좁아 겻상까지 벌리게 되엿섯다 김산이가 행여끄테 포식하고 식곤증이 나서 리춘동이더러 잠시 누엇다가 여러두령이 다모일때쯤 가자고 말하고 누어서 잠이 소르르 들엇는데 여페누은 리춘동이가 흔들어 깨웟다

「박게 누가 왓네」

「고동안 잠이 들엇든가」

하고 김산이가 방문을 열어저칫즉 초롱ㅅ불을든 졸개하나가 방문아프로 들어서며 대장께서 손님을 뫼시고 얼른 오시란다고 전갈하엿다 김산이가 리춘동이를 재촉하야 버서노핫던 의관들을 한께 차린뒤 그졸개를 압세우고 꺽정이사랑에를 왓다 꺽정이가 리춘동이를 마저드리느라고 자리에서 일어서니 아래웃간에 렬좌하엿든 여러두령들도 모두 따라일어섯다 서림이 박유복이 배돌석이 세사람이외 다른드령이 김산이를 보고 잘다녀왓느냐 인사들 하는동안에 꺽정이는 방문마즌편 첫자리에 안젓든 박유복이를 리봉학이 여프로 올라안께 하고 그자리에 리춘동이를 청하야 안치엇다 아래ㅅ간에는 꺽정이와 리봉학이와 박유복이가 느런히 안고 박유복이아페 모꺽거서 리춘동이와 서림이가 억개를 견주고 안고 웃간에는 배돌석이 길막봉이 김산이 세사람과 황천왕동이 곽오주 한온이 세사람이 두줄로 마주듸대하고 안젓다 이러케 좌정한뒤 꺽정이로부터 시작하야 아래웃간 여러두령이 김산이만 빼노코 면면이 리춘동이와 초면

인사들을 하는중에 리춘동이가 한온이의 얼굴을 물그럼이 바라보며

「서울 남소문안 한첨지 영감의 자제 아니시우」

하고 물어서

「네 그렇소」

하고 한온이가 대답하엿다

「우리는 구면인데 나를 몰라보겟소」

「전에 보엿든지 의사무사한테요」

「내가 서울잇슬때 동무반연으루 댁에두 더러 놀러갓섯소」

「네 그러셧든가요」

「별명으루 암맹꽁이란 사람은 잘아시겟구려」

「아다뿐이요 그사람이 내유모의큰아들이요」

「그래서 그사람이 난전을 벌릴때 댁 첨지영감이 미천을 대주섯습된다」

「올치 인제 알겟소 댁이 맹꽁이 난전에잇든 이서방이구려」

「그렇소 내가 서울잇슬때 제일 사이조케지낸 동무가 맹꽁이엇소」

「연못골 맹꽁이집에서 우리가 만난생각이 나우」

「그때 댁은 초립동인데 까불까불하드니」

「예 여보 점잔흔사람더러 그게 무슨소리요」

「지금은 점잔치만 그때야 어듸 점잔헛소」

「하여튼 반갑소 나는 당초에 못알어보겟는데 용하게 나를 알어보섯소」

「성씨 듯구 어림두 나섯지만 전에본 얼굴모습이 과이 변하지안헛소 그런데 스복을햇스니 웬일이요」

「우리아버지 거상을 입엇소」

「첨지영감 거상이란말이지 언제 돌아가섯소」

「인제 겨우 출곡 지낫소」

「삿주님을 그대루 보여서 쓰겟소 제루 구낀인사하구 보입시다」

하고 리춘동이가 한온이에게 절을하려고 일어서는데 여페안즌 서림이가 절할자리를 비켜주지 안코

「서루 실업슨 수작까지하다가 새삼스럽게 조문이 무어요 그러구 여기가 조문할자리두 아니니 제레하시우」

하고 말하니 리춘동이는 한온이더더

「영감 상청을 뫼섯겟지요」

하고 물은 다음에

「그럼 내일 상청에 다니러가겟소」

말하고 그대로 주저안젓다

리춘동이가 암맹공이란 동무의 별명을 말할때 황천왕동이가 후자 입속으로

「암맹공이」

하고 뇌더니 마침내 한온이를 보고

「맹공이면 맹공이지 엇재 암맹공인가 그사람이 몸집은 똥똥하구 상판은 기집갓든가」

하고 자긔 의사껏 해석을 부처서 물엇다

「그사람의 성이 안가야 별명에다가 성을 부치면 안맹꽁인데 암맹공이라구들 불럿다네」

「자네집에 가까이다니는 사람을 내가 꽤 만이뵈는데 암맹공이는 엇재못뵈슬까 어듸다른데 가서사나」

「죽은지가 벌서 십여년일세 난전 처갈때 잡혀가서 어떠케 몹시 마젓든지 골병이 들어가지구 나와서 얼마 못살구 죽엇네」

한온이의 말끄틀 리춘동이가 달아서

「그때 나무 평산행보를 안하구 서울잇섯드면 맹꽁이하구 가치붙려가서 졸경칠ㅅ번햇소」

하고 말하야 황천왕동이가 리춘동이를 돌아보고

「그때 벌서 운달산에를 다녓섯소」

하고 물으니 리춘동이는 고개를 가로흔들고

「그때나는 난전물건 가지구 시굴루 도부를다녓섯소 평산행보를 전후 너덧번 햇는데 우연한 긔회에 운달산 박대장과 교분잇는사람을 친해서 맹꽁이죽은뒤 그사람 반연으로 운달산에를 물어갓섯소」

하고 대답하엿다

「당신이 처음 입당할때 운달산」

황천왕동이 말하는중간에 꺽정이가

「여보 이서방」

하고 불러서 리춘동이는 꺽정이게로 고개를 도리키엇다

「년중이 노인은 지금 어듸가사우」

「얼른 말하자면 운달산에서 해주땅으로 나려안즌셈이요 운달산 남쪽에 대궐고개가 잇구서 남쪽으로 떨어저서 마장고개가 잇는데 두고개 중간에다가 전에업든 새동네 하나를 만들었소 그동네 십여호가 거진다 전날 부하들이요 나두 거기서 좀 살다가 마산너두 이사 왓소」

「그동네에 관속침책이 업소」

「구실 잘바치구 관속이 나오면 술밥대접 잘하니까 다른침책 별루 업지요」

「박편중이 성명을 들어내노쿠 사우」

「아니요 성명만은 숨기구 사우」

「그래 그가 직금은 무얼하우」

「농사때 감농하구 일업슬때 어린아이들 업어주구 아주 훌륭한촌영감이 되엇소」

「그가 자녀가 며치나되우」

「아들셋 딸둘 오남매요」

「열대여섯해전에 내가 운달산에 가서 그를 만나봣는데 그때는 딸인가 아들인가 돌쟁이 하나박게 업섯는데」

「그게 지금 열일곱살먹은 큰딸이겟소 오남매가 모두 만득이지만 직금 데리구사는 절문첩에게서 나은 남매는 더구나 아직 유치의것들이요」

「그가 나이 올에 예순대여섯됏지」

「올에 예순아홉이요 칠십노인이지만 근력이 어떠케 조흔지 사십객 우리만 못지안쏘」

꺽정이가 박련중이의 소식을 물어본뒤 다시

「평산 재녕 해주 관군들이 합세해가지구 드리칠때 어떠케 미리알구 도망들햇소」

하고 운달산 소탕당할때 이야기를 물어보앗다

「내 처남아이가 그때 재녕서 통인을 다녓는데 그애가 뒤ㅅ길루 귀별해주어서 우리가 물사죽엄할것을 면햇소 졸개삼십여명은 사방으로 허처보내구 나하구 박대장하구는 집안식구를 데리구 재녕 사자목이란데 가서 숨어잇다가 바람잔뒤에 나왓소 그때 이야기가 이왕 낫스니 말이지만 세상에 그런법두 잇소 일은 당신네가 저질르구 벼락은 우리를 마친단말이요」

「내게는 매원하지마우 나두 평양봉물에 벼락마진 사람이요 그매원 바들사람을 내가 가르쳐주께 내속까지 시원하두룩 한번 실컨 매원할테요」

하고 꺽정이가 껄껄우스니

「매원부탁을 밧기는 내가 사십평생 처음인데」

하고 리춘동이도 따라 우섯다 서림이가 매원바들사람이 나라는듯이 나서서

「참말 당신네들은 우리를 여간 원망하지 안헛슬테지요」

하고 말하니

「원망뿐이요 곳 절치부심은 햇지」

「다른사람은 몰라두 박련중이란이는 절치부심두 할것이요」

「이다음에 혹시 만나면 칼부림 바들까봐 겁이나시는 모양이구려 그러나 그가 그런걸 속에 치부하는 졸ᄉ장부가 아니니 안심하시우」

이와가티 리춘동이가 꺽정이이하 여러두령들과 담화하는중에 어느듯 밤이 들엇다 꺽정이가 미리 일러두엇든지 훌룡한 주안ᄉ상 둘이 나와서 아래웃간에서 각각 한상씩 바더가지고 술들을먹는데 웃간에서는 우리와가치 한잔먹자고 리춘동이를 끌어가고 아래ᄉ간에서는 순배 빼지말라고 리츈동이를 불러오도록 스스럼들이 업서젓다 무간한대접을 밧는 리츈동이 당자보다도 김산이가 더조하하엿다

이날밤 꺽정이 사랑에서 흐터저나올때 한온이가 리츈동이와 김산이를보고 내일아침밥들을 자긔집에 와서 먹으라고 말한까달게 이튼날 식전에 김산이는 잔입으로 도회청에 나가서 조사를 치르고 오는길로 방문박게 서서

「한두령이 곳 오라데 가세」

하고 방안의 리츈동이를 불러내엿다 리츈동이가 의관을 차리고 나와서 김산이와가치 뜰아래 나려설때 어떤사람 하나가 허둥지둥 들어오며

「지금이사 오신줄알구 뵈러오는데 어딜 가십니까 불이나케 오길 잘햇구먼이요」

하고 떠벌거리고 리춘동이아페 와서 허리를 한번 굽신하엿다 리춘동이는 그사람이 누군지 언뜻 생각나지안허서 김산이를 돌아보고

「누군가」

하고 뭇는데

「뱀이를 몰라보십니까」

하고 그사람이 저의이름을 말하엿다 다시보니 애꾸눈이 유표한 로밤이엇다

「오 너냐 저승사자가 눈이업서서 너를 아직두 잡아가지안쿠 놔뒀구나」

「반가워서 하시는 말슴이라두 그런 방수끄리는 말슴은 아예 맙시요」

「너가튼눔이 굽살마저 죽지안는걸 보면 천도가 무심한거야」

「듯기실혀하면 더하실줄까지 번이앎며 자발업시 방수끄린단 말슴을햇지 지금 아프로 한오십넌 더 살어봐서 세상이 길래 신신치안흐면 굽살이라두 마저죽을랍니다」

김산이가 나서서

「옛기 미친눔 저리 가거라」

하고 로밤이를 꾸짓고

「미친놈 데리구 실업슨소리 고만하구 어서 가세」

하고 리츈동이를 재촉하엿다

「여러사람이 미쳣다구 놀리면 성한놈두 미친단말이 괴이치안흔 말입듸다 여러분기 모두 나만보면 미친놈이니 실성한놈이니 놀리는까닭에 내맘에두 내가 성하지안치 생각이 드는때가 잇습듸다」

하고 로밤이는 시벌거리며 두사람의 뒤를 따라나오다가 고삿길 갈림에서

「틈잇는대루 또 뵈러옵지요」

리츈동이가 큰소리에 놀라서 돌아보도록 소리질러 인사하고 휘적휘적 다른데로 가버리엇다

한온이의집은 큰집이 한채요 자근집이 두챈데 형내외와 서모와 자긔본처는 큰집에 몰아잇게 하고 자근집들은 큰첩자근첩을 각각 갈라드리엇섯다 본처는 수발만맛고 식사와 침석은 첩들이 밧드는 까닭에 한온이가 밤에는 만히 자근첩의집 안방에 가서잇고 나제는 항상큰집 건넌방에서 거처하엿다 김산이가 리츈동이를 데리고 큰첩의집에를 왓슬때 한온이는 큰집에 삭망을 지내러 가고 업서서 주인업는 건넌방에 드러들안젓는중에 한온이가 와서 방문을열고 들어서니 김산이는 안저잇고 리츈동이는 닐어섯다 한온이가 리츈동이를보고

「밤새 편안하우」

하고 인사한뒤 주인자리에 가서 안즈려고 할즈음에 리츈동이가 넙신 절을 하야 한온이는 잔시당황하야하다가 팔을 지퍼서 절은 마것다 리츈동이가 꿇어안저서

「상사말솜은 무슨말솜을 하오리까」

하고 새삼스럽게 조상인사를하야

「자네두 패 쑥일세」

하고 김산이가 조롱하니

「서루 아는처지에 애경간(哀慶間)인사는 분명이 해야하는 법이니」

하고 리츈동이는 모르는것을 가르처주는 말투로 대꾸하엿다 리츈동이가 한온이더러

「상청에를 아주 다녀나옵시다」

하고 청하는것은

「궤연은 큰집에 뫼셧스니 아침먹구 나중에 가서다닙시다」

하고 한온이가 밀막앗다

리츈동이는 손님으로 대접하야 외상하야주고 김산이는 한온이가 자긔와 겸상하야 아침들을다먹고 상을 막 치우고 안젓슬때 서림이가 와서 베사람이안저 이야기하게되엇다 서림이가 리츈동이와 수작을 하는데 그수작이 유심하고 들으면 모두 지긔떠보는것 가터서 김산이는 불쾌

한마음을 참지못하야
「우리 아침 어더먹엇스니 고만 가세」
하고 리춘동이를 데리고가려고 하엿다
「이야기나 좀 더하다가 가치 일어섭시다」
서림이가 붓드는것은 차치하고
「더안저 놀다가게」
한온이도 붓들뿐더러 리춘동이 당자까지
「여기잇다가 주인하구 가치가서 상청에를 다녀야겟네」
하고 일어나려 들지아니하야 김산이는 다시더 가잔말을 못하엿다 서림이가 영웅논란을 꺼내고 당세영웅을 리춘동이에게 물으니 리춘동이는 처음에
「우리가튼 무식한놈이 영웅을 알쑤잇소」
하고 겸사한뒤 다시 생각하고
「여기 임대장가튼이가 당세영웅 아니겟소」
하고 뒤물엇다
「우리대장은 아직 말말구 다른영웅부터 처보시우」

「다른영웅은 난 모르겟소」

「공연한말슴 마시우」

「아니요 참말이요」

「박련중이를 엇재 치지 안소 나더러 당세영웅을 치라면 그를 첫손까락에 꼽겟는데」

「한번 만나보지두 못하구 그가 영웅인지 아닌지 어찌 아시우」

「만나보지못하구 말만 들어두 그건 알쑤 잇지요 긔묘년에 남곤(南袞)남정승이 박련중이란 이름을 들으면 벌벌 떨엇답듸다 일인지하(一人之下)요 만인지상(萬人之上)인 일국정승이 겁을낸사람이면 그게 무서운인물 아니겟소 또 그가 을사년에 사(赦)를 밧구두 이내 세상에 나서지안헛답듸다 여느사람 가트면 세상에 나와서 펄펄뛰구 돌아다녓슬것인데 산중에 들어안저서 사십여년동안 자행자지(自行自止)하구 지냇스니 그게 여간 동뜰인물루 될일이요 그보다두 대당의 괴수노릇하든 사람이 아무 뒤탈업시 발을씻구 나와서 여생을 안온하게 보내니 그런 희한한 인물이 이세상에 또 어듸잇겟소 그대서 나는 그를 당세의 제일영웅으루 아우」

서림이가 박련중이를 당세영웅으로 안다는것은 말짱한 입에발린 말이고 그 입에발린말은 분명히 리츈동이의 속을 뽑아보려는것이라 김산이가 서림이말하는 중간에 면박주고시픈것을 억

지로 참고잇다가 서림이의 말이 끗나기가 무섭게 곳
「박련중이가 서종사를 원수루 치부하구 절치부심하더라두 지금말을 들으면 술사주구 떡사주겟소」
하고 비교아서 말하니
「어제ㅅ밤에 실업시 한말을 가지구 나를 오금을 박는모양이요」
하고 서림이가 조치안흔 내색을 보이엿다
「내가 서종사를 오금박을 주제나 되면 제법이게요 그러치만 지금 하신 말슴은 잘 꼬지가 들리지안쏘」
「무엇이 꼬지들리지 안는단말이요」
「박련중이가 운달산에서 나가자는것을 회한한인물의 일루 말슴하니 그럴것가트면 서종사는 왜 여기서 나가서 안온하게 지낼생각을 안하시우」
「내가 그런생각을 하는지 안하는지 어찌 아우」
「그런생각을 안하시기에 안나가시는것 아니요」
검산이가 서림이와 말을 다루러 대들때 꺽정이가 의론할일이 잇다고 서림이를 불러보내서 서림이는 가소롭게 여기는 우슴을 검산이 얼굴에 던지고 큰기침까지하고 일어섯다 서림이 간

뒤에 김산이가 리춘동이를 보고

「우리중에 표리부동(表裏不同)한사람이 꼭 한사람인데 그사람이 지금 왓다간사람일세 교사람하구 말할때는 조심하게」

하고 당부하니 한온이가 서림이의 흉을 씨서덥듯이

「지모(智謀)는 비상한 사람이야」

하고 말하엿다

「지모가 비상하니까 교사(狡詐)두 비상하거든」

「하여튼 그사람이 미덥지는 못하지」

「여간 미덥지못하기만해 그런사람 미덧다간 큰코 깨네」

「자네두 곽두령의본을 뜨네그려」

한온이 말끄테 리춘동이가

「곽두령의 본이라니」

하고 물어서 김산이가 한온의말은 접어노코

「곽두령이 사람은 좀 무식스럽지만 우 중의 제일 직장일세 그래서 서종사하구 아주 앙숙이지 대장께 눌리지 안흐면 날마다 싸울껄세 날마다가 무어야 하루 열두번 싸우지」

하고 리춘동이의말을 대답한뒤 다시 서림이의 소행을 들치어 이야기하기 시작할때 방박게 누가 기침소리를 내어서 김산이는 이야기를 끄치고 한온이는 방문을 열어보앗다

신불출이가 와서 한온이와 김산이를 보고꺽정이의 전갈로 여러두령이 모여서 한담하는중이니 손님을뫼시고 오라고하야 한온이와 김산이는 곳 전갈온 신불출이와 가치 가려고하는데 리춘동이가 한첨지 궤연에 다닐것을 닛지안코 또 말하야 신불출이를 먼저 보내고 김산이까지 상주와 조객의 뒤를 따라서 궤연잇는 한온이 큰집에를 왓다 곡몃마디와 재배(再拜)한번으로 리춘동이가 조례(弔禮)를 마치고 나온뒤 김산이가 리춘동이더러

「오두령은 아주 잠ㅅ간 차저보구 가세」

하고 말하니 리춘동이는 두말안코 동의한뒤

「오두령 집이 대장사랑에 가는길인가」

하고 물엇다

「오두령은 살림을 안하구 박두령집에 가치잇는데 박두령집이 바루 이집 엽집일세」

「청석골주 인이 엇재 자긔집이업나」

「올가을에 상배(喪配)한뒤 살림을 거둬치우구 박두령에게가서 언처잇네 박두령의 아낙이 그의 수양딸이지」

『오두령 나이 올에 며친가』

『올에 쉰셋이라데』

『그럼 가서 절하구 뵈여야겟네그려』

김산이 대답하기전에 한온이가

『여기는 무존장아문(無尊長衙門)이니까 절안해두 좃소』

하고 우스니

『나이대접안는데가 어듸잇단말이요』

하고 리춘동이는 고개를 외첫다

『당신이 대체 절하기를 조와하는 모양이구려 나는 절밧기를 조와하니 조셕으루 내게와서 절문안하우』

『버르쟁이 업는소리 말게 내가 오두령에게 가서 절한다는것이 자네가튼 절믄사람들 보라는 본보기야』

『실업슨말 한마듸를햇드니 막 기어올르네』

『기어올르다니 그게 무슨 말버릇인가 자네가 나이대접을 한줄 모르거든 오늘부터 배워서 나이만흔 어른에게 그런 버릇업는말 다시 하지말게』

「떡국 만이먹은게 무에 그리 장해서 자세야」

「자네는 단단이 버릇을 배워야 사람이 되겟네」

「우리아버지께 못배운 버릇을 아마 자네게 배우는가베」

「나는 자네더러 자네라지만 자네야 나더러 자네랄쭈가잇나 나이잇는데」

「자네눈에는 내가 곳 어린애가터 보이나」

「대체 자네가 나하구 벗할나이 되나못되나 나일 어듸 따저보세」

「나이는 차차 따지구 얼른 오두령한테 절이나 하구오게」

「왜 자네는 안갈텐가」

「나는 먼저 대장께루 갈라네」

「가치가지 무슨소리야」

「그럼 나는 여기 잇슬테니 얼른가서 다녀오게」

자네가 오두령하구는 못볼사인가」

「나까지 따라가서 무어하나 자네들 둘이만 잠ㅅ간 갓다 오게」

한온이와 리춘동이의 수작하는것을 가만이 듯고안저서 웃기만하든 김산이가 리춘동이를 보고

「가기실타는 사람은 고만두구 우리만 갓다오세」

말하고 먼저 일어낫다 리춘동이가 김산이를 따라가서 오가를 인사하고 도루 올때

「오씨가 쉰셋이랫지 어듸 오십넘은 늙근이 갓든가 우리보다 몃살더먹어 보이지 안테」

「상배하기전까지는 신털하나 엽섯는데 지금은 수염이 히끗히끗해서 늙근이 갓지」

「지금두 박두령보다 되려 절머보이데 박두령은 거의 반백(頒白)이데그려」

「박두령은 조백(早白)이지」

「오씨가 이름은 무언가」

「오두령의 이름은 오래 가치지낸 박두령두 몰랏섯는데 년전에 한두령의 아버지 한첨지가 대장을 가르처드려서 그래서 다들알게 되엇다데」

「그래 무어야」

「개도치라네」

「개도치 꺽정이 이름들은 다 훌륭하지 못한걸」

하고 서로 짓거리며 한온이집아패 와서 한온이를 불러내서 다시 셋이가치 꺽정이의 사랑으로 왓다

리춘동이가 꺽정이게서 점심때 술대접을 밧고 여러두령들과 가치담화하는중에 해가 저녁때가 다되어서 하나둘 자리에서 일어서기시작할때 꺽정이이하 여러드령들을 돌라보며 내일은 일직

떠나가겟다고 말을하고 그다음에 특히 꺽정이를 보고 평생에 한번 만나보기를 원하다가 이번에 와서 원을 이루고가노라 뜻을 말하는데 꺽정이가 말을 다못하게 가로막고

「오늘까지는 산이게서 묵구 내일부터는 내게와서 며칠동안 묵다가 가우」

하고 만류하엿다

「산이게서나 뉘게서나 이산안에서 묵으면 다 대장댁에서 묵는셈인데 따루 내게와서 묵으라시니 그게 웬말슴이요」

「쇠뿔두 각각이라우 내일부터는 내가 동향친구를 대접해야겟소」

「어제ㅅ밤 오늘낫 술대접에 동향친구가 맘이 흐뭇햇소」

「어제 오늘 술ㅅ잔낸건 내동무의 친구 대접이지 내친구 대접은 아니요」

「곽곤 하신뜻은 감사하나 집에서 곳 올줄 알구 기다릴테니까 내일 가야겟소」

「못가우 내가놔보내지 안켓소」

「집에가서 볼일이 잇스니 이번은 놔주시우 이담에 다시와서 동향친구 대접을 실컨바드리다」

「볼일잇는 사람이 오긴 왜 왓소」

「평계가아니요 산이는 알지만 우리어머니 한갑이 이달인데 미비한것이 만허서 가봐야겟소」

「한갑잔치의 미비한것은 내가 준비해줄테니 염녀마우」

「아니요 내가 집에를 가서 준비할일이 만쏘」

「한갑날이 어느날이요」

「스무엿샛날이요」

「이십여일을 두구 준비할일이 무어요 내가 심사 틀리면 한갑날두 못가게 붓들어 둘테니 공연이 여러말 마우」

꺽정이 말에 눌려서 리춘동이는 자단말을 더 세우지못하엿다

리춘동이가 꺽정이에게 붓들려서 묵는중에 여러두령과 서로 너나드리들까지 하게되고 또 청석골안을 돌아다니며 구경도 하게되엿다 리춘동이가 황천왕동이를 압세우고 뒤ㅅ산너머 곽오주의집을 구경하려가는데 김산이더려도 가자고 하는것을 김산이는 춘동이 업는틈에 입당시킬 의론을하려고 따라가지 아니하엿다 김산이가 꺽정이를 보러왓슬때 말썽쟁이 서림이가 꺽정이여페 안저잇서서 말을 할까말까 망서리다가 마침내

「춘동이더러 입당하라구 권해보오리까」

하고 꺽정이의 의향을 물어 보앗다 꺽정이가 김산이의말을

「그래봐라」

하고 간단하게 대답한뒤 서림이를 돌아보며

「서종사 보기엔 추동이 사람이 어떱듸까」

하고 물으니 처음에 공연히 의심하든 서림이도

「사람이 너무좀 고지식한것이 병통이나 솔직한것만은 가취할점인것 갓습듸다」

하고 대답하는것이 이제는 의심할나위가 업는 모양이엇다

이날ㅅ밤 여러두령이 꺽정이사랑에 모여서 이야기들 하는중에 박력중이의 처신하는것이 이야기거리가 되엇는데 서림이가 명철보신(明哲保身)이라고 칭찬하다가 꺽정이가 후긔업는 늘근이의 일이라고 타박하는 바람에 그러타고도 할쑤잇다고 우물주물 자긔의말을 거두어치웟다

박력중이 이야기끄테 꺽정이가 리추동이를 보고

「자네가 변중이노인의 부하노릇만하구 내부하노릇은 안할라나 내부하노릇두 좀해보게」

하고 입당을 권하니 리추동이는 우스면서

「나는 팔ㅅ자가 남의 부하노릇만 할사람인가」

하고 실업슨말을 한마디한뒤 곳정중한말로

「내가 소지쩍에 어머니 말을 안듯어서 어머니 속을 무척 썩여드렷소 그래 서울서 평산으루 뫼서올때 이후는 말을 잘듯겟다구 어머니아페서 맹세를햇섯소 박대장하구 가치살지안쿠 마

산너루 따루 이사온것두 어머니 말을 순종한게요 아까 저녁때 산이가 나더러 이번에 입당하구 가라구 졸르는데 내가 어머니 허락을 바든뒤에 다시와서 입당하마구 대답햇소 지금 대장께두 그밖게 더 대답할말슴이 업소」

하고 입당바로 못할사정을 이야기하엿다 리춘동이가 다른두령들과는 맛하게를하되 꺽정이게만은 긔껏하야 반말이요 그러치안흐면 하우를하엿다 여러두령이 떠밧드는 사람을 하게하기가 거북도 하거니와 그보다도 꺽정이의 긔안에 눌려서 하게가 잘 나오지 안헛든것이다 리춘동이의 사정이야기를 듯고 꺽정이는 잠자고잇고 그대신 여러두령들이 제가끔 말한마듸씩 하엿다

「빗싸게 굴지말게」

황천왕동이의 조소와

「자네가 아직 어머니 젓곡지를 못떨어진 어린앨세그려」

한온이의 롱은 말할것 업고

「효잘세 가만두게」

배돌석이의 빈정대는말과

「입당하기가 실커든 바루 실탈께지 구차스럽게 무슨 핑게람」

걸막봉이의 계먹는말을 대꾸안하든 리춘동이가

「그년의 늘근이 처치하기 어렵거든 날 불러가게 도리깨루 대갱이를 바시어줄께」

곽오주의 무식스러운말은 가만이 듯고잇슬쑤가 업든지

「천생도 더께 도독눔의 말뽄새다」

하고 소리를 질럿다 서림이가 정당한말은 자긔입에서 들으란듯이 먼저

「여게 내말 좀 듯게」

하고 허두를 내노코

「자고로 부인네가 지아비 죽은뒤에 아들을 조치란법은 잇지만 사내자식이 아비 죽은뒤에 어미를 조치란법은 업는데 지금 자네는 매사에 어머니 말을 좃는다니 이건 옛날 성인들의 마련해노흔법과 뒤쪽일세」

하고 교훈하듯 말하엿다 서림이 말한뒤 리봉학이까지 마저

「자당이 운달산에는 가서기시구 청석골은 못와기시겟다구 하실리가 업슬테지」

한마듸차례에 빠지지안코 박유복이와 김산이 두사람만 말이업섯다 박유복이는 고개를 잔뜩숙이고 안젓고 김산이는 싱글싱글 우스며 이사람저사람을 돌라보앗다 김산이의 웃는속은 리춘동이 입당하기를 제일 바라는사람이 입당안는다고 몰아세우는 여러사람의 말을 듯고 조하하는

것이려니와 박유복이속은 좌중의 제일 눈치빠른 서림이도 짐작못하야

「박두령 어듸 불편하시우」

하고 물으니 박유복이는 천천히 고개를 치어들고 풀긔업는말로

「나는 춘동이 어머니 과는것이 부럽소」

하고 말하는것이 리춘동이 사정이야기에 감촉되어서 자긔의 죽은어머니 생각이 낫든모양이엇다

한동안 담화가 끈치어서 방안이 조용하엿다 리춘동이는 자긔까닭으로 자리가 버성겨지는것을 미안하게 생각하야 좌중을 한번 돌라본뒤 꺽정이를 향하고 안저서

「산이가 나를 끄는것은 아이적동무의정분이지만 여러분 친구들루 말하면 초면만난처지에 나가튼 하치안흔 사람을 사생동고 할만한사람으루 처주니 내 뼈속까지 사못친 감사한맘을 말루이루다할쑤가 업소 내가가서 어떠케든지 어머니의 허락을 바더가지구 오리다 내가 정이 졸르면 어머니 맘에 실터라두 허락하실줄 아우 그럴리는 만무하지만 어머니가 종시 허락을 안해서 다시 못오게되면 나는 죽음으루 여러분친구께 사과하겟소」

하고 말하는데 결심한비치 얼굴에 나타낫다 꺽정이가 이것을 보고

「자네가 그러케까지 맘을 먹을것 가트면 먼저 입당하구 가서 나중허락을 밧두룩하게」

하고 말하니

「그건 어머니를 속이는게니까 그러켄 못하겟소」

하고 리춘동이는 왼고개를첫다

「그래 다시 온다면 언제쯤 오겟나」

「어머니 한갑이나 지내구 오겟소」

걱정이가 고개를 한두번 끄덕인뒤

「한갑때 산이를 오라구 청햇다지 나는 좀 청하지안나」

하고 말하며 우섯다

「실업슨 말슴이지 그런 한만한 길을 하실리 잇소」

「나더러는 오기말란 말일세그려」

「그때 만일오시면 박대장하구 두분이 만나실수는 잇지」

「년중이 노인이 온다구햇나」

「지난달초생 뵈러갓슬때 오신다구 말슴합듸다」

「경사(慶事)줄 어더먹구 오래못만난사람 만나구 겸두겸두가겟네 산이하구 가치갈테니 그리 알구 기다리게」

「어머니 허락만 어드면 나는 그때 아주 마산니 살림명색을 거둬치우구 식구데리구 따며오겟조」

「살림을 그러케 쉽사리 거둬치울수가 잇슬까」

「집하구 밧데기는동네ㅅ사람에게 맛겨두엇다가 나중에 팔어오지요」

「그건 자네 요량해 할일일세」

「내가 여기온지가 벌서 나흘이요 내일은 가게해주시우」

「그러게 내일은가게」

이날밤 밤참으로 술들을 먹을때 여러두령들이 작별술이라고 자꾸 권하야 리춘동이는 량에지나는 술을 먹엇건만 이튼날 새벽가티 일어나서 조반요긔하고 바로 떠나는데 꺽정이가 한갑에 물품을 부조하고 그물품을 지워가지고 가라고 졸개하나까지 주엇다

김덕룡(金德龍)이란 문무겸전(文武兼全)한사람이 새로 황해감사로 나려온다는 긔별이 청석골에 들어온것은 리춘동이가 와서잇슬때요 신계현령 리흠례(李欽禮)가 봉산군수로 승탁(陞擢)되어서 편도부임(便道赴任)한다는 소식은 청석골서 들은것은 리춘동이가 돌아간뒤 한보름가까이 되엇슬때다

꺽정이가 봉산군수갈린소식을 듯든날 불시로 여러두령을 모아노코

「신계현령 리흠례가 봉산군수루 승탁이되엇다니 그눔울 가만둘수가 업는데 어떠케 처치하면 조흘까」

하고 리흠례 처치할 의론은 시작하엿다 서림이가 꺽정이말의 뒤를바더서

「리흠례가 재간이 좀잇다구 조정에서 특별이 승탁시킨 모양이구먼이요 그자가 신계구석에 잇서두 성가시엇는데 봉산을 나와안즈면 봉산이서(鳳山以西)왕내에 여간 성가시지 안흘테니 어떠케든지 처치해야지요」

하고 말할뿐이고 다른두령들은 잠자코잇는데 중대한 회의라고 빠지지안코 참예한 오가가 꺽정이를 보고

「리흠례는 윤지숙이와두 달러서 워낙 가만놔둘쑤 업는눔이요 그눔손에 잡혀죽은 여러두목들의 원수두 가펴주는것이 조치안쏘 그러니 그눔은 잡어서 죽이두룩 합시다 그눔을 죽이면 우리의 위엄두 서구 우리의 후환두 업슬것이요」

하고 말한끄테

「자네들 생각엔 내말이 어떤가」

하고 여러두령을 돌라보니 다들 조타고 그말에 찬동하엿다 리흠례를 잡아죽이기로 의론이 일치한뒤

「잡어 죽이자면 어떠케해야 조켓소」

하고 꺽정이가 서림이에게 꾀를물으니

「글세올시다 좀 생각해 봐야겟습니다」

하고 서림이는 대답하엿다 서림이의 생각한단말에 비위가 거슬린 곽오주가 별안간 큰소리로

「여보 대장형님」

하고 꺽정이를 불르고

「그급한 생각 다 고만두구 우리가 다 쏘다저가서 봉산군수놈두 죽이구 봉산읍네두 도륙넙시다」

하고 말한뒤 오가의본을 떠서

「내말이 어떳소」

하고 좌중을 돌아보앗다 꺽정이가 곽오주를 주제넘께 나서지말라고 꾸짓고 다시 서림이를 돌아보며

「별루 조흔꾀가 업스면 내가 단신으로 봉산가서 찔러죽이구 오겟소」

하고 말하니

「자객질은 위험합니다」

하고 서림이가 고개를 가로흔들엇다

『위험해 무얼내가 대나제 삼문으로 들어가서 동헌에서 찔러죽이구 무사이 돌아올테니 두구 보우』

『대장께서 하시면 될수야잇겟습지요 그러치만 아무래두 위험합니다 그보다 나은 계책은 얼마든지 잇을텐데 구태이 위험을 무릅쓰실것잇습니까』

『계책이 얼마든지 잇으면 잇는대루 다 말을하우』

『두령몃분이 건장한졸개를 십여명이구 수십명이구 데리구나가서 신계서 봉산으루 나오는 길에 목을잡구 매복(埋伏)하구 잇다가 도임행차를 엄습(掩襲)하는것두 한계책이 되지안씁니까』

『그계책두 조켓지만 그동안 벌서 도임햇스면 소용업지 안쏘』

『그러면 또 수가잇지요 조만간 감영에 연명은 안가지못할테니까 봉산서 해주가는 력로에서 해낼수 잇지안씁니까 어좌어우간 황두령을 봉산한번 보내보섯스면 조켓습니다』

꺽정이가 서림이의 말을 쪼차서 황천왕동이더러

『오늘은 느젓스니 내일 봉산을가서 리흡례가 아직 도임안햇거든 도임한다는 긔일을 자세히 알어가지구 오구 벌서 도임햇거든 해주연명갈때 날자를 미리 아는대루 빨리 긔별해달라구 단단히 부탁하구 오너라」

하고 일르고 리흡례 처치할 계책은 황천왕동이 갓다온뒤 다시 의론하기로 작정하엿다 황천왕동이가 봉산 처가에를 다녀오는데 펼처노코 다니지 못하는처지라 남의눈에 뜨이지아니하려고 중로에서 지체하야 땅검지난뒤 들어가고 단잠을 못자고 첫닭울이에 떠나온것은 다시 말할것도 업는일이엇다 황천왕동이가 떠나가든 이튿날 한낫 좀 기운때 되돌아왓다

「새군수가 그동안 도임햇습듸다 엇그제 도임해서 내일부터 공사(公事)를 시작한답듸다 그려구 감영에 영명은 이달 그믐께 갈모양인갑듸다 장인이 호장은 해보려구 책방에 긴한길을 어더서 청을 드려보냇더니 책방 말이 원님이 감영에 갓다 오신뒤에 륙방(六房)에 변동이 생길테니 아직 기다리라구 하더랍니다 그래서 연명을 언제가나 알어본즉 그믐전에 갈모양인데 골일을 대강 보살피구 간다니까 자연 그믐께되리라구 합듸다 연명갈날ㅅ자 정일하는걸 알거든 곳좀 긔별해달라니까 긔별할사람이업다구 날더러 또 왓다가랍듸다」

황천왕동이의 회보(回報)를 들은뒤 꺽정이가 리흡례를 연명하러갈때 잡으려고 생각하고 서림이를 불러서 잡을준비를 의론하는데 서림이가 무두무미에

「리츈동이어머니 회갑에 참말 가실랍니까」

하고 물어서 꺽정이는 괴이적게 여기며

하고 물으니 자리를 물을때와는 딴판으로 여러두령이 너도나도 다 간다고 대답하고 오직 박유복이 서림이 둘만 간단말을 안코 잠자코 잇섯다

「박두령은 남의어머니 회갑지내는것두 부러워서 가실생각이 업스시우」

「대장형님께서 가자시면 가지만 부득이 가구시플꺼야 무어잇소」

서림이와 박유복이 사이에 이런수작이 잇고

「여기를 통이 비다시피하구 모두 다 갈까닭두 업구 또 유복이는 겨울을 잡어들며부터 내처감긔가 떠나지 안흐니까 남어잇는게 조켓지만 서종사는 가서 일을 의논하더라두 꼭 가치가야하우」

「대장께서 가자시면 가지요」

리봉학이와 서림이 사이에 이런수작이 잇슨뒤 꺽정이가 박유복이 곽오주 한온이 셋이 오가와 가치 남아잇스라고 말하니 셋중의 곽오주는 간다고 고집을 세우다가 리춘동이의 어린딸이 울기잘한다는 김산이의 말을듯고 고만 수그러젓다

서림이가 꺽정이를 따라서 마산니를가기로 작정하든 다음날이다

무시때요 추운날이라 탑고개로 순돌려나온 두령이 잠간 다녀서 들어가고 행인도 업서서 탑고개주막이 쓸쓸할때 어떤로파(老婆)하나가 골어구쪽에서 바람을 안고 올라오는데 나이에 늙

리고 또 추위에 눌려서 허리가 착 꼬부라저서 손에지픈 짤은지팽이가 버틔지안흐면 곳 고개ㅅ길에 이마바지를 할것가텃다 그로파가 꼬부랑꼬부랑하고 주막아페를 오더니 거름을 멈치고서서 허리를 좀펴고 휘유하고 숨을 돌리고 목안에서 갈라저나오는 기침소리로 사람은 긔척을 내엇다 방문다친 주막방은 사람이 업는듯 조용하엿다 로파가 눈으로 사람을 찻느라고 두리번두리번하다가 방문압 토마루에 올라와서 언입의 어춥은말로

「방에 아무두 업소」

하고 말하며 이때까지 겨드랑미테 끼고잇든 왼손으로 다친방문을 잡아달리니 방문은 열리지 아니하나 방안에서

「그게 누구요」

하고 뭇는 사내목소리가 낫다

「여보 방문좀 여우」

하고 로파가 한여프로 비켜서서 방문 열기를 한참 기다린뒤에야 주막쟁이가 비로소 방문을 부시시 열고 안저서 내다보앗다

「어듸서 오신 할머니요」

「추워 죽겟소 좀 들어갑시다」

주막쟁이가 손님은 업고 날은 추워서 기집과가치 이불을 덥고 누어잇든판이라 로파의 들어오는것이 반갑지아니하야 못들어오게 밀막는 핑게로

「방에는 알른사람이 잇는걸이요」

마치 염병하는 사람이나 잇는것처럼 말하고 제말이 제귀에 방자가티 들려서 눈ㅅ살을 찌프렷다

「알른사람이 잇더라두 잠ㅅ간 몸 좀 녹여갑시다」

주막쟁이가 할일업시 문ㅅ길은 티우고 비켜안젓다 주막쟁이 기집은 서방의 거짓말이 무방하든지 벽을 향하고 돌아누어서 일어나지아니하엿다 로파가 방에 들어오며 바로 화로여페 와안저서 불ㅅ돌로 눌러노흔 입나무불은 허치고 쪼이면서

「알른사람이 무슨병이요」

하고 물ㅇ니 주막쟁이는 대답은 안코 골난사람가티 뿌르퉁하고 잇섯다 로파가 주막쟁이의 눈치를 살피다가

「늘근사람에 하마터면 길에서 강시(僵屍)날뻔햇소 불을 좀 쪼입시다」

하고 사정하듯 말하는것이 눌러노흔불 파허치는것을 주막쟁이가 못마땅하게 녀기는줄로 아는 모양이엿다

「어서쬬이구 갈테루 가시우」

「나갈데가 이근방인데 길을 모르니 좀 가르처주오」

「어듸를 가실텐데 길을 모르신단말이요」

「이근방에 유명한 적굴이 잇지안쏘」

「그건 왜 물으시우 적굴에를 가실테요」

「적굴을 차저가는길이요 적굴이 예서 가갑소」

「적굴이 산속에 잇는줄만 알지 예서 가까운지 먼지 그건 모르우」

「청석골어구에 잇는 양지말이라든가 그동네서 말들이 이주막에 와서 물으면 잘 알리라구합듸다 모른단말 말구 길을 좀 가르처주우」

「어떤 미친놈들이 그런말을 합듸까 도둑놈이 아닌바에 적굴을 잘 알까말기잇소」

「적굴사람들이 육장 여기와서 산다는데 모른단말이 될말이요」

「대체 적굴가튼 무서운데를 왜 갈라구 그러시우」

「적굴에 서가성가진 대장이 잇지요」

「대장 성이 임가란말은 귀에젓게 들엇서두 서가란말은 못들엇소」

「아니 임꺽정이하구 가치잇는 대장들중에 서림이란 사람이 잇지안쏘」

「서림이 잇는지두 모르지요 그래 서림이란 사람을 보러가시우」

「그럿소 서림이란 사람이 내사위요」

「네 그러시우 그런데 그까지 도독놈 사위를 왜 차저가시우」

「도독놈소리를 듯더라두 사위야 어듸가우 더구나 딸이와서 가치잇는데」

「그래 할머니가 딸보러 가시는구려」

「그럿소 인제 내 근지를 알엇스니 길이나 잘 지도해주우」

「그러면 이아래 동네에 들어가서 손서방집을 차저가시우 거기가서 말슴하면 따님을 만나보게되리다」

「내딸이 거기 와잇소」

「거기잇구업구 만나게 해달라구 가서 말슴해보구려」

청석골도중 대소사를 모르는것업시 잘아는 주막쟁이가 서림이에게 은혜를 젓다는 손가를 찌거대서 서림이의 장모란 로파를 배송내엇다

서림이의 장모가 탑고개주막에서 탑고개동네로 나려오는데 업드러지면 코다을데를 열나절만에 나려와서 찻기 힘들것업는 손서방집을 두번세번 뭇어서 차저왓다 이때 큰손가의 안해는 봉당에서 저녁밥밋둘 콩을 고르다가 낫모르는 늙은녀편네가 고부랑거리고 들어오는것을 보고

혼자말로

「웬 할머니시여」

하고 말하엿다

「이집 주인댁이요」

「네 어듸서 오섯나요」

「양지서 왓소」

「양짓말이요」

「경긔도 양지골이요」

「용인 양지하는데요 아이구 멀리서 오섯네 무슨일로 오섯나요」

서림이의 장모가 봉당끄테와 걸터안저서 바로 자긔의 근본을 이야기하고 딸과 사위를 만나보게 해달라고 청하엿다 큰손가의 안해는 남편이 종왕에 은혜를 바든까닭그로 서림이를 감지덕지하는 사람이라 그장모를 친절하게 대접하야 방에 누어잇는 남편을 박그로 불러내고 방안에 드려 안친뒤 화로를 갓다가 아페 노하주고 불까지 허처주며 쪼이라고 권하엿다

「내딸이 여기 가까이 잇소」

「산에 기시지요」

「산이란데가 예서 머우」

「십리길이라도 평지길 이십리 맛잡이라구들합듸다」

「그럼 내가 지금 곳 그리 가야겟는데 길가르처줄 사람을 하나 어더주시겟소」

「가만이 기세요 우리 사동생더러 말해보겟세요」

큰손가의 안해가 서림이의 장모를 방에 안처두고 박게 나와서 엽집을 향하고

「여보게 여보게」

하고 소리치니 그동서가 녜하고 대답하엿다 형과 한집에 가치 살든 자근손가가 그동안 엽집을사서 따로 살림을 낫든것이다

「아재 집에 기신가」

「집에 업세요」

「마을 가셧겟지」

「권생원네 사랑에 갓겟지요 왜 그러세요」

「자네 얼른 가서 집에 손님 오셧다구 곳 오시라구 하게」

「어듸서 오신 손님이에요」

「양지사시는 서종사 장모시래」

큰손가의 안해가 다시 방에 들어와서 서림이 장모더러 자긔집을 어떠케알고 차저왓느냐 말과 외손주가 보고시프면 봄재 날따듯할때 오지 왜 이런추운때 왓느냐 양지서 여기까지 오는데 며칠이 걸렷느냐 여러가지 말을 뭇고 자긔남편이 광주분원 살인옥사에 애매하게 걸린것을 그때 형방 서종사가 힘을 써주어서 노혀나온 까달게 서종사는 자긔집의 은인이라고 이야기하는중에 자근손가의 안해가 와서 그남편을 곳오라고 불럿다고 말하고 그뒤에 얼마아니잇다가 자근손가가 와서 서림이 장모에게 절하고 인사하엿다

「양지서 어느날 떠나셧습니까」

「집에서 떠난지는 한달이 넘엇소」

「그럼 어듸를 다녀오시는 길입니까」

「서울서 묵다가 왓소」

「서울서는 어느날 떠나셧나요」

「서울서 떠난지가 오늘 벌서 엿샛가보우」

「엿새나 오셧세요 어제는 어듸서 주무셧습니까」

「미륵당이란데서 잣소」

「미륵당이서 주무셧스면 여기를 일직 오셧슬텐데 어듸서 지체하셧습니까」

「미득당이서 아침먹구 나선뒤 양지말이란데 와서 잠ㅅ간 지체하고 출곳 온게 인제왓소 늘

근사람이 어듸 거름을 잘것소」

「점심은 어떠케 하셧습니까」

「점심 못먹엇소」

「아이구 노인네가 시장하시겟습니다」

자근손가가 그형수를 돌아보며

「무어 요긔하시게 드릴께 업슬까요」

하고 물으니

「점심때 형님 안자신 조당수가 잇는데 그거나 데워서 드릴까」

하고 큰손가의 안해는 일어나서 박그로 나갓다

「요긔는 안해두 조흐니 나를 딸에게루 곳좀 데려다 주시우」

「오늘 못가십니다 길은 여기서 양지말 가는폭박게 안되지만 가기는 미륵당이 드어번가기보 다두 더 어렵습니다 내일 내가 들어가서 교군으루 뫼서가두룩 말슴하리다」

「내가 딸보구시픈 맘이 일시가 급하우 어렵지만 지금 좀 갓다 오시우」

하고 서림이의 장모가 렴치업시 졸를때 자근손가의 안해가 그남편더러

『여기서 교군을 어더드리면 좃치안소』

하고 말하니 자근손가는 고개를 끄덕이엿다

서림이의 장모가 탑고개에서 승교바탕은 타고 산에 들어왓슬때 날은 벌서 어두어서 불들이 키어잇섯다

서림이의 안해가 어머니 왓단 연통을 듯고 버선발로 쪼차나와서

『아이구 어머니 웬일이요』

하고 우는소리하며 달려들어서 어머니를 붓들고 집으로 들어오는데 그어머니는 말도못하고 떨떨 떨기만하엿다 딸은 울렁거리는 놀란가슴이 적이 가러안즈며 곳 반가움에 겨워 눈물이 쏘다지고 어머니는 반가움보다도 눈물이 아플서서 모녀가 손을 맛잡고 안저서 울엇다 어머니는 징징거릴뿐이지만 딸은 목을 노핫다

서림이는 저녁밥을 먹고 꺽정이사랑에 가서잇다가 장모를 배행하여온 자근손가에게 이야기를 듯고 집으로 돌아왓다 안해가 울음을 끄치고 한여프로 비켜안즌뒤 장모에게 절하고 장모여페와 안저서

『무슨 급한일이 잇서 치운때 이러케 오섯슴니까』

하고 물으니

「숨좀 돌려가지구 차차 이야기함세」

하고 상모는 휘유 한숨을 내쉬엇다 서림이의 아들딸 남매가 이때까지 어느구석에 잇다가 아프로 나와서 저의 외조모에게 절들하엿다

「이때것 어듸들 가잇다가 인제와 뵙는단말이냐」

서림이의 나물하는 말을

「어머니하구 맛붓들구 우시느라구 어듸 우리절을 바드실새나 잇서요」

하고 그아들이 말대답하는데 서림이의 장모가 자긔아플 가르치며

「이리 가까이들 좀 오너라」

하고 불러서 남매를 다 아페 안치고

「이것들 좀봐 아주 몰라보게들 컷구나」

하고 머리들을 씨다듬어 주엇다

「주남이 너 올에 몃살이야」

「열다섯살이요」

「그럼 복녜는 열한살인가」

「네」

「외한미 얼굴을 알어브겟늬」

「그러면이요」

「나는 너를 몰라보겟다」

「할머니는 눈이 어두시니까 못알아보시지요」

「아이구 고년 소명두하다」

「주남아 너 글을 배우느냐」

「아버지한테 배우는데 밤낫 바쁘다구 재루 가르처주진 안쿠 뒷글만 일그란답니다」

「이자식 아버지말슴을 뉘서 그러케 흉하게한다든」

서림이의 장모가 외손자 남매를 데리고 짓거리는동안에 서림이는 그안해게

「이런 치운날 팔십노인이 점심두 굶구 오섯다는데 진지를 얼른 해드려야지 그러구 손서방하구 교군ㅅ군들두 저녁을 먹이게해」

하고 말을 일럿다 서림이의 안해가 박게 나가서 부리는 졸개기집더리 밥을 빼업게 지어라 국을 고기만히너코 끄려라 이러케 일르기만하고 도루 들어와서 안젓다

「이더니 시장하시겟세요」

「배는 고픈줄 모르겟다만 따뜻한 물한모금 먹엇스면 조켓다」

마침 화로에 언저노흔 숙늉이잇서서 복례가 갓다가 외조모를 주엇다 복네가 일이설때 수남이도 일이나서 웃간으로 나려갓다 서림이의 장모가 더운숙늉을 먹은뒤에 서림이를 보고

「내가 이번오기는 딸보다두 자네를 보러왓네」

하고 온곡절을 말하기시작하엿다

「내자식이 칠월초생에 누이를 한번 차저보구 오겟다구 나가더니 석달이 지나두룩 아무소식이 업서서 우리고부(姑婦)가 노심초사를하구 지내는중에 시월 보름께 낫모르는 사람하나가 차저와서 자식이 서울 좌포청에 잡혀가처서 긔막힌 고초를 격는다구 소식을 전해주데 야경버리란 무슨 버린지 야경버리하는 사람을 따러다니다가 잡혀가첫다구하데 그소림듯구 어듸 집에 가만이 안젓슬수가 잇든가 그래 며누리만 집에두구 나는 곳 서울루 올라왓섯네 서울은 오니 무슨 별수가 잇나 날마다 좌포청아페 가서 지키구 서서 관원들 드나들때 자식을 내놔달라구 비두발괄두 해보구 자식의 얼굴이나마 한번 보게해달라구 애걸복걸두 해보앗네 그러나 무슨소용잇서 지천구만바덧지 지천구뿐인가 빰두 여러번 어더맛구 발ㅅ길에두 여러번 거더채엿네 내가 그욕을 보면서두 혹시를 바라구 이십여일동안 한결가티 포청아페 가서 살엇네 포도군사하나가 나를 불상하게 보앗든지 빈말이라두 고맙게해주데그려 그군사에게 간(間)속의 안부를 더러 어더듯는데 물을때마다 몸은정하다구 말하더니 륙칠일전에 비로소

몸이 성치못한것을 이때것 속여왓다구 말을하데 병이 말이아니라네 간속에서 병이 말아니면 죽는사람아니겟나 내가 다른자식이잇나 저하나 밋구살다가 팔십지년에 그몹쓸꼴을 어떠케 본단말인가 자네를 차저보구 의논하면 혹시 무슨도리가 잇슬까하구 허위단심하구 왓네」

장모가 절금절금하며 목메인소리로 말하는것을 서림이는 끗까지 다 듯고나서

「진작 내게루 오셧더면 조핫지요」

하고 장모의 늦게온것을 탓하엿다

「자네가 전가티 관변(官邊)에를 다녓스면 벌서 쪼차왓지」

「그런일 주선할힘은 전보다두 지금이 나은걸이요」

「그런걸 누가 알엇나 그러면 곳 나오두룩 좀 주선해주게 지금이라두 데려내다가 치료만시키면 넘려업겟지」

「그걸 주선하자면 내가 서울을 가야할텐데 여기 일이잇서서 이달안에는 갈쑤가 업습니다」

「자네가 주선할힘이 업스면 할쑤업지만 주선할힘까지 잇다면서 다른일이 상치된다구 안갈단말인가 그런 섭섭한말이 어듸잇나」

「내일 가르면 백일이라누 제치구 가지요만 도중일이구 일두 큰일인데 그걸 어떠케합니까」

「도중일이란 대체 무언가」

「여러사람이 가치하는 일입니다」

「여러사람이 가치하는일에 자네하나가 빠지기루 큰낭패되겟나」

「사람은 아무리 여럿이라두 정작 일을 구밀사람이 빠지면 일은 낭패지요」

「여기일은 좀 중지해두구 내일을 먼저 봐주게」

「여기일이 중지할일이 못돼요」

「그래 내일은 못봐주겟단 말인가」

「재달 초생에는 서울을 가겟습니다 재달초생이라두 보름안짝 아닙니까」

「지금 하루사이에두 생사가 어찌될지 모르는데 보름이 다무언가 이왕 갈테면 내일 곳 가두록해보게」

「그러키에 진작 오섯더면 상치되는일두 업구 조핫단 말슴이에요」

「여보게 우리 모자를 좀 살려주게 우리 모자가 죽는걸 자네가 구해주지안는대서야 어듸 인정인가」

장모가 떵파기로 졸르는것도 답답한데 말참예할 틈을 못타서 애를쓰든 안해가

「우리어머니가 진작 와서 말하지안헛다구 심사가 틀려서 우리동생이 죽건말건 내버려둘작정이요」

하고 당치안흔 사설을 네노하서 서림이가 속이 상하야

「소견업는소리 짓거리지말어」

하고 소리를 질렷다 그러나 안해는 더욱 입이 싸게

「당신이 도중일을 내세우니 지금 도중에 무슨일이잇소 한갑잔치를 먹으러가는게 도중의 큰일이요 설혹 우리들 모르는 큰일이잇다구 하더라도 당신이 틈을 낼라면 차치구 포치구하는 수단으루 그만틈을 못내겟소」

하고 사설을 퍼부어서 서림이가 곳 야단을 한바탕 치고 시픈것은 장모의 낫을 보아서 억지로 참고

「장모께서 좀 일직 오섯더면 조흔ㅅ번햇단말이지 그걸루 심사를릴 까닭기야 잇나 남외맘에 업는소릴해두 분수가잇지 여기일이 한번 작정만되면 좀처럼 요개가업는데 여렷이 공론해 작정한일을 지금 어떠케 하란말인가」

하고 온언순사로 안해를 타일럿다

「대장께 말슴하면 사폐를 봐주시겟지요 내가 가서 사정해보리다」

「창피한소리 하지말어 말을 하면 내가 하지」

서림이 말끄테 그장모가

「자네 혼자가서 말해보구 안되거든 내외 가치가서 사정해보구 그래두 안되거든 이늘근것이 가서 석고대죄를 드리구 청해보세」

하고 말하니 서림이는 혀끄트로 겻소리를 한번 내고

「내가 잇다가서 되두록 말해볼테니 그이야기는 고만하구 다른이야기나 하십시다」

하고 대답하엿다

「지금 곳가서 말할쑨 업나」

「진지 잡숫는거나 보구 가겟습니다」

「밥먹기전에 나는 좀 누어야겟스니 그동안에 갓다오게」

「그러면 진지 잡술때 못와보일는지 모릅니다」

「집에서 떠날때는 입맛이 제처저서 밥을 못먹엇지만 지금은 악에 바처서 밥두 잘먹네 자네가 여페서 권하지 안허두 만이 먹을테니 어서가서 되두록 말하구오게」

서림이가 다시 꺽정이사랑에 와서 꺽정이와 밋 여러두령에게 장모의 사정을 세세히 이야기한뒤 꺽정이를 보고

「색책으루라두 잠ㅅ간 서울을 갓다와야겟습니다」

하고 말하니 꺽정이는 불쾌스러운 언정으로

「마산니는 못가겟단 말이요」

하고 물엇다

「스무닷새날 뫼시구 가치며나두룩 스무나흔날 오밤중에라두 대어오겟습니다」

「내일이 스무하루요 이틀가구 이틀올 날ㅅ자박게 안되는데 서울가서 무슨볼일을 보겟소

「밤도아 가구 밤도아 올작정하면 서울가서 하루ㅅ밤 이틀나즌 볼일볼쑤 잇습니다」

「가는건 맘대루하우 그러나 오기는 스무나흔날 꼭 와야하우」

「말슴여쭈긴 황송하나 얼룩이를 좀 주시겟습니까」

얼룩이란 꺽정이의 사랑하는 말인데 꺽정이는 근지(靳持)안코 선뜻

「그리하우」

하고 허락하엿다

서림이가 이튿날 꼭두새벽 조사전에 떠난다고 미리 꺽정이에게 하직하고 또 여러두령과 작별하고 꺽정이 사랑에서 나올때 한온이가 자긔도 일직 집으로 간다고 가치나오며

「서울가면 뉘게 가 묵으시겟소」

하고 물어서

「치선이 검선달네집으루 가겟소」

하고 서림이가 대답하엿다 김치선이는 서울 남대문박게서 객주하는 사람이니 청석골패와 편막을 매즌지는 오래나 특별한 관계는 업든것이 한온이가 서울잇지못하고 도망한뒤에 관계가 갑자기 기퍼젓섯다 청석골서 장물 보내서 팔아오고 사람 가서 거접할 서울주인집은 문안 문박 두군데 새로정하엿는데 문안주인은 한온이집의 서사로잇든 최서방이요 문박주인은 곳 김선달이엇다 한온이가 서림이더러

「최서방집이 김선달객주보다 조용할테니 그리 가시구려」

하고 권하는데 서림이는 한온이의 권하는뜻을 지레짐작하고

「최서방에게 혹 편지하실일이 잇소」

하고 물엇다

「글세요」

「김선달이 윤원형내외에게 긴한길이 잇는줄 아는까닭그루 아주 그사람의 객주에 가안저서 심부름을 시켜볼까 생각하우 최서방에게 갈 편지가 긴급한것이면 내가 갓다 전할테니 오늘밤에 내게루 보내시우」

「아까말슴들으니까 서울을왓소갓소 하실모양인데 최서방을 차저보실 겨를이잇겟소 고만두시우」

이런 수작들을하며 가치 걸어오는동안에 벌서 서림이의 집아플 다왓다
『더 이야기하실일이 잇스면 잠ㅅ간 우리집으루 들어가십시다』
『이야기할일두 업구 바루 가겟소 평안이 다녀오시우』
『편지는 가서 써보내시우 서울가서 아무리 바쁘기루 편지한장 전할틈이야 업겟소』
『그럼 편지할것두 업소 최서방을 만일 차저보시게되거든 지난달 그믐안으루 추심해보낸다든셈을 엇지 이매것 보내지안느냐구 물어보시구 추심이 못됏스면 못됏다구 긔별이라두 해줄껜데 아무긔별이 업스니 대단 궁금하다구 말을 좀 전해주시우』
『네 그러리다 그러구 소월향이에게 안부두 전하라구 말하리까』
한온이가 소월향이와 친하게 지낸것은 청석골두령의 모르는 사람이 업섯다
『자키 고맙겟소』
『셈추심한걸루 소월향이 몸갑슬 치러주구 듯 청석골루 치송하라면 어떠켓소』
『이매것 몰랏더니 서종사 선심이 무던하구려』
한온이와 서림이는 한바탕 서로 웃고 호터젓다
이튿날 첫새벽에 서림이가 꺽정이의 얼룩말을 자견하야타고 서울ㅅ길을 떠낫다 이 얼룩말은 꺽정이가 전봉산군수 윤지숙에게서 뻬서온것인데 거름을 잘하야 겨울 짧븐 해에도 일백이삼

십리 가기는 무란하엿다 서림이가 첫날 혜음령에서 혜음령패의 괴수를 맛나서 그집에 가서자고 다음날 아침때 좀지나서 남대문박 김치선이 객주에를 들어와서 뒤ㅅ채의 조용한방을 치우고 들어안즌뒤 주인 김선달과 포청에 가친처남 빼내올도리를 의론하엿다

『좀스러운 야경버리하다가 잡혓스면 포청에서 두달씩이나 가둬둘까닭이 잇나요 벌서 형조루 넘겨서 결말을 지엇겟지 오래 가둬두는 내막을 먼저 알어봐야겟소』

『그래 나두 그러케 생각하우 그런데 그걸 오늘 곳 알어볼쑤가 잇겟소』

『그러케 빨리 알어보기는 좀 어려운걸이요』

『내가 이번ㅅ길이 대단 총망해서 내일아니면 모레는 도루갈텐데 오늘내일 량일간에 일이포서만이라두 잡히는걸 보구 갓스면 조켓소』

『주선을 잘해서 일이 속히되더라두 열흘이나 보름은 걸릴텐데 이틀동안에 어떠케하겟소 그건 안될말슴이요』

『녕부사나 정경부인의 허락만 마터노흐면 고만이니 이틀동안에 그게 될쑤업겟소』

『녕부사나 정경부인 귀에 말이 속히 들어가두룩하자면 중비를 만히써야하구 녕부사나 정경부인 입에서 허락이 당장 떨어지두룩하자면 뇌물을 만히바쳐야하우』

『뇌물 중비 엄불러서 대개 얼마가량이나 들겟소』

「다다익선(多多益善)이지만 적어두 두자상목 이삼십동 들길이요」

「얼마가 들든지 드는대루 김선달이 먼저 쓰구 나중 회게를 닥급시다」

「이십동잡구 절반은 내가 남의것이라두 끌어댈테니 절반은 달리 구처해보시우」

「나두 변통은 해보겟지만 김선달이 힘을 더 써주시우」

서림이가 한온이 부탁보다도 상목 변통할일이 긴급하야 김선달과 대강의론을 마친뒤 곳 최서방을 차저보러 문안으로 들어왓다

서림이는 최서방의집이 전날 한온이의 큰집사랑뒤 납작한초가로 알고 차저가본즉 뜻박게 그집에 다른사람이 들어잇섯다 들어잇는 사람의 말이 최서방은 이달 초생에 수표교 천변으로 이사갓다고하고 이사간집 좌향을 캐여물어서 대강 짐작한뒤 다시 수표교 천변으로 차저오면서

「올치 이자가 저의 주인에게 보낼셈을 보내지안쿠 그걸루 이사를한게다 사람이 영리하다더니 영리한갑슬 하는게다」

하고 서림이는 속으로 생각하엿다

최서방의 새집은 훌룽한 와가이엇다 서림이가 문박게서 주인을 차즈니 최서방이 동저구리바람으로 나오는데 명주 바지저구리가 거상에 버서저 보이엇다

「이집을 어떠케 차즈섯소 그전집으루 가섯습듸까」

「그랫소」

「어서 들어오시우」

최서방이 큰방을 두고 큰방머리 조그만방으로 서림이를 인도하며

「저방은 되지못한걸 어질더분하게 벌려놔서」

하고 큰방으로 마저 드리지 못하는것을 발명하듯 말하엿다

최서방이 서림이와가치 방에 들어왓다가 점심을 일르고온다고 도루 나가려고 하는것을 서림이가 점심을 먹고왓스니 고만두고 안즈라고 붓잡어안치엿다

「언제 이사를 햇소」

「인제 한열흘박게 안됏소」

「집이 훌륭하구려」

「주인의 수하에 잇든사람들이 저이 모일처소가 업다구 추렴들을 내서 이집을 사노쿠 날다려 들랍듸다 이런 조흔집에 든것도 막비 주인의 덕이요」

「남소문안에 집이 여러채라니 그중에서 한채 골라서 써두 조치안쏘

「주인 집은 모두 속공됏지요」

「속공이 안된 집두 여러채란 말을 들엇는데」

「나중에 사출이 나서 죄다 속공되구 말엇소 생각하면 긔가막히우」

「내가 이번에 어듸 가는길에 서울을 잠ㅅ간 들리게 되엇는데 한두령이 부탁하는말이 잇습듸다」

「추심하라신 셈말슴이겟지요 추심이 도무지 잘안돼서 지금 속을 썩이는중이요」

「추심이 못됏스면 못됏다구 긔별이라두 해달라구합듸다」

「추심이 당초에 되지안흘것가트면 벌서 긔별이라두 햇겟지만 될듯한데가 만흐니까 얼른 수합해서 보내드릴라구만 생각하구 긔별두 못햇소 지금두 저방에서 문서쪼각을 벌려노쿠 안젓섯소」

「더러는 추심됏소?」

「네 추심된것두잇지요」

「그럼 두자상목 열ㅅ동만 나를 출쭈잇겟소 주인의 빗추심한걸루 안되면 나중 노중셈으로 애껴두좃소」

「주인의 수표를 가지구오섯소」

「수표는 안가지구 왓지만 념녀말구 내주우」

「념녀야 무슨념녀요 그러치만 셈이란건 그러치가 안어서 말슴이요」

「상목열ㅅ동은 내가 바든수표를 해주리다」

「언제쯤 쓰시겟소」

「오늘쓰게 해줄수 잇겟소」

「오늘이요? 그건 좀 어렵겟는데 내일 쓰시우」

「내일식전에 쓰게되겟소」

「오늘밤에 주어모아서 내일식전 쓰시게해보지요」

「나는 광주땅에 급한일이 잇서서 오늘 곳 갈텐데 상목은 내일식전 와서 가저가두록 일러두구가겟소 오는사람이 염외장의 상목 마튼것을 내달라구하거든 의심말구 내주시우 그러구 수표는 지금 써노코 갈테니 지필을 좀 빌려주우」

「광주땅에 무슨 급한일이잇기에 이러케 총총이 가실라구 하시우」

「그일은 나중 회로에 와서 이야기하리다」

「언제쯤 회정하시겟소」

「이삼일후에 다시 오리다」

서림이는 최서방이 종시 못미더워보이어서 자긔의 행지를 이와가티 기이고 이야기하엿다 서방이 술한잔 먹고가라고 붓드는것은 서림이는 이삼일후에 와서 차저먹을테니 아직 마터두라고 실업슨말로 거절하고 최서방집에서 바로 일어서나왓다

최서방이 천변에 나와 섯는데 광주땅에 간다고 말한사람이 곳장 장통교편으로 올라올수 업서서 서림이는 큰길로 휘돌아서 남대문박글 나가려고 수표교를 건너와서 베전병문을 향하고 나오는중에 대님 한짝이 풀어저서 얼굴가리엇든 모선(毛扇)을 접어서 소매에 너코 풀어진 대님짝을 고처 맬때 의복이 남루한 사람 하나가 아페 와서

「언제 오섯습니까」

하고 인사하엿다 잘 아는사람도 아닌데 길에서 아는체 하는것이 반갑지아니하야 서림이가 인사대답을 어물어물하엿더니 그사람이 눈치를 알고

「저는 전에 남소문안 사랑에서 심부름하든 사람입니다」

하고 말한 다음에

「저이 절문주인이 안녕하십니까」

하고 한온이의 안부를 물엇다 서림이가 고개를 끄덕이며

「무고하우」

하고 대답한뒤 그제는 인사쩽으로

「지금은 어데서 사우」

하고물으니 그사람이 손을 들어서 가른 똘릴 사이 골목안에 잇는 움집을 가르치며

「저기 저 움퍼리가 제집입니다」

하고 대답하엿다

「지내는 형편이 어려운 모양이구려」

「형편 여부가 업습니다」

「최서방에겐 다니지 안쏘」

「최서방이요? 그놈은 말두 맙시요」

「최서방하구 사이가 조치안흔 모양이군」

「그놈하구 사이 조흘까닭 업지요 주인집에서 낙향한뒤 그놈의 행사를 보면 이 천지간에 용납할쑤 업는놈입니다 어듸루 뫼시구가서 이야기좀 햇스면 조켓는데요」

「조용한 안침술ㅅ집이 이근처에 업소」

「왜 업서요 골목안에 조용한집이 하나 잇습니다」

「그럼 그리 가서 술먹으며 이야기를 들읍시다」

「자 그럼 가시지요」

하고 그사람이 아풀서서 인도하엿다 그사람의 움집을 지나서 얼마더 골목안으로 들어오다가 어떤 조그만 집의 지처노흔 일각문을 밀치고 들어섯다 문ㅅ간흙바닥에는 트레방석들이 노히고 문ㅅ간에서 안으로 들어가는데는 청포쪼각이 걸리엇섯다 그사람이 그중 정한 트레방석을 골라서 서림이를 안친뒤 안을 향하고

「안주를 잘해서 술한상 내보내시우」

하고 소리치고 서림이 아패와서 비슷 마주안젓다 서림이가 최가의 행사를 알고시픈마음에

「내게 할이야기가 무슨이야기요 정녕 최서방 이야기겟지」

하고 먼저 말을 자아내엇다

「최가놈의 죄상을 제가 다 이야기할테니 가서 절믄주인께 이야길 좀 해줍시요」

「이야기해야 할일이면 하지말래두 하지」

「그놈이 첨지영감 손에서 잔뼈가 굴근놈인데 그전은혜 꼬물두 생각안쿠 주인집을 인제는 더볼것이 업다고 막보구서 가지루 해를 부칩니다 그런 천하에 죽일놈이 어듸 잇겟습니까」

「무슨해를 어떠케 부친단말이요」

「주인집에서 남준 빗을 그놈이 다 바더먹구 주인이 맛겨두구 간집이구 세간이구 그놈이 다 팔어먹엇습니다」

「빗은 추심해서 주인에게루 보낼깨구 집들은 다 속공됏다는데 최서방이 부얼 팔어먹엇단말
이오」
「그건 모르시는 말슴입니다 다른데 잇든 집은 말말구 남소문안에 잇든집만 말하더래두 속공
된건 다섯채 뿐이구 속공 안된건 삼곱점 열댓채나 되엇습니다 그집들을 그놈이 팔어먹는통
에 집업는 거지가 여럿 낫습니다 저두 남소문안 주인집에 들어잇다가 집이 팔려서 쪼겨난
놈이올시다 그러구 세간두 미리 돌려노흔것이 적지안헛는데 지금은 독개그릇 하나 남지 안
헛습니다 죄다 그놈의 아가리루 들어갓습니다」
「집하구 세간하구 팔엇스면 빗추심한것하구 함께 주인에게루 보내겟지」
「그놈두 말은 보낸다지만 보내긴 무얼 보내요 조흔집 사들구 기생외입하구 포교대접하구
홍청망청 쓰는놈이 꿈에나 보내겟습니다」
「그사람의 새집은 그전 남소문안 사람들이 모일 처소가 업서서 추렴내서 사주엇다며」
「그놈이 그런말을 합듸까 터무니업는 멀정한 거짓말입니다」
「그런줄 몰랏더니 꽤 맹낭한 사람이구려」
「그놈이 기생을 상관해두 하필 절문주인하구 조케지내든 소월향이란 년을 상관해가지구 지
금죽자사자한답니다 그러구」

이때 술ㅅ상이 안에서 나와서 그사람의 말은 잠시 중단되엇다

서림이가 그사람의 부어노흔 첫잔을 먼저 먹고 다음잔을 부어서 그사람을 준뒤 한차례 두차례 술ㅅ잔을 년방 돌리는중에

「성이나 서루 알구 지내야지 성이 무어요」

하고 비로서 그사람의 성을 물어보앗다

「제성은 권가올시다」

「권서방이야 내성은 아우」

「네 압니다」

「내가 가서 주인하구 이야기할때 권서방이라구 말하면 주인이 알겟소」

「사랑에 잇든 권가라구 말씀해두 아시겟지만 제이름이 개미치니 개미치라구 말씀합시오」

「최서방이 주인의 대리 잘보는걸 들은대루 가서 이야기하리다」

서림이의 뒤하는말을 권가가 듯고 잠자코 잇서서 서림이는 다시

「주인의 팔라는집을 잘 팔구 주인의 바드라는 빗을 잘 바든것두 무던하지만 그보다두 주인의 사랑하든 기생을 주인대신 사랑한다니 대리는 그러케 잘보기가 어듸 쉽소」

하고 자긔말에 주를 달고 우섯다

「그런이야기두 가서 하시는게 조치만 꼭 가서 이야기를 해주서야만 될일이 한가지 잇습니다」

「그건 또 무슨이야기요」

「좌포청에서 절문주인을 차질때 구산하러 나갓단 말을 고지듯구 포교들이 남소문안 사랑에 와서 지키구 잇섯지요 그때 최가눔이 포교들을 친햇든 모양이에요 지금 포교들과 상종이 썩 잣습니다 내눈으루 보진 못햇지만 포교네눔하구 오형제 의를 모앗단 말까지 잇습듸다 하여튼지 그눔이 두길보기 하는건 의심업는 사실입니다 절문주인이 그눔을 밋다가는 큰 낭패를 볼른지 모르니까 이건 꼭 가서 이야기 합시요」

「그거 참말 맥낭한 사람이요」

「죽일눔이지요 홋벌루 죽일눔두 아니에요 천참만육 할눔이지요」

「죽일눔소리 들어서 싸우」

큰 구리주전자에 하나 가득이내온 술이 어느사이 다 업서저서 권가가 주전자 뚜껑을 눌르고 딸혼 마지막 잔이 반잔 될까말까 하엿다

「반잔두 못됩니다 그대루 잡수시지요」

「한순배 더 내오라지」

「저는 더 못먹겟습니다」

「술이 길지 못하구려」

「어듸 먹을줄 압니까」

「그럼 이거나 마저 자시구 일어납시다」

「아니 잡수십시요」

「사양말구 어서 자시우」

잔이 골은 마지막잔을 권가을 먹인 뒤에 서림이가 몸에 지니고 나왓든 잔용쓸것으로 술갑슬 치러주고 술집에서 나와서 권가를 작별하고 남대문박 객주로 나왓다

김선달이 어듸 나가고 업서서 서림이가 혼자 방에 드러누어서 가만이 생각하야 보니 한온이의 말을듯고 최가에게 가서 주인하엿더면 무슨 봉변을 하엿슬지 모르고 또 자기가 사람이 데면데면하야 최가에게 행지를 알렷더면 다른 지장이 생길른지 모르는것을 주인도 안하고 행지도 안알린것이 못내 다행하엿다 서림이가 천장을 처다보고 누어 잇는중에 박게서 김선달의 목소리가 나더니 바로 방문을 열고 드려다보앗다

「벌서 오셧습되까」

「그랫소」

하고 서림의가 일어안즈니 김선달은 방에 들어와서 마주 안즈며 곳

「녕부사댁 도차지 손동지를 가서 보구 이야기 햇지요」

하고 말하엿다

「그때 이야기가 어떠케 됏소」

「손동지 말이 그런 일은 정경부인께루 말을 드려보내면 제일 속한데 이십동쯤은 안에 바처야하구 그외에 댓동 더잇서야 자긔하구 시녀들하구 논하 쓴다구 스물 닷동을 주어야 일을 해보겟다구 합듸다 그래 여러가지루 사정해서 우사는 떼구이십동만 주기루 햇소 손동지가 사람은 조치만 속이 좀 컴컴하니까 이십동을 가지구 정경부인하구 반분할른지두 모르지요」

「인제 이십동만 구처하면 일은 됏구려 이십동을 김선달이 다 구처해 주겟소」

「처음에두 말슴햇지만 나는 동대서취해두 십여동박게 더 끌어댈쑤 업는걸이요」

「내가 오늘 문안에 들어가서 한군데 열ㅅ동을 말해노쿠 왓는데 꼭 될른진 모르나 내일 식전에 차지러 보내보게 사람 하나를 어더주우」

「집의 심부름ㅅ군들을 보내시구려」

「상목을 준다는 사람이 혹시 내뒤를 파볼른지두 모르니까 누가 보내는지 모를사람을 보냇스면 조켓소」

「만일 상목뒤를 밟브면 누가 가든지 매한가지 아니요」

「그러키에 상목을 찻거든 그걸 이리 가저오지 말구 바루 녕부사댁 도차지방으루 가저 가랍시다 한번에 열ㅅ동식 두번 견줄러 보낸다구 적바림해 주어보내면 되지 안켓소」

김선달은 서림이가 일을 귀신가티 잘 료량하는줄 아는까닭게

「어련이 잘 생각하섯겟소」

하고 딴말을 더 하지 아니하엿다

김선달이 상목을 변통하여 본다고 다시 나가더니 저녁먹을때까지 들어오지 아니하엿다 서림이는 저녁먹은뒤 바로 자고시픈것을 자지안코 김선달 오기를 기다리엇다 서림이 눈에 잠이가득하엿슬때 방문이 열리며 찬바람이 얼굴에 끼처서 잠이 달아낫다 김선달이 방으로 들어왓다

「안주무시구 안지섯구려」

「어딜 갓다 이러케 느젓소 문안엘 드어갓습듸까」

「문안에두 들어갓섯지만 문안에선 벌서 나왓구 피마병문께 사는 사람을 하나보러 갓다기 어듸 나간것을 기다려서 보구 오느라구 느젓소」

「저녁은 어떠케햇소」

「지금 와서 한술 떠먹엇소」

「수구를 너무 시켜 미안하우」

「별말슴을 다하시구려」

「그래 상목은 어떠케 변통이 됏소」

「문안에 말슴하신것만 낭패 안되면 어떠케 그럭저럭 액수를 채워보내게 되겟지요」

「문안에 보낸 사람은 어떠케햇소 어더놧소」

「내가 나갈때 집의 심부름ㅅ군더러 신실한사람을 하나 어드라구 일러두구 나간는데 와서 말슴아합듸까 그러나 지금 생각해보니 사람을 아주 두엇 어드라구 할껄 공연이 하나만 어드랫나보우」

「상목 저날를 지개ㅅ군을 보낼라구 생각하우」

「그럼 의관한사람을 보내실 작정이요」

「대가ㅅ집 하인으루 족을만한 사람을 보내는게 조켓소 상목은 작군 대서 지우구 그사람더러 녕거만 해가지구 가라면 되치안소 그러구 작군 작줄건 미리 그사람 주어보내구」

「어떤사람을 어더놧나 어듸 물어봅시다」

하고 김선달이 방문을 열고 안을 드러다보며

「여보게 박서방 좀 불르라게」

하고 소리치니 안에서

「네」

하고 대답하는것은 김선달의 자근마누라인듯 절믄 녀편네의 목소리엿다 김선달이 방문을 도루 다치고 안즌뒤 한동안 지나서 방문밖에 신발소리가 나고 신발소리 끄치며 헛기침 소리가낫다 김선달이 방문쪽을 향하고

「박서방인가」

하고 물으니 방문박게서

「네」

하고 심부름ㅅ군 박서방이 대답하엿다

「내일 문안에 보낼사람 어떠케햇나」

「말해놧습니다」

「누구를 말해놧나」

「변대목 아들 인실이더러 가보라구 말햇습니다」

「지개지구 오라구 말햇나」

「걸방으로 걸머질 짐인줄 알구 지개말은 일르지 안헛는걸이요」

「지개구 걸방이구 다소용업스니 옷갓하구 오라구 하게」

「내일 식전에 오거든 다시 가서 옷갓하구 오라구 일르지요」

「내일 식전 일직 오라구 햇나」

「바라칠때 오라구 햇습니다」

「바라칠때 오면 다시 갓다 오라구 해두 늦지 안켓네 고만 나가게」

박서방의 박그로 나가는 신발소리가 난뒤에 김선달이 서림이를 보고

「상목 차질곳은 내일 식전에 그사람을 보구 일르실라우」

하고 물엇다 서림이는 고개를 외치며

「나는 그사람을 볼것두 업소 박서방더러 일러 보내랍시다」

하고 대답한 다음에

「수표교에서 남쪽천변으루 장차ㅅ골다리를 향하구 올라오자면 불과 여나문집 지나와서 박갓종부담울 새루 싸흔집이 잇는데 그집 주인의 성이 최가니 그주인 최서방을 차저보구 엄외장의 맛긴상목을 가질러왓다구 그러구 혹시 어듸서왓느냐구 뭇거든 바루영부사 댁에서 왓다구 말하구 그외의 뭇는말은 모두 모른다구 대답하라시우」

하고 말하엿다

「나는 손동지에게 전갈할말두 일러야 할테구 또 삭군들 삭줄것두 주어야 할테니까 내가 보구똑똑이 일르겟조」

서림이가 하픔을 하며 고개를 끄덕이엇다 김설달이 이것을 보고

「곤하지거든 주무시우 나두 일직 들어가 자겟조」

하고 일어나서 안으로 들어간뒤 서림이는 곳잘자리를 보앗다

하루ㅅ밤 지나니 동지달 스무 사흔날이다 서림이가 잠은 재벽에 깨엇스나 익직일어나서 볼일이 업고 또 몸운김으로 따듯하야진 이불속에서 나오기가 실혀서 그대로 누어 잇섯다

「내일은 오밤ㅅ중이라두 청석골을 들어가야 할텐데 말이 거름은 잘하지만 이백리가 넘는 길을 당일에 드리대자면 말보다두 사람이 죽을 지경일테니 오늘 다저녁때라두 떠나서 가는대루 가다가 자야겟다 청석골 가선 하루두 쉬지못하구 바루 마산리를 가야하테지 이런제기 다른복은 막히구 길ㅅ복만 터젓나 올때 임진강 등비에 감수할뻔 햇는데 어제부터 일긔가 풀려서 얼음이 더 구덧슬린 업지 등빙을 또 어떠케 한담」

서림이 생각에 임진강 갓얼은얼음에 또다시 등빙할일이 곳 저승만하엿다

서림이가 머리를 방문편으로 두엇는데 문틈으로 들어오는 재벽바람이 얼굴에 서리를끼어 언는것 가터서 얼굴을 이불속에 파뭇고 누엇는중에 자는지 만지하게 개잠이 들엇다 자긔가 열

웅구녕에 빠저죽은것을 건저내노핫다고 하는데 자긔의 시체란것이 노힌곳은 녜전 광주서 살든집안방이고 시체 여페 둘러안즌것은 모두 일면부지 모를 사람들 뿐이라 처자는 다 어듸가서잇나 하고 살펴본즉 방 한구석에 안해는 딸의 머리를 빗기고 안젓고 아들은 따로 돌아안저서 훌쩍훌쩍 우는 모양이엇다 철업는 딸은 말할것이 업거니와 결발(結髮)한뒤 이십여년동안 고운정 미운정 정이 기피든 안해가 눈에 눈물 한방울이 업섯다 미거한 아들만도 못하엿다 청석골 잇슬때 어느날밤 내외가 벼개우에서 자식남매의 전성을 이야기 하는중에

「나는 절축 잡혀죽게 되더래두 그대는 남매를 테리구 도망해 나가서 구명도생을해야 할텐데」

「그런일이 나면 나는 따러 죽지 혼자 도망안해요」

「자식들은 어떠커구」

「저이들 명길면 살겟지요」

「그건 생각이 부족한 소리야」

「실혀요 실혀요 나 혼자 살긴 실혀요」

이러케 열녀노릇 할것을 자긔하든 사람이 화북하고 단장하고 남편의 시체란것은 본체만체 하고 안젓스니 일변 패씸도하고 일변 한심도하엿다 홀제 꺽정이가 어듸서 와서 아들을 발상시키

다고 박그로 끌고 나가는데 고만두라고 말을 하랴한즉 혀가 얼어구더서 말이 나오지 아니하야 무진 애를 쓴 끄테 외마듸소리를 한번 질르고 자긔소리에 놀라서 정신이 번쩍낫다 서림이가 얼굴을 이불박게 내노코 보니 동향(東向)인 방문에 가득 비친 해ㅅ비치 눈이 부시엇다

「이크 너무 느젓구나」

하고 벌떡 일어나서 방문을 열어노코 이불을 개킨뒤에 세수물을 달라고 소리치니 김선달이 세수대야는 기집아이를 들리고 비누합은 자긔가 가지고 나왓다

「이부자리가 얇버서 밤에 치웟지요」

김선달의 밤잔인사에 서림이는

「치운줄두 모르구 잘 잣소」

하고 대답한뒤

「새벽에 깨엇다가 이불속 따듯한맛에 개잠이 들엇섯소」

하고 늣잠 잔것을 발명하야 말하엿다

「일두 업는데 일직 일어나 무엇하시우 더 늣두룩 주무서두 조치」

「대체 지금 때가 어떠케 됏소 아침때가 지낫소」

「다들 아침 먹구 우리둘만 남은 모양이요」

「문안간 사람은 새벽갓소」

「그사람이 오기를 워낙 좀늦게 오구 다시 가서 의관하구 오느라구 지채하구 간지가 그리 오래지 안쏘 지금쯤 갓쓸께요」

「어제 변통해노흐신 상목은 차저왓소」

「내가 다시 가서 아주 아퀴를 짓구 차저올텐데 일어나시는걸 보구 가려구 아직 못갓소」

「얼른 차저다가 낫전에 마저 다 보냇스면 조켓소」

「그럼 나는 곳 아침을 먹구 나가겟소」

하고 김선달은 안으로 도루 들어갓다

서림이가 아침밥먹고 밥상을 물릴때 심부름ㅅ군 박서방 들어와서

「문안에 갓든 사람이 나왓는데 상목은 안줘서 못차젓답니다」

하고 말하야 그사람을 불러서 보고

「대체 무어라구 말하구 안줍듸까」

하고 물어보앗다

「최서방이란 사람이 잘 보지안는것을 그예 보자구 해서 보구 엄외장의 맛겨둔 상목을 녕부사댁에서 차지러 왓다구 말하니까 그사람말이 물건이 아직 입수가 못됏스니 내일 아침에

한번 다시 오라구 합듸다 그래서 한울 하루 물려두 조흘가 여쭤보구 온다구 말하구 바루 나왓습니다」

「여기 주인이 오면 무슨 말이 잇슬테니 박게 가서 좀 기다리우」

그사람이 미처 박그로 나가기도 전에 난데업는 포교들이 꾸역꾸역 들어왓다 서림이 눈에 포교수효가 처음에는 퍽 만허보이더니 급기 방문아페 와서 서는것을 본즉 불과 셋이엇다 그러나 셋은 고사하고 단 하나라도 서림이 주제로는 때려눕히고 도망할 가망이 업섯다 서림이는 옴치고 뛸수가 업시되엿다 포교들이 잡으러왓스면 의례 제잡담하고 몸에 손을 댈터인데 고양이 쥐놀리듯 하려는지 서로 돌아보며 눈짓코짓 다하더니 그중의 하나가 서림이를 보고 능글능글하게 우수면서

「임자 성명이 무어요」

하고 말을 부치엿다 서림이는 놀라움과 겁이 작이 차고 고비가 넘어서 뒤쪽으로 악이 나고 담대하야 젓다

「엄가요」

「오 엄외장이란다지 엄외장 포청에 일이 잇스니 우리하구 좀 가치 갑시다」

「무슨일이요」

『무슨일은 가면 알지 어서 이러나오』

『무슨일인지 모르구선 못가겟소』

하고 서림이가 한번 뻑써보앗다

『못가』

하고 그 포교는 당장 팔을 거더부치는데 다른 포교 하나가 눈을 휘번적거리며

『우리는 염의장이 청석골 대적 서림이란 말을 듯구 잡으러 왓스니까 우리하구 가치가서 서림이 아닌것만 변명하구려』

하고 언죽번죽 말하엿다 포교들이 상목 차지러간 사람을 뒤밟바온것만 보아도 치의가 대번 최가에게로 가는데 본성명까지 알고 잡으러 온것을 보면 최가가 밀고한것이 의심업섯다 서림이가 속으로는 왼재끼를 꼬면서도 거트로는 아닌보살하고

『서림이라니 어떤 죽일눔이 나를 서림이라구 모함햇단 말이요』

하고 펄펄 뛰엇다

『고발한사람이 위조고발(僞造告發)햇스면 반좌률(反坐律)을 걸텐데 무슨 걱정이요 어서 빨리갑시다』

『가지요』

서림이가 가기 실타고 악가지 못할 판이라 말은 간다고 하엿지만 가는곳이 죽을고니 다음엔 가고시풀 까닭기 업섯다 목숨을 도망할 생각이 골돌하나 몸을 빼칠 꾀는 삭막하야 서림이의 마음이 초조하엿다 첫째 동안이 좀 잇서야 꾀를 내기도하고 쓰기도 할터인데 그털동안이 업서탈이라 서림이가 뭉기적 뭉기적 문지방아프로 나와안저서

「여러분께 청할 말슴이 한가지 잇는데 들어들 주시겟소」

하고 포교들을 돌아보니

「무슨청이요」

하고 눈을 휘번적거리든 포교가 물엇다

「여기 객주주인에게 셈을 발킬것이 잇는데 지금 주인이 어듸 잠ㅅ간 나갓스니 녁녁잡구 한식경만 여러분 참어주실쑤 업겟소? 그동안은 여러분이 이방에 들어와서 나하구 가치 안겟습시다

「그러구 또 그저들 안젓기 심심하시다면 내가 술을 한턱 내리다」

서림이의 말끄티 나자마자 팔을 거더부치든 포교가 서림이 아프로 바짝 대들며

「술을 한턱 낸다? 그럼 십발차두 후이 주겟구나? 이놈아 네가 우리를 시굴 사령부스레기 류야 노냐?」

하고 바로 서림이의 팔을 잡아 아프로 나꾸어서 서림이는 문지방 너머로 고꾸라지듯 끌려 나왓다 처음부터 입한번 떼지안흔 포교가 뒤에 들고섯든 줄을 제꺽 내첫다 포교 셋이 한께 대들어서 서림이를 묵는데 결려가지고 가려고 아래ㅅ도리만 내노코 웃도리는 끔짝 못하게 묵것다 서림이는 입살이 악물리고 얼굴비치 질리엇다

서림이가 포교들에게 끌리고 밀려서 중문ㅅ간으로 나오니 다른포교 둘이 문을 지키고 잇는데 상목 차지러갓든 사람은 뒤결박지워서 한여페 안치엇섯다 안에서 나오는 포교중의 하나가 박게 잇는 포교들더러

「저놈두 우리가 끌구갈테니 자네들은 여기 잇다가 주인놈을 잡어가지구 오게」

하고 말한뒤 뒤결박지워노흔 사람에게 가서 갓을 툭처서 벗겨버리고 상투를 잡어서 일으켜세웟다 그사람은 영엉 울며 안가려고 앙탈하다가 포교에게 빰을 여러차례 어더마 젓다

서림이를 나와잡은 포교들은 좌포청 소속이라 서림이가 파자교 좌포청으로 끌려왓다 느진 아침때쯤 잡혀온 사람을 점심때 훨씬 지난뒤에 비로소 부장청(部將廳)에 끌어내다가 문초를 밧기 시작하엿다 섯문초를 포교들끼리 밧지안코 부장아페서 밧는것부터 대사죄인(大事罪人)으로 잡두리하는것을 알수잇섯다

서림이가 죽을교를 어떠케 모면할까 곰곰 생각하야보앗스나 슬기구녕이 막혓는지 조흔꾀가 생

각나지 안헛다 할일업시 당하는대로 당할수박게 업는데 만일 서림이라고 자복하면 능지처참(凌遲處斬)이 가려(可慮)라 어듸까지든지 자복은안코 배기려고 마음을 먹엇다 설혹 서림이로 판명이되어서 군기시(軍器寺)ㅅ다리까지 끌려가게 될지라도 하늘이 문어저도 소사날구녕이잇다고 살수가 잇겟지 설마 죽으라하는 생각이 마음속 한구석에 부터잇서서 낙심은 되지아니하나 다만 악형(惡刑)바들것이 겁날뿐이엇다

서림이가 포교들의 잡아꿀리는대로 부장청계하에 꿀어안저서 대상을 치어다보니 중간에는 포도부장 한사람이 화로를 끼고안젓고 한여페는 서원(書員)인듯 지필을 아페 노코 안젓다 부장이 굽어보며

「뭇는말을 바루 대지안흐면 당장에 초죽엄을 시켜노흘테니 그리알어라」

하고 첫마듸에 얼룩장을 놋는데 서림이가 목소리는 나직하나 분명한말로

「아는일이면 다 이실직고(以實直告)하옵지 일호라두 긔망(欺罔)할길이 잇소리까」

하고 대답하엿다

「네 성이 무어냐」

「엄가올시다」

「성이 무엇이야」

「엄할엄짜 엄가올시다」

「초죽엄을 하구시퍼서 성부터 외대느냐」

「엄가아닌걸 엄가랄리 잇소리까」

「네아비는 서가구 너는 엄가냐 이놈 죽일놈가트니」

부장이 서림이를 호령한뒤 서림이여페 섯는 포교들더러

「그놈을 다듬어가지구 만저야겟다 한바탕 톡톡이나려라」

하고 말을 일르더니 포교들중의 가장 세차보이는사람 두엇이 방망이들을 봄아들고 사다듬이를 시작하엿다 서림이가 몃번 소리를 질른끄테

「바루 댈테요 고만 고만」

하고 항복하야 방망이질이 시작된뒤 얼마안되어서 끄치엇다 부장이 다시 성명을 뭇는데 이번에는 바로

「네성명이 서림이지」

하고 물엇다

「어떤놈이 저를 서림이라구 밀고햇는지 그놈이 아마 저하구 불공대천지수(不共戴天之讐)가 잇나봅니다」

『그래 네가 서림이가 아니란 말이냐』

『제가 서림이루 몰려서 죽을제 죽더라두 본성명은 아니올시다』

부장이 다시 포교들더러

『그놈이 설마저서 바루 대지안는다 이번엔 아주 반쯤 처죽여놔라』

하고 분부하야 먼저 방망이질하든 포교들이 견듸어보라고 땅땅 별르며 달려들때 서림이가 포교들에게

『대상에 사뢸말슴이 한마듸 잇스니 잠ㅅ간만 참어주시우』

하고 애걸한뒤 곳 부장을 치어다보며

『저의 이종형이 서울 잇스니 이종형을 불러서 제 근본을 물어보십시요 녕부사댁 도차지 손동지가 제 이종형이올시다』

하고 말하니 부장의 얼굴에 놀라는비치 나타낫다

서림이가 와서묵든 객주의 안팍사람들은 모두 엄오위장으로 알고 객주주인이나 잡히면 물어볼텐데 주인은 몸을 피하야 아직 잡지못하고 그뒤에는 밀고한 최가박게 서림이의 얼굴은 알만한 사람이 업서서 서림이 입에서 직토를 바드려고 서둘든판에 제부치가 서울안에 잇단 말이 귀에 뜨이기도 하거니와 그보다도 윤령부사댁 도차지의 이종되는 사람을 대적으로 잘못알

고 잡엇스면 잡어온 포교들과 문초밧는 부장은 말할 여지업고 대장까지도 추고쯤을 당하게될른지 모르므로 부장이 뒤가 나서 서원과 수군수군 공론한뒤 서림이를 나려다보며

「네 이름은 무어야」

하고 물엇다

「외자이름으루 개올시다」

「염개야 오냐 네말루 네이종이 녕부사댁 도차지라니 그사람에게 물어봐서 이종이 아니라기만하면 너는 죽구 남지못할테니 그리 알구잇거라」

하고 뒤를 눌르고 즉시 포교들더러 끌어내다두라고 일러서 서림이는 처음에와서 잇든 굴속가튼 컴컴한 방으로 다시 끄들려나왓다

서림이가 임시처변으로 거짓말을하야 당장 방망이찜질은 면하엿스나 거짓말한 뒤가 걱정이엇다 일이 풀리고 더 울키는것이 손동지 말한마듸에 달렷는데 손동지가 엄오위장을 알까닭기업고 설혹 김선달에게 말을 들엇더라도 이종아닌 사람을 이종이라고 말할리가 업다 김선달이들면 손동지더러 외착나지안케 말하라고 시킬수도 잇겟지만 포청안에 잡혀안즌 사람이 김선달에게 통귀할재주가 무슨재주냐 이리저리 궁리햇자 모두 괴목에 방울다는 궁리라 서림이 입에서 한숨이 절로나왓다 거짓말이 탄로나서 혹독한 단련을 바들때 바로 불지안흐면 악형에 죽

울것이고 바로 불면 망나니 칼에 죽을것인즉 일편품은 죽엇지 별수가 업는데 서림이마음에 가득찬것은 살고시픈 생각뿐이엇다

서림이 안즌방은 말하자니 방이지 굴이라는게 마땅하엿다 뒤와 좌우는 전벽이요 오직 아프로 널문하나가 잇는데 널문박근 포교들이 죄인을 닥달하는 헛청이라 해ㅅ비치 들어올데가 업고 바닥은 흙이엇다 서림이가 손발이 시린것은 고사하고 몸이 아래서 고더올라오는것 가튼데 손을놀리지 못하야 부빌수도 업섯다 벽을뚤코 도망하거나 또는 자처하야 지레죽거나 하지못하도록 뒤ㅅ결박을 잔뜩 지워노흔까닭에 손은 꼼짝못하고 겨우 일어서서 발만 동동거리엇다 서림이가 마침내 널문에 와서 몸을 기대고 팔꿈치로 문짝을첫다 네댓번이나 친뒤에 비로소 박게서

「이눔아 가만잇지 못하구 무슨 지랄이냐」

하고 꾸짓는소리가 낫다

「목이말러 죽겟습니다 너운물 한모금 먹여줍시요」

속에서부터 떨려나오는 말소리가 서림이 자긔귀에도 가련하야 들리엇다 그러나 박게ㅅ사람은 잘알어듯지 못한듯

「무어야」

하고 채처물어서

「물한모금 줍시요」

하고 서림이는 소리를 가지껏 질러보앗다 얼마동안 지난뒤에 널문이 열리며 포교하나가 한손에 물바가지를 들고서서

「이리 나서라」

하고 바가지를 입에 대어주는데 물은 더운물이 아니요 얼음이 버적버적하는 찬물이엇다 서림이가 한모금 간신이 마시고

「아이구 이가 저립니다」

하고 고개를 치어들엇다

「고만 먹을테냐」

「더운물을 한모금 주실쑤 업습니까」

「더운물은 업다 고만 도루 들어가거라」

「할말슴이 좀 잇습니다」

「무슨말이냐」

「제사정을 말슴할께 잇습니다」

「사정이구 환쏘는데구 어서 들어가거라」

하고 그포교는 굴속으로 드리쪼치려고 하는데 헛청안침에잇는 방에서 나이만흔 포교하나가 내다보며

「여보게 무슨할말이 잇다거든 이리 끌구오게」

하고 말하야 서림이는 포교들 들어안젓는 방아프로 끌려왓다

「네가 우리게 할말이 잇서」

하고 나이만흔 포교가 물어서

「네」

하고 서림이가 여공불급하게 대답하엿다

「할말이 무어냐」

「제가 워낙 몸이 튼튼치못한 위인인데 만일 저쪽 흑바닥방에서 밤을 지내게되면 영낙업시 얼어죽습니다 어떠케 좀 생각해주십시오」

「오냐 포청에서두 너를 얼려죽이진 안흘테니 염녀말아」

「그러구 또 여쭤볼 말슴이 한가지잇습니다」

「무슨 말이야」

「정말 서림이가 잡히면 저는 곳 노히겟습지요」

「그러치」

「제가 서림이를 곳 잡어바칠 도리가 잇습니다」

「도리를 말해라 어듸 들어보자」

「그도리는 대장아페 들어가서 말슴을 할터니 대장을 좀 뵈입게해주십시요」

「대장께서는 벌서 퇴장하서서 댁으루 나가섯구 지금 종사관 한분이 청에 기시니 종사관을 뵈입구 말슴을 할테냐」

「대장을 뵈입게 해주십시오」

「네가 대장아페 가서 발괄하면 무슨 조흔수나 생길줄아는 모양이구나 오냐 대장댁에 가는 사람이 잇스면 네말을 품해보리구하마 무슨 처분이 나리면 알려줄테니 아직 저방에 들어가 잇거라」

서림이여페 섯든 포교가 서림이를 끌어다가 다시 굴속가튼방에 집어너코 널문을 다치엇다 서림이를 문초밧든 포도부장이 포교하나를 데리고 손동지를 보러갓는데 윤령부사댁 도차지 보기어렵기가 조정재상만 못지아니하야 바로 들어가서 보지못하고 박게잇는 하인에게 거래를 시키엇다 처음에는 그저 더퍼노코 잠ㅅ간 뵙자고 하엿더니 바쁜일이잇서 뵙지못하겟다고 하고 나중에는 포도청 공사로 왓다고 그예 보자고하엿더니 령부사댁일이 포도청 공사보다 더 소중하야 바뿐일을 노하두고 볼수업스니 갓다가 이다음에 오라고하엿다 그부장은 일껀 갓다가 그대로 오기 창피하야 엄개란사람이 이종이냐 아니냐 물어보라고할 마음도 업지 아니하엿스나 막중공사를 중간에 하인노코 물어보기 중난하야 고만두엇다 손동지가 포도부장을 보지 안흔것은 다름이아니다 포청에서 잡으려고 한다는 김치선이를 자긔가 숨겨주엇는데 포도부장이 정녕코 치선이의 종적을 알고 내달라고 말하려온줄로 지레 짐작하엿든것이다 그부장이 사람은 보지못하고 창피만 보고 포정에 돌아와서 종사관에게 사실을 고한즉 종사관이 한참 생각하다가

「령부사대감께 가서뵈입구 도차지를 잠간만 보내줍소사구 말슴을 엿줘보는수박게 업네」

하고 말하엿다

「녕부사대감을 지금 가뵈입구 오실랍니까」

「내일 대장께 엿줘보구 가겟네」

「서림이루 알구 잡아온놈을 밤에 어듸서 재우라면 조켓습니까」

「북간(北間)에 너어두라지」

「그놈이 만일 녕부사댁 도차지의 이종이면 뒤에 말썽이 날뜻한데 너치말구 당번포교들더러

데리구자라면 어떠켓습니까」

「그래두 조켓지만 포교들더러 잡두리를 허수인 하지말라구 단단이 신칙하게」

「밤에두 번갈러가며 하나씩 자지말구 지키라구 이르겟습니다」

그부장이 친히 포교들 잇는데 나와서 포교들에게 신칙할말부터 먼저 일러노코 포교하나를 시켜서 서림이를 데려내다가 뒤ㅅ결박을 풀르고 드러안치게하엿다

서림이가 손발도 부비고 더운물도 어더먹은뒤 대장을 보입게하야 달라고 청한 나이만흔 포교를 보고

「아까 말슴한것 대장께 취품 해보섯습니까」

하고 물으니 그포교가 눈을 지루뜨고 보면서 대답이 업섯다 그포교는 서림이의 말을 실답지안케 듯고 건정으로 대답하엿든 까닭게 대장에게 품할생각을 넘두에도 두지 아니하엿섯다

「내말슴을 우습게 들으섯는지 모르나 헛소리가 아니라 내가들면 서림이는 고사하구 꺽정이두 잡을수 잇습니다」

「정말이냐」

「내말이 거짓말아닌건 사흘안에 아실수잇지요」

「꺽정이를 사흘안에 잡을수잇단 말이지」

「오늘부터 준비를 차려야지 오늘넘으면 날ㅅ자가 불급이 되서 소용 업습니다」

「지금당장 우리에게 말하면 우리가 대장께 여쭙구 준비를 차리겟다」

「그건 안됩니다 내가 대장을뵈옵기전엔 말슴을 할수업습니다」

나이만흔 포교가 여페안즌 절믄포교하나를 돌아보며

「뜨물에두 아기 설른지 누가 아나 자네 가거든 말슴을 여쭤보게」

하고 말하니 절믄포교는 고개를 끄덕하엿다 이때 사령하나가 방문을 열고 드러다보며 그절믄 포교를 나오라고 손짓하니 그절믄포교가 다른포교들더러

「나는 바루 가우」

하고 박그로 나갓다 그절믄 포교는 포도대장댁 대령포교인데 대장의 심부름으로 포청에를 왓든것이엇다

날이 어두어서 방에 등잔ㅅ불을 켜노흔뒤 포교들이 각기 자기네집에서 가저온 저녁밥을먹고 대궁을 모아서 서림이를 주엇다 서림이가 대궁밥이 먹기 아니꼬우나 주린 창자를 달래느라고 한술 떠먹는중에 먼저왓든 절믄포교가 다시와서 서림이를 가르치며

「저자를 데리러왓소」

하고 나이만흔 포교더러 말하엿다

「부장께 말슴햇나?」

「벌서 어저께 말슴햇소」

「그저께 갓겟네그려 배행은 며치나 가라든가」

「나까지 서넛이 가치가랍듸다」

「묵거서」

「아니 그대루」

서림이는 데릴러왓다는 말을듯고 곳 수까락을 노코 가자기를 기다리고잇다가 포교셋의 옹위를밧고 포청박글 나왓다

좌변포도대장 김순고(金舜皐)의집은 잿골(灰洞)초입이라 파자교에서 돈화문을 바라보고 올라오다가 대궐아페서 왼편으로 꺽이어 관상감ㅅ(觀象監)재를 넘어와서 계산ㅅ골다음 북쪽으로 뚤린골목을 들어서니 고만이엇다 서림이가 포도대장을 뵈와지라고 청할때는 보지못할까 은근히 근심까지되더니 대장집에 불려오게되어 포청문박글 나서며부터 포도대장을 보고시픈 생각이 천리만리 달아낫다 꺽정이의 반의반만한 힘만잇서도 포교서너놈 한주먹에 때려눕히고 들고뛸수잇슬것을 생각하니 꺽정이의 힘이 새삼스럽게 부러웟다 하늘갓 다은데까지 훨훨가고시픈생각도 나고 밤새도록 거리로 바장이고 시픈생각도 나서 자구만갓스면 조켓는데 고만 다

와서 소슬대문아페 거룸을 멈칠때 포교하나가

「아이 추워」

하고 몸을 흔드는데 서림이는 추운줄도 모르면서 몸을 옹송그리엇다

서림이가 대령포교들잇는 사관청에와서 한구석에 쭈쳐안즌뒤 벌서 한시경이 조이지낫다 그동안에 대령포교가 들어갓다 나오고 또 포청포교가 들어갓다 나왓건만 나와서는 아무ㅅ소리들이 업섯다 포교들이 서로 이야기도 별로 아니하야 이편은 조용한데 건넌편은하인청인듯 여럿의 짓거리는 소리가 떠들석 하엿다

「까게 어듸보세 오팔팔 따라질세 그려」

「이사람은 노름 못할사람이야 팔팔 서지에 대지안쿠 뽑아서 따라지를 만들엇다네」

「서지면 대는법이지」

「팔짜 하나만 더 뽑앗더면 순이아닌가 이사람아」

「욕심은 경치게 만헤」

짓거리는것이 엿방망이들을 하는모양이엇다 엿방망이판에서 짓거리는 말소리를 서림이가 무심히 듯다가 무뚝 생각하니 자긔가 포도대장을 보는것이 흡사 한장 더뽑는셈인데 더뽑아서 따라지나 만들지 하니할까 아니다 자긔는 이왕 잡은것이 따라지니까 뽑아서 더못되면 두대박

게 더될까 겁날것이 업섯다 별안간 방울소리가 떨렁떨렁 요란스럽게 나서 소리나는 곳을 차어다보니 천장 한구석에 설렁줄이 매어잇섯다 대령포교 하나가 불이나케 들어가더니 곳 도루나와서 동무포교들더러 다 일어나라고 뒤설레를첫다

『잡아드리라시든가』

동무포교 하나가 말을물으니

『그럼 뫼서드러라구 하실줄 알엇나』

그포교는 엇나가는 대답을하엿다 말을뭇든 포교가 서림이에게 와서 제잡담하고 상투을 잡아서 일으켜 세웟다

포교들이 서림이를 상투잡고 등밀고 사랑아페 들어와서 대ㅅ돌아래 꿀려업치고 잡아대령햇다고 소리친뒤

『일으켜 세워라』

포교들에게분부가 나리고 서림이가 두손ㅅ길을 맛잡고 고개를 숙이고 섯더니

『얼굴을 치어들어라』

서림이에게 분부가 나리엇다 불후리로 촛ㅅ불은 가리어서 포도대장 안즌자리가 마루고테 달린 등롱ㅅ불이 비치는 대ㅅ돌아래보다 별로 더발글것이 업섯다 침침한속에서 내다보건만 포

도대장 눈에 영체가 도는것가텃다
『네성명이 무엇이냐』
하고 포도대장이 뭇는데 서림이는 서슴지도안코
『엄개라구 햇소이다』
하고 대답하니 포도대장은
『엄개라구햇다』
하고 한번 뇌고나서
『네가 꺽정이와 서림이를 잡아바칠수가 잇다구햇다지?』
하고 물엇다
『네 그럴수가 잇슬줄루 밋습니다』
『어떠케 잡아바칠텐고』
『아뢰옵긴 황송하오나 좌우를 물리시구 비밀히 물어주섯스면 조켓소이다』
포도대장이 포교들더러
『너의들 저눔의 몸은 뒤저봣느냐 안뒤저봣거든 뒤저봐라』
하고 분부하야 포교들이 달려들어서 소매속 허리춤 바지가랭이 심지어 사타구니까지 만저보고

주물러본뒤 아모것도 가진것이 업다고 아뢰니 한참만에 포도대장이 다시 포교들더러

「너의들은 잠ㅅ간 박게 나가잇거라」

하고 분부하엿다 포교들이 박그로 나갈동안에 마루에 나섯든 청직이 상노들도 수청방으로 들어갓다 서림이가 한번 공손히 굽히고나서

「소인이 다른 무엇이 아니옵구 곳 서림이올시다」

하고 아뢰고 포도대장의 얼굴을 치어다보니 포도대장 눈의영채가 더 나는듯하며

「이놈 네가 내아페 와서 비로소 성명을 바루대는게 무슨뜻이냐 농낙이냐」

하고 호령이 나리엇다

「소인이 포청에 잡혀온뒤 인제 더살지못하구 죽을것을 생각하온즉 자연 회심이 되와 반나절동안 굴속가튼 방에서 일생 지은죄를 가지가지 후회하옵는중에 소인이 죽기전에 꺽정이를잡아서 나라에 바칠생각이 낫소이다 처음 생각이 나올때는 소인이 죽을바엔 꺽정이까지 끌구가치 죽으려는 속담의 물ㅅ귀신심사두 업지안핫솝구 또 꺽정이를 잡아바치구 소인은 사(赦)바더서 살아나가려는 요행을 바라는 욕심두 업지안핫사오나 나중에 결심까지 하옵기는 꺽정이가튼 나라와 백성의 큰화근을 업새구 죽사오면 이세상에서 올흔사람노릇은 못하엿슬지라두 지하에 가서 그른귀신되기는 면하올듯 생각이들어서 맘을 여러번 도슬러먹엇소

이다 포청에서 문초를 바들때 본성명을 대옵구 소희를 말슴하옵구 꺽정이 잡을계책까지 다 아뢰올것이오나 서울안에잇는 한온이 여당(餘黨)중의 좌우포청군사들과 여형약제(如兄若弟)하게 지내는것들이 포청소식을 알어내서 뻔찔 기별하옵는까닭게 포청에서 일이 미처 결정두 나기전에 한온이와 꺽정이의 귀에 말이 들어갈 염녀가 불무하와 소인이 구차하나 거짓말루 문초를 느치옵구 영감마님아페 와서 당돌히 원정을 아뢰오니 하정을 통촉하옵시기 바라옵내다」

서림이의 말이 반구석이 업서서 거짓말 듯는데 집이난 포도대장 귀에도 그럴사하게 들릴만하엿다

「꺽정이가 지금 대체 어듸잇느냐」

「내일 밤까지는 청석골 잇슬것이옵고 모레아침에는 다른데루 갈것이외다」

「다른데란 어듸냐」

「평산 남면 마산니에 사옵는 대장쟁이 이춘동이 집에 가서 여러놈이 모이옵내다」

「무슨짓을 하려구 거기 모이느냐」

「글피 스무엿새날 이춘동이집에 모여서 의논하온뒤 재녕이나 해주 땅에 나가서 숨어 잇습다가 신임봉산군수 이흠짜예짜분이 해주루 연명가실때 그행차를 엄습하올것이외다 봉산안전께

서 신계형령으루 집신동안 청석골두독을 댓놈 잡아 죽이신 일이잇솝는데 충타되신 이번괴회에 전날원수를 가프면위명(威名)이 날뿐아니라 후환이 업다구 봉산안전을 살해하려구 별르옵내다」

『너두 평산으루 갈껄 못가구 잡혓느냐」

「네 소인두 스무엿샛날 오라는 약속을 바덧소이다」

「꺽정이를 잡아바칠 계책이잇다니 말해봐라」

「조정에서 봉산군수나 평산부사나 또는 금교찰방에게 비밀히 영(令)을 나립서서 스무엿샛날 마산니를 드리치게 하옵시면 대개 잡힐듯하외다 만일 소인이 가서 내외향응(內外響應)하오면 실수업시 꼭잡겟습지요만 조정에서 소인을 밋구 보냅실리가 업사올줄 아옵내다 이번에 혹 일이 실수되어서 꺽정이를 잡지못하구 노치옵더라두 잡을 소임을 소인에게 맛기시면 꺽정이 칠형제패를 내년 일년안으루 다잡아바치겟소이다」

「꺽정이 칠형제패란 무엇이냐」

「꺽정이와 의형제를 매진놈이 모두 일곱이온데 일곱놈중의 꺽정이까지 너덧은 무예가 출중들하외다」

「그 일곱놈이 이번에 다 마산니에 모이느냐」

「몃놈 안빠지구 다 모일것이올시다」

「너는 그의형제 틈에 끼지안헛느냐」

「소인이 적굴에서 구구히 목숨을 부지하올망정 백정의 자식과 형이니 아우니하옵긴 맘에 부끄럽사와 꺽정이가 가치 결의하자구 졸르옵는걸 구지 실다구 햇솝드니 꺽정이말이 우리와가치 결의안는것은 종시 딴맘을 두는것이라구 죽인다구 서들어서 소인이 어진혼이 빠젓섯소이다 만일 그때 결의에 참예하엿솝든들 오늘날 꺽정이를 잡아바칠 생각이 낫슬른지 마치 모를일이외다」

「꺽정이가 제도당두 만히 죽이느냐」

「죽이다뿐이오니까 지난 구월ㅅ달 장수원에 모엿슬때두 한자리에서 둘을 죽인일이 잇소이다」

「장수원에선 엇재 모엿드냐」

「전옥에 잡혀가친 꺽정이의 기집셋이 처교(處絞)되기 쉽겟단 소식을 꺽정이가 이천서 듯솝구 구월 초닷샛날 장수원에와서 여럿을 모아가지구 그날밤에 오간수구녕으루 문안에 들어와서 전옥을 깨치구 기집들을 꺼내가려구 회책하옵는것을 도당중의 두놈이 못될일이라구 말리옵다가 참혹하게들 죽엇소이다 그날ㅅ밤은 파옥계획을 중지하게 되옵솝구 그이튼날은 이천서 급한거별이와서 이천으루 몰려가서 잇는동안에 전옥의 기집들이 형조 전복사(典僕司)루 넘어가서 관비들 박히게되리란 소식을 듯솝구 파옥계획을 파의하엿섯소이다」

「전옥을 타파하구 관장을 살해하구 너의놈들은 못할이 업구나」

처음 호령한마듸외에는 온언순사로 말을 뭇든 대장이 언성을 노피엇다

서림이는 꺽정이를 잡아바친다고 거짓말하고 살아나갈 가망이 적어서 정말로 잡아바칠 마음을 먹엇섯다 꺽정이를 잡아바치면 자긔는 죄만 면할뿐아니라 전정이잇스려니 생각하엿다 일의고동을 손에쥐인 포도대장이 말을 순리로 뭇는것부터 일이 자긔의 소료대로 되어가는것이라고 속으로 조하하든중에 포도대장이 꺽정이의 죄를 자긔에게 들씨울 심산인지 너의들이라고 하고 토죄하는데 가슴이 좀 뜨끔하엿다 죄란죄는 죄다 꺽정이 하나에게만 밀어부치고 발명할수도 잇지만 섯불리 발명하다가 포도대장의 비위를 거슬를까 저허하야 그저 인과자책(引過自責)하듯

「백번죽어 마땅하외다」

하고 포도대장의 토죄를 순하게 바덧다

「너이가튼 흉악한 도독놈들을 못잡은건 할일업지만 잡은건 살려둘쑤업다」

「먼저두 말슴을 아뢰엇지만 꺽정이를 잡아가지구 가치죽기가 소인의 소원이온즉 영감마님

께서 기피 토족합서서 꺽정이를 마산너서 잡으오면 며칠동안이옵고 만일 노치구 잡지못하오면 일년동안만 소인의 목숨을 살려줍시기 바라옵내다』

『꺽정이 잠북한곳을 네가 밀고해서 잡두룩한다면 너는 그공노루 살 욕심이지 이눔 가치죽기가 소원이라니 입에발린 가짓말 말아』

『어느 존전이라구 감히 거짓말슴을 아뢰오리까 소인이 살 욕심 업다구는 아뢰옵지못하오나 꺽정이를 잡아바치구 가치죽사오면 진정 죽사와두 한은 업겟소이다』

포도대장이 수청방을 향하고

『이리 오너라』

하고 소리처서 청직이 하나가 수청방에서 나온뒤

『포교들 불러라』

하고 분부하엿다 그청직이가 도루 수청방에 들어가서 설령을 치더니 얼마안되어서 포교들이 몰려들어왓다

『그눔을 간에갓다 가둬둬라』

포도대장의 분부끄테 포교하나가 분명한체하고

『북간에 갓다 가두랍시요』

하고 취품하다가

「북간이란 다 무어냐 너이들 눈에는 그놈이 북간에 가둘죄인으루 보어느냐」

포도대장께 꾸중을 들엇다

「박부장나리가 간에 너치말라구해서 댁에 올때까지 북간에두 너치안헛섯소이다」

「가선 남간에 집어너어라」

남간에 집어너으라는것은 곳 대사죄수(大事罪囚)로 패채우는것이라 서림이는 가슴이 덜컥 내려안젓다 서림이가 포도대장에게 발괄이나 한마듸 더하야 보고시픈 생각도 업지안핫스나 포교들이 꼭두잡이로 내끄는데 그대로 끌려나갓다

이튼날 아침에 좌변포도대장 김순고가 예궐하야 도적잡는일로 탑전정탈(榻前定奪)을 밧자올일이잇다고 폐현(陛見)을 청하엿더니 상후(上候)가 마침 미감(微感)으로 미령하야 승전색(承傳色)이 포장의 말을 물어드리란 어명(御命)을 밧들고 정원(政院)으로 나왓다 내시라도 어명을 밧든사람이라 김순고가 승전색에게 절을한뒤

「해서대적 임꺽정이의 도당 서림이란자가 엄개라고 변성명하고 숭례문박게와서 잇는것을 탐지하옵고 체포하여다가 죄상을 대개 추문(推問)하온즉 지난구월초오일에는 장수원에서 모여서 전옥서(典獄署)를 타파하랴고 이러이러하게 획책하엿다고 말하옵고 오는 이십육일

에는 평산남면 마산니에 모여서 신임봉산군수 리혼례를 살해하랴고 준비할터인데 대개 이러이러한까닭기라고 말하오니 그말을 다 준신할수는 업사오나 부장하나 군관하나를 속히 역마주어 보내서 봉산군수 리음례와 금교찰방강려로더부러 상의하야 비밀히 근포하도록함이 어떠하올지 또 이번에 만일 꺽정이를 잡지못하고 노치면 서림이가 내년안으로 잡아바치겟다고 하오나 반북하는자의 말을 신청(信聽)할것이 못되오니 서림이를 어찌처치하올지」 이러사의로 우에 아뢰어달라고 말하엿다 그승전색이 합문안으로 들어갓다가 한동안지난뒤 다시 나오는데 서림이는 아직 그대로 두고보고 그외는 아뢴사의대로 하란 전교가 포장에게 나리고 또 뒤미처 다른 승전색이 나오는데 선전관정수익(鄭受益)이에게 부장두엇을 데리고 가리고하되 말들을 주어서 급히가게 하라시는 전교가 정원에나리엇다

이때 오위부장(五衛部長)들중의 충좌전위(忠佐前衛)에 매인 연천령(延千齡)은 용맹이 무쌍하고 호분우위(虎賁右衛)에 매인 리의식(李義植)은 무예가 출중하야 부장청(部將廳)에서 이름들이 노팟던까닭그로 이두사람이 뽑피어서 정수익과 가치가게되엇다

선전관 정수익이 전교(傳敎)와 표신(標信)과 마패(馬牒)를 밧자온후 궐내에서 물러나오며 즉시 부장 연천령 리외식 두사람을데리고 황해도 길을 떠나는데 동지ㅅ달 추운밤에 밤새도록 걸걸이라 휘항에 털토수에 술병까지 어한제구(禦寒制具)를 단단이들 차리엇다 청석골 도둑놈

들이 평산마산니에 가서 모인다는것이 스므엿샛날이라니 아프로 이틀동안에 봉산읍 사백이십니 길을가서 긔병(起兵)하야가지고 다시 마산니까지 소불하 수백니 될길을 가야할터인데 거기다가 금교서 찰방을 보고가자면 지체가 될것이고 또봉산가서 긔병하자면 동안이 걸릴것인즉날ㅅ자가 촉박여부 업서서 밤길을 가도 빨리가야할판이엇다

선전관 일행이 떠나는날 반나절 해로 파주까지 달려와서 저녁밥들을 먹고 파주서부터 밤ㅅ길을 시작하엿다 참마다 쾌를 갈려들리고 역마다 말을 가러타고 쾌ㅅ군과 견마잡이 역졸들이 줄다름질을 치도록 달리엇다 쾌ㅅ군과 역졸들은 옷이 박착(薄着)이라도 땀을 뻘뻘 흘리는데 거해부대가튼 말탄량반들은 추워서 덜덜 떨엇다 역에 올때마다 번번이 술로 어한들하고 그리하고도 간간이 길ㅅ가집을 깨워일으키고 방에 들어안저서 몸들을 녹이엇다 이튿날 아침 해도들때 금교역말을 당도하엿다 정수익이 우선 객주를 잡고 들어안저서 전교밧들고온 사연을 찰방 강려에게 통긔하엿더니 얼마ㅅ동안 지나서 관사로 들어오라고 마중하인들이 나왓다 정수익이 부장들과 가치 마중나온 하인들을 따라서 찰방관사에 들어와보니 마당에 향상을 차려노코 향상아페 강려가 모대(帽帶)하고 서잇섯다 정수익이 향상여페 와서선뒤 강려는 분향(焚香)하고 북향재배(北向再拜)하고 꿀어안저서 정수익의 내주는 전교를 공손히 바더서 밧들어잇것다 그전교는 다른것이 아니라 선전관 정수익은 부장 연천령 리의식을 데리고 황해도에가서 봉산

군수 리홈례와 금교찰방 강려와 상의하야 평산 남면 마산니에 모인다는 도적들을 잡으라는것이엇다 캉려가 전교를 정수익에게 도루주고 일어나서

「인제 방으루들 들어가십시다」

하고 어명(御命)을 몸에비든 정수익을 향하야 팔을 치어들고 먼저 올라가기를 청하엿다 방에 들어와서도 정수익이를 상좌에 안치고 좌정들한뒤 초면인사들을 마치고 강려는 바른 박게나가 편복을 갈어닙고 다시 들어와 안저서 정수익을보고

「그치운밤에 밤ㅅ길들을 어떠케 오섯단말슴이요 장사들이시우」

하고 위로말을 하엿다

「오늘 봉산을 가자면 또 밤ㅅ길을해야 하지안켓소? 여기서 봉산이 몃니요?」

「이백섭니요」

「그럼 얼른 객주에 나가서 아침시켜 먹구 떠나야겟소」

「아침은 시켯스니 념려마시구 일이나 의논하십시다 내생각엔 도독눔들이 내일 마산니서 모인다면 당일에 허터질리는 업스니까 모레 마산니를 드리칠 작정하구 준비하는게 조홀것갓소」

「어떠케 준비한단말이요」

「나는 수하에 군사가 업는사람이라 평산가서 부사하구 의논해서 그병해가지구 평산북면 어수동(御水洞)으루 나갈테니 여러분은 빗산가서서 군사를 조발해가지구 모레 새벽까지 어수동와서 합세하두룩 해보시우」

「어수동서 마산니가 가깝소」

「봉산서 평산읍에까지 왓다가 다시 마산니를 나가자면 길을 곱것게되우」

「그럼 내일 어수동서 만나두룩 해보는게 조치안쏘」

「군사조발하는데 동안이 얼마나 걸릴줄 알구 그러시우 그나그뿐이요 여러분이 년일빼치고 레 접전을 어떠케 하실테요 오늘이구 내일이구 하루ㅅ밤은 실컷 주무서야하우」

「아무리나 그럼 모레루 정일하구 준비합시다」

정수익이 강려와 의론을 직정한뒤 금교서 아침밥을 먹고 무장 두사람과 가치 봉산으로 떠나왓다

봉산 이백십니를 곳 해지기전에 갈것가지 말들을 빨리 몰리엇다 우봉(牛峰)땅 들어와서 홍의(興義)역마 가라타고 평산땅 접아들며 김암(金岩)역마 가러타고 평산읍내 언뜻지나 보산(寶山)역말 들어오니 해는 한나지 이미 지낫고 금교서온 니수(里數)는 팔십니박게 안되엇다 얌전하게 치웁든 날씨가 보산서 중화할때부터 갑자기 변하야 풍세가 사나웟다 사나운바람을 안

고가게 되이서 말모는 역졸들은 말한것도업고 말탄낭반들도 숨이 터력 막히잇다 총수령(葱秀嶺)을 넘어와서 안성(安城)역마를 가러티고 서흥읍내를 들이올때는 벌서 길이잘보이지안토록 어둡비치 지텃다 동시ㅅ달 짤분해에 일백사십리를 온것도 무던히 마히 왓것만 아프로 남은 칠십니를 밤ㅅ길로 마저 가야 할일이 대신가디서 선전관과 부장들은 더 빨리 오지못한것을 곳내괴탄히엿다

바람이 조금 지는듯하다가 다시 일기시작하야 밤에는 풍세가 저녁때보다도 더 사나워것다 바람이 불거나 눈이 오거니 불구하고 한시각이라도 비싸 가야할것이라 정수의이 저녁밥은 제추하야 먹고 또 밤ㅅ길을 나섯다 홰가 바밤에 부지힐것갓지 안호니 수가 만흐면 혹시 나을까하고 말한바미아페 홰 세지루씩 도합 홰ㅅ군 아홉을 데리고 나섯는데 불과 몃마정인에 홰이홉이 다 꺼저서 홰ㅅ군들은 대도세우지 안고 그대로 돌려보냇다 서관대로 길이 조하서 회미한 별비츠로 갈수는 잇지마는 밝을 체처 불지못하고 세사로 걸리엇다 서홍 룡천(龍泉)역말과 봉산 검수(劍水)역말서 역마를 두번가러티고 다운뒤에 봉산읍내를 들어왓다 정수의이 역졸들 시켜 삼문을 두들겨서 자는 군수를 깨위가지고 전교를 밧게한뒤 이십칠일 미명(未明)에 펑산군사와 어수동에서 합세하지로 약속정하고 온것을 말하고 밤ㅅ중에 좀 야경스러우나 곳 괴병할준비를차려서 평명(平明)에 행진(行陣)하도록 하리고 독촉하니 군수의 말이 괴병할것은 념

려말고 밤ㅅ길에 삐친고데 잠들이나 한숨 자라고하고 관가안의 방하나를 치위주어서 정수익은 부장두사람과가치 두둑한 요깔고 푹신한 이불덥고 동여가도 모르도록 잠한숨 곤하게자고 해가뜬뒤에 일어들낫다

봉산이 꺽정이패의 자주출입하는 길목 인까닭게 봉산군수 리흠례는 적환방비(賊患防備)를 급선무(急先務)로 알아서 도임한후 그동안한일이 무긔수보(武器修補)와 군총조련(軍摠操練)이라 긔병하기 힘들것이 업섯다 이백여명 군사를불각시로 취군하야 무긔를 일제히 나누어주어서 삼문박게 결진(結陣)을 시켜노코 이백여명의 이틀먹을 군량(軍糧)으로 쌀두섬과 조석섬을 먼저 실려보내는데 군량직이에게 중화참과 숙소참을 일러주어서 압서가며 미리 준비하야노케 하엿다 선전관이 이것을알고 부장들과 서로 돌아보며 군수의 처사가 렵렵한것을 칭찬하고 곳 군수와가치 행군(行軍)을 하는데 연천령과 리의식은 조부대를 거느리고 선진(先陣)이 되어 압서떠나고 리흠례와 정수익은 대부대를 통솔하고 후진(後陣)으로 뒤에 떠낫다 룡천역말와서 중화하고 안성역말와서 숙소하는데 안성사람은 군사들에게 방을 뺏기고 하루ㅅ밤을 한둔들 하다시피하엿다 첫닭울이에 떠날작정으로 한밤ㅅ중부터 밥을 짓게하야 군사들을 밤참섭직한 조반을 먹인뒤에 선진 후진이 일시에 다 떠낫다

전날 종일 흐리든 날이 밤중은하야 눈이 오기시작하엿는데 산과 들이 허엿케 보이도록 싸히

고 또 아직 끄치지아니하엿다 눈을 마즈며 행군하야 등이 트기시작할때 어수동을 대어오니 밥짓는 연긔 화로ㅅ불 연긔 인가가 잘보이지 안토록 자욱하엿다 평산부사 장효범 금교찰방 강려와가치 삼백명군사를 거느리고 먼저 나와잇섯다 봉산군이 안정서 경야(經夜)할때 당보수(塘報手)서너명을 밤도아 먼저보내서 봉산서 오는 군총수효를 알린까닭게 오백여명 먹일밥을 지어노하서 요긔하고온 봉산군들도 쓰래기 토장국을 부어주는 밥한바가지씩 제각기 다 바더 먹엇다

눈이 어느결에 끄치고 아침해가 구름에 싸여서 올라왓다 사람들 불르는소리 꾸짓는소리 떠드는소리 야단스럽게나고 취군하는 징소리 나발소리 요란히 난뒤 삼엄(三嚴)이고티 나서 오백여명 군사가 선봉대(先鋒隊) 중군(中軍) 후군(後軍)세떼로 차례차례 떠나 남편길로 나려가는데 기치(旗幟)는 정제(整齊)하고 창검(鎗劍)은삼엄(森嚴)하엿다

청석골 꺽정이는 스무나흔날 저녁때부터 밤ㅅ중까지 서림이 오기를 헛기다리다가 오지안는데 화증이나서

『요런 사람이잇나 내가 떠먹듯기 일럿는데 오늘 아니오니 무얼 밋구 내말을 어기나 나중에 어듸보자』

서림이가 오기곳하면 무슨 거조를 낼것가티 별럿다 꺽정이를 뫼시고 안젓든 여러두령중의 박

유복이가 서림이 두던보다도 꺽정이 위로로

「내일아침 떠나시기전엔 오겟지요」

하고 말한마듸 하엿더니

「내일아침에 꼭 올것은 네가 다짐한테냐」

꺽정이가 큰눈을 흰자루성이로 뜨고 불호령쪼로 말을하는것이 애매하게 화풀이를 바들것 가터서

「남의일을 제가 다짐이야 어떠케합니까」

하고 박유복이는 뒤를뺏다 다른두령들은 물계를 보고 잠자코 잇는데 눈치업는 곽오주가 비꼬아 하는말로

「서종사가 안오면 봉산원은 다 잡엇구면이요」

하고 말하야 꺽정이는 화가 복바처서

「되지못한소리 짓거리지말아」

하고 소리를 질럿다

「내가 무얼 잘못햇소 왜 내게다가 화풀내시우」

「말대답 말아」

「형님이 서종사말은」

「듯기실타」

「형님이 아무리 야단을 처두 내가 하구시픈말은 다해야겟소 서종사말을 형님이 너무 미드시는게 탈입넨다 나는 서종사가 오늘 오지안흘줄을 미리 다 알엇소」

쇠멱미테가튼 곽오주가 말을 불쑥불쑥하는데 꺽정이는 화가 꼭두까지 올라서

「아가릴 찌저노키전에 가만이 닥치구 잇거라」

하고 소리를 질럿다 아닌밤중에 큰야단이 나는줄 알고 박게서 술렁거리기까지 하엿스나 박유복이는 곽오주가 말대답을 더못하게 욱박질르고 리봉학이는 꺽정이가 화를 가러안치도록 애를써서 더 야단은 나지안코 말앗다

이튼날 식전에 꺽정이가 박유복이와 곽오주와 한온이는 오가와가치 청석골에 남아잇게하고 황천왕동이는 봉산가서 리흡폐의 발정알짜를 분명히 알고 마산나로 오라고 따로 떠나보내고 리봉학이 배돌석이 길막봉이 김산이 네두령을 데리고 마산나로 떠나가는데 남아잇는 두령 넷중의 오가만은 도회청아페서 작별하고 들어가고 그외 세두령은 다 서산 등갱이우에 까지 따라나왓다 박유복이가 꺽정이에게 하직절을 하고나서

「서종사가 오늘이구 내일이구 오거든 곳 마산나루 보낼까요」

하고 물으니 꺽정이는 증을내며
「보낼것업다 고만둬라」
하고 말하엿다 졸개 하나가 등강이우로 쪼처 올라오는것을 한온이가 어느결에 보고
「저게 누구까」
하고 말하야 여럿이 작별인사들을 하다가말고 나려다보고 섯는중에 동산파수ㅅ군의 패두가 헐레벌떡거리며 올라와서 허리를 굽신굽신하고
「대장께 아뢥니다 지금 총두부중 김천만이집 심부름ㅅ군이 들어왓습는데 서울서온 급한편지를 가저왓다구 하옵니다」
하고 한손에 들고온 편지봉을 두손으로 내바치엇다 꺽정이가 리봉학이더러 바다서 뜨더보라고하야 리봉학이가 편지를 들고
「남대문박 김치선이의 편지구먼이오」
하고 뜨더서 보다가 깜짝 놀라며
「형님 큰일낫습니다」
하고 꺽정이를 돌아보앗다
「무슨일이야」

「서종사가 엇그제 좌포청에 잡혓답니다」

서림이 잡혓단 소식에 꺽정이와 여러두령이 다가치 놀랏다

「어떠케하다가 잡혓서?」

꺽정이 뭇는말에 리봉학이는 다시 편지를 드려다보며

「수표교 천변에 사는 최가에게 상목을 취대하려구하다가 최가 밀고에 잡혓다구하구 치선이 자긔두 지금 피신해서 숨어잇는중인데 일이 급하면 이리 오는수밖게 업다구햇습니다」

하고 대답하엿다

「수표교 천변에사는 최가가 누구까」

「글세요」

「남소문안 최가가 그동안 수표교루 이사를 갓나」

한온이가 아프로 나서서

「집에잇든 최서방이면 설마 밀고를 햇슬까요」

하고 말하며 고개를 한편으로 기우리다가 또 가로 흔들엇다 전날서사 최가에게는 의심이 가지안는 모양이엇다 꺽정이가 여러두령들을 둘러보며

「여기서서 이야기할께 아니라 도루들 들어가자」

하고 말하니

「마산니ㅅ길은 파의하실랍니까」

하고 김산이가 물엇다

「파의를 하든지 안튼지 들어가서 이야기하자」

하고 꺽정이가 여러두령들을 데리고 도루 집으로 나려왓다

꺽정이가 여러두령과가치 사랑에 들어와안즌뒤 김천만이집 심부름ㅅ군을 불러드려서

「서울편지를 누가 가지구왓든가」

하고 물어보앗다

「서울서 전인이 왓다갓습니다」

「서울전인이 언제 왓다 언제갓서」

「어제밤에 와서자구 오늘새벽에 갓습니다」

「편지 답장두 해야겟구 온사람에게 물어볼말두 잇는데 왜 여기까지 데리구 오지안쿠 그대두보냇단말인가」

「그러지안허두 저이주인이 편지 답장을 마트러 저하구가치가라구 말하니까 그사람말이 답장마트러 다른데까지 갈것두 업구 또 서울볼일이 잇서서 곳 가야한다구 합듸다 그래서 그

사람은 서울루 바루 가구 저만 들어왓습니다」
「그사람이 혹시 무슨 다른말이업든가」
「다른말슴은 별루 듯지못햇습니다」
꺽정이가 그심부름ㅅ군에게는 더캐어물을말이 업서서 신불출이더러 데리고나가서 행하를주어서 보내라고 일르고 여폐안즌 리봉학이를 돌아보고
「천왕동이나 잇섯더면 얼른가서 자세한소식을 알어오라겟는데 지금은 하는수업스니 졸개라두하나 보내볼까」
하고 의논하엿다
「최서방은 의심스럽구 김선달은 숨어잇다는데 졸개를 보내면 어듸루 보냅니까」
「그것두 그래 포청속내를 알어보는데 우리중에 온이만한 사람이 업스니 온이가 한번 갓다오는게 조흘까」
「한두명이 가면 조타뿐입니까 알어보는건 고사하구 웬만하면 주선해서 빼내올쑤두잇겟지요」
꺽정이가 웃ㅅ간에 잇는 한온이를 바라보고
「여게 폐일언하구 자네가 한번 서울을 갓다오게」

하고 말을 일럿다

「저더러 가라시면 내일이나 가지 오늘은 못가겟습니다」

「오늘은 무슨 못갈일이잇나」

「오늘이 저의 선조부 긔일입니다」

「긔일이라니 제사ㅅ날이란 말이지 제사는 고만두구 가두 조치만 하루쯤 느저서 큰낭패업슬 테니 내일 가게」

꺽정이가 한온이에게 말을 다 한다음에 다시 리봉학이를 돌아보며

「온이가 내일 떠나서 모레저녁이나 글피아침에 서울을 들어가구 서울 가서 포청일을 알어 보는데 이삼일 걸리구 그러구 우리게 긔별을 할테니 그동안에 우리는 가서 리흡례를 요정 내구오세」

하고 말하니 리봉학이는 가도 조코 안가도 조탄 의사인듯

「형님 생각대루 하시지요」

하고 대답한뒤 박유복이는 안가기를 바라서

「김선달에게서 또 긔별이 오더라두 형님이 안기시면 어떠컵니까 리흡례는 이다음 다른긔회 에 처치하시지요」

말하고 검산이는 가기를 조여서

「이춘동이에게두 가신다구 말슴하섯구 또 황두령 더러두 그리 오라구 말슴하섯스니까 이왕이면 갓다 오시는게 조치안흘까요」

하고 말하엿다 꺽정이가 검산이를 뭇지안는 말참견한다고 나물하고 또 박유복이더러 리흠례를 그믐안에 잡지못하게 될것가트면 일을 중지하고 온다고 말을 일른뒤에 예정대로 마산니길을 떠낫다 꺽정이가 두령 네댓 대리고가면 봉산군수의 연명행차는 고사하고 황해감사의 순력행차라도 넉넉히 엄습하려니 속셈을 잡어서 졸개는 짐ㅅ군으로 하나박게 더 데리고 가지아니하엿다

한온이는 이날밤에 제사지내고 이튼날 아침에 서울ㅅ길을 떠나는데 두패교군에 별배까지 세웟다 교군은 소교(素轎)요 별배세운 자긔집사람은 말할것업고 교군하는 졸개들도 다 포망(布網)과 패랭이를 쓰게하야 훌륭한 상제님 행차로 보일만하엿다

한온이의 소교가 미륵당이를 지나올때 주막에서 말을 뭇든 보행군 하나가 소교뒤에 따라가는 별배를 바라보고 근두박질하야 쪼차나오며

「여보게 나좀보게」

하고 소리첫다

「자네 웬일인가」

「상제님을 뵈러오네」

「상제님 지금 서울 가시네」

「하마터면 길에서 어긋날뻔 햇네」

잠ㅅ간ㅅ동안에 소교가 벌서 멀지기 압서나간까닭게 별배가 그보행군과가치 달음박질로 마라와서 소교여페 부터오며

「여기 개미치가 왓습니다」

하고 한온이에게 고하엿다

교군ㅅ군이 교군을 나려노코 별배가 압휘장을 거드친뒤 개미치란 사람이 교군압 땅바닥에서 절을하엿다 한온이가 그사람의 절은 가만이안저 바드며 그사람에게 말은 하대하지안코 하게로

「무슨일루 이치위에 나려오나」

하고 물엇다

「청석골 여러분중에 서씨가진분이 기집성지요 그분의 심부름을 마터가지구 오지만 실상은 상제님을 뵙옵심으루 오는길입니다」

「서씨의 심부름? 무슨 심부름인가」

「편지 심부름입니다」

「뉘게가는 편지야」

「손서방이란 사람한테 전하란 편진데 그속에는 아마 상제님께 오는편지두 들엇는갑듸다」

「대체 자네가 그분을 어듸서 만나밧나」

「삼사일전에 길에서 만나뵈엿습니다」

「삼사일전이면 스무몃칠날인가」

「스무 이튼날인가봅니다」

「그때 편지를 주구 전해달라구 부탁하든가」

「아니올시다 엇그저께 스무나흔날 다저녁때 편지와 노자를 저잇는 움퍼리루 보냇습듸다 적움퍼리는 스무이튼날 만날때 보구가섯지요 편지가지구 오는사람에게 전갈해보낸 말슴이 이편지를 청식골 탑고개 동네에사는 손서방에게 갓다 전하는데 한시각이라두 빨리 전해야만첫재 그대의 주인이 낭패를 면하게될테니 곳 떠나서 밤도아가라구합듸다 다른 사람의일두아니구 상제님일이라는걸 밤ㅅ길이 고생된다구 안올수 잇습니까 그래서 하루ㅅ밤 하루나제어제 송두와서 자구 지금 탑고개루 나가는길인데 천행으루 이러케 길에서 만나뵙게 됏습니다」

「내가 낭패를 면하게 될일이 무어야」

「상제님께서 서울 오실때 최가의 집으루 오시지말란 통지가 아닐까요 제 어림에는 그런듯 십습니다」

「최가란게 누군가

「댁에잇던 서사최갑지요」

「최서방이 그저 그전집에서 산지?」

「수표교천번의 조후기와집을 사가지구 이사햇습니다」

「누가 집갑슬 대줘서 조흔와가를 사들엇서」

최가가 주인의 재물을 제것가티 쓰고 좌포청의 포교와 형제가티 지내는것을 개미치가 선이야 넉시야 이야기하는데 한온이는 긔가 막혀서 한참ㅅ동안 입을 벌리고 다물지못하다가

「그런 이야기는 나중 자세이 들을셈 잡구 우선 편지나 이리 내게 어듸보세」

하고 개미치의 이야기를 가로막엇다 개미치가 괴나리보찜에서 꺼내주는 손가에게 가는 편지를 한온이가 중간에서 뜨더보앗다 그편지봉 속에 동봉한편지가 두장이 들엇스나 겻봉쓴것을 보니 한장은「수남모친께 부치노라」요 또 한장은「오두령개탁」이요 한온이 자긔에게 오는 편지

는 업섯다 손가보라고 적은 사연은 간단한 안부외에 동봉한 편지들을 분전하라는 부탁뿐인데 수남어머니에게 가는편지를 아무도모르게 갓다주라는 당부가 좀 수상스러웟다

「오두령개탁」속에는 무슨말이 잇나하고 한온이가 먼저 뜨더부쳐 그사연의 대개는처남을 포청에서 빼내왓스나 병이 위중하야 가위 명재경각(命在頃刻)이라 인정상(人情上)차마 객지에 혼자두고 갈쑤업스니 장모되는 로인을 삭마라도 대워서 하루바삐 김치선이 객주로 보내주고 또 병인이 죽기전 저의누님을 한번 만나보아지라고하야 천륜(天倫)의정을 막을쑤업서 허락하엿스니 안해를 장모와가치 보내주기 바란다는 뜻이고 그외에는 장모와 안해가 오는것을 보고 자긔는 곳 회정하겟다는 말과 이십사일 긔한을 어기게된 사정은 만나서 이야기하겟다는 말과 대장께 죄책을 당할일이 걱정이란 말을 느러노핫슬뿐이엇다 한온이가 그편지를 다 보고 나서 생각하니 자긔에게 낭패될 일이란것이 우선 허무맹낭한 말이고 김치선이 긔별에 스무사흔날 포청에 잡혀 갓다는사람이 스무나흔날 편지를 부쳣다는것은 거의 천변지이(天變地異)와 다름업는 일이엇다 그러나 편지글씨가 서림이의 필적이고 편지끄테 년월일이 십일월 이십사일인즉 김치선이의 긔별을 의심할쑤박게 업는데 김치선이가 병풍상성한사람이 아닌바에 삼백니전도에 리쪽업는 거짓긔별을 할까닭이 업다 한온이는 아무리 생각해야 일을 대중 잡을수가 업섯다 아무도 모르게 그안해에게 전하란 편지를 한온이가 궁금한마음에 마저 뜨더보고 시프나남의

내외간의 하는편지를 몰래 뜨더보기가 점직하야 뜨더볼가 말까 편지봉을 손에들고 만작만작하다가 마침내 궁금한마음을 못이겨서 곱게 뜨더서 훔쳐보려고 생각한것이 봉하기를 하도 단단이하야 생자기가 찟기는까닭게 얼업시 다시 봉할쑤업슬바엔 마찬가지라고 그대로 북북 뜨덧다

「긴말삼 주리노라 오두령이 지금 도중일을 주장 알음할듯 오두령에게 게서 모녀분을 치송하야달라 부탁하엿노라 수남 남매는 부탁하지 아니하엿스나 만일 떼엿노코 오지면 큰일이너 게서 오두령을 보시고 미거한것들을 두고 갈수업다든지 그것들이 가치가고자 한다든지 잘 꾸며말삼하면 오두령은 이곳과 정분이 두텁고 또 마음이 서그러저서 공연이 까다러히 구지아니할듯 수남 남매 다 다리고 수히 조히 오시기 밋고 바라노라 이글월보고 곳 불에너허 태우시라」

한온이가 이편지를 보고는 서림이를 의심안할쑤 업섯다

「타처루 도망할준비가 아니면 조정에 귀순한모양이다 귀순은 조정에서 그러케 쉽사리 바더줄까 자현두아니구 잡혓다는데 올치 올치 자현하면 무사하게 될ㅅ길은 뒤루 둘러노쿠 남의 눈가림으루 잡혀간게로구나」

이런 의심이 들며 곳 입에서

「큰일 낫다」

소리가 절로 나왓다 서울을 가더라도 들어가서 상의하고 다시 나오리라 생각하고 한온이는 별배와 교군ㅅ군들을 불러서 도루 들어가자고 일르고 또 개미치더러 뒤를 따라오라고 일럿다 한온이가 산에 들어오는길로 바로 박유복이 집에를 오니 박유복이는 안방에서 쪼차나오며 급한말로

「웬일인가」

하고 뭇고 오가는 건넌방에서 나오며 실업슨말투로

「김치선이게서 또 긔별이 왓나」

하고 물엇다 건넌방으로 들어와서 셋이 솟발가티 안즌뒤 한온이가 개미치의 가지고온 편지들을 내서 사연을 일거들리고 끄트로 자긔의 의심까지 말하니 박유복이는 말업시 한숨만 쉬고 오가는

「글세」

하고 고개를 비틀엇다

「내가 의심하는게 잘못이요」

「나는 그런 의심이 들지안는걸」

「서종사가 그럴사람이 아니라구 미드시우」

사람을 밋는게 아니라 일이 그러케 될쑤가 업슬것가테 우리가「귀순하겟소」하면 조정에서 「오냐」하구 바더줄가 그럴리 만무할껄」

「뒤루 주선을 잘햇스면 혹시 누가 아우」

「서종사가 서울 가 누어서 일년이태 군사를 모앗다구 하더라두 잘될것갓지 안흔데 더구나 서울간지 불과 오륙일에 무슨 용뺄재주루 그런주선을 해냇단말인가 자네가 서울 반연만키루 말하면 서종사 따위론 어림업지 그러치만 지금 자네더러 열흘이나 보름안에 그런 주선을하라면 할쑤잇겟나 생각해보게 그러구 또 조정에서 우리네 귀순을 바더준다구 잡더라두 적어두 한번 원악도(遠惡島)쯤은 구경시킬테지 서울안에 처자를 모아가지구 편이 살게두겟나」

하는 오가의 말에는 한온이도 대답이 막히엇다

서림이가 간속에 가처서 하루밤을 지낸뒤 포도대장께 급히 아뢸말슴이잇스니 또 한번 보입게 하야 달라고 누누이 청하야 김순고가 궐내에서 나와서 포청의 대무 한일을 다 보살피고 서림이를 데려내다가 물어보게되엇는데 서림이의 급히 할말이란 별것이아니고 꺽정이가 마산니에서 잡히지안코 도망하면 더 말할나위도 업고 도망을못하고 잡히더라도 청석골에 잇는 저의처자는 적당의손에 죽게될터이니 하해가튼 덕택으로 살려내오게 하야달란 애걸이엇다 김순고가 서림이의 애걸을 들을때 서림이 장내 처치에 처속잇는것이 혈혈단신(孑孑單身)보다 낫거니 생각하야 가까이잇는 포도부장 하나를 돌아보고 서림이의 말을 들어서 그처자 빼내올 방편을 차려주라고 분부하엿섯다 그부장이 대장의 분부를 드듸어서 서림이의 말하는대로 편지들을 쓰게하야 편지에 다른말이 업는것을 보고 전날 압수하야온 서림이 행구중에잇는 상목으로 편지에 노자를 언저저 서림이가 하는 개미치란자를 갓다주라고 포청사령하나를 부리려고 한죽 서림이말이 사령복색이 개마치의 의심을 사면 일이 와해라고하야 사령대신으로 부장자긔집 하인을 부리엇섯다

일이 이러케된것을 삼백너박게 안즌한온이가 귀신이 아닌다음에 알까닭기 업섯다

오가가 한온이를 보고

「날더러 의심하라면 외려 이런 의심을 하겟네」

하고 말머리를 내노코 무슨 의심이냐고 한온이가 뭇기를 기다려서

「포청에서 서종사를 잡어노쿠 그처까지 마저 잡으려구 꾸민노롬이 아닐까 우격다짐으루 편지를 씨울쑤두잇구 글씨체를 본떠서 어주편지를 쓸쑤두 잇스니까 나는 그편지를 의심하구 시페」

하고 말하니 한온이는 대번 고개를 내흔들며

「그건 당치안흔 의심이요 그것두 대장이나 우리들은 서울루 꾀여다가 잡으려구한다면 혹시 모르지만 서종사의 처자를 잡으려구 그런 노름을 꾸밀까닭기 무어요 관비가 지금 부족해서 수남이 어머니를 잡어가구 장내 관로관비를 걸르기가 급해서 수남이 남매를 잡어간단말이요 포청에서 할일두 업든가 보우」

하고 오가의말을 여지업시 반박하엿다

「자네말을 듯구 보니 참말 그런의심두 할쑤업네」

「김치선이 괴별이 어제 오지안쿠 또 오늘 이편지가 내손에 떨어지지 안헛더면 우리가 꾀에 빠지는줄두 모르구 서종사의 식구를 다 보내주엇슬것 이니요 서종사가 서울서 무슨짓을 하는지 그건 알쑤업스나 좌우간 면밈 먹구 식구를 데려가려는것만은 틀림업는 사실일것 갓소」

이때까지 두사람의 수작을 듯기만하고 말한마듸아니하던 박유복이가 한온이를 보고

「편지글씨는 분명이 서종사의 필적인가?」

하고 물어서

「천석구 언문이구 필적은 조곰두 의심업소」

하고 한온이가 대답하엿다

「그편지가 스무나흔날 난게라지? 그러면 스무사흔날 잡혓다는건 헛말아니겟나」

「스무사흔날 잡혓갓더라두 곳 노혀나왓기에 스무나흔날 편지를 부칫겟지요」

「포청안에 잡혀가첫스면 편지는 부칠쑤업겟지?」

「친한 포교가 잇스면 끼구서 편지쯤 부칠쑤가 잇겟지만 잡혀가친사람이 식구를 보내달랄리가잇소」

「서종사의 식구를 어떠커면 조흘까 보내달라는대루 보내주는게 조흘까」

「서종사가 우리도중을 배반하구 간다면 그식구를 볼모루 잡어두는게 조흘텐데 그걸 왜 보내준단 말이요」

한온이의 말을 박유복이가 가타 부타 말하기전에 오가가 나서서

「서종사가 우리도중을 배반하구 간다면 그식구를 되려 선뜻 보내주는게 득책일세」

하고 말하야

「무엇이 득책이란말이요」

하고 한온이가 뒤바덧다

「옛성현네 말슴에 남은 나를 저버리더라두 나는 남을 저버리지말란 말슴이 잇다며 주체구진 남의식구를 마터두어 무어하겟나 성현네 말슴대루 우리는 저버리지안는다는 표나 내지」

한온이가 말갓지안흔말 듯기실타는듯이 오가의 말은 듯는체 만채하고 박유복이를 돌아보며

「서종사의 식구를 보내든지 안보내든지 대장 오신뒤에 품하구 작정합시다」

하고 말하니 오가가 증을 내면서

「대장 안기신동안에 우리는 무슨일이 잇든지 처리하지 못하나」

하고 탄하엿다

「누가 처리못한다우 급한일이 아니니 대장오신뒤에 처리하잔 말이지」

「서종사 편지에 식구를 급히 보내달랫다며」

「서종사 급하다는것이야 우리가 알까닭기 잇소」

「대장이 기시면 우리는 부하(부하란말에 오가는 힘을 주엇다)니까 무슨일이든지 자의루 처리못하겟지만 지금 대장이 안기시구 안기신동안 일처리를 우리게 맛기섯스니까 이만일을 우리끼리 처리해두 조치안흔가」

「글세 누가 처리못한다우 아직 보내지안키루 처리해둡시다그려」

「아니 나는 두구볼것업시 곳 보내구 또 주남이 남매까지 다보내기루 주장하네」

「그런주장은 나는 찬동할수업소」

한온이가 오가와 말다툼을 하는중에

「서울가다말구 왜 왓나」

하고 소리치며 곽오주가 방으로 들어왓다

한온이는 오가의 객긔부리는것이 속상하고 박유복이의 우물쭈물하는것이 답답하든차에 서림이와 앙숙인 곽오주가 와서 자긔말의 편역들사람이 생긴것을 든든하게 생각하야 얼른 자리까지 비켜주며

「어서 이리와서 안께」

하고 곽오주를 자긔여페 안친뒤에 서림이의 편지 석장 사연을 낫낫이 일러들리니 곽오주는 고개를 끄덕끄덕하다가 홀제 껄껄 우섯다

「무에 우수운가」

「그 불여우에게 속은사람들이 우숩지 안허 대장성님이 지금 잇스면 펄펄 뛰며 야단법석을 햇슬걸」

「미든독기에 발을 찌키면 누구는 분하지안켓나」

「불여우에게 오장 빼먹힌걸 생각하면 독기에 발은 백번찌켜두 분할것업겟네」

「그런데 여보게 지금 서종사의 식구를」

「지금두 서종사야? 서가놈이면 알어봣지」

「아따 자네 말대루 서가놈의 식구를 어떠케 처지할까 의논이 낫는데 오두령은 보내달라는 대루 다 보내주자구 하구 나는 보내주지말구 보내주더라두 대장 오신뒤에 말슴이나 들어보구 보내주자구 햇네 자네 생각엔 어떠케하는게 조켓나」

하고 한온이가 곽오주에게 물을때 곽오주는 보내주자는것이 쓸개빠진 소리라고 오가를 면박이라도 하려니 생각하고 물엇는데

「제기집 제자식 보내달라는걸 우리가 안보내줄턱이 잇나 보내주는게 조치」

하고 곽오주 입에서 뜻박게 대답이 나와서 자긔편으로 헛미든 한온이가 어이가 업섯다 곽오주 생각에는 서림이의 떨거지를 얼른 다 보내서 서림이의 관계를 단결에 끈허버리는것이 아주 시원하야 오가의 편을 들게된것인데 한온이는 미련한 곽오주가 생각이 미처 잘돌지 못한줄로짐작하고

「이사람아 서가놈이 우리도중을 배반하구 나가면 처자를 볼모루 잡어두구 애를 대워줄텐데 그걸 왜 보내준단 말인가」

하고 깨우처주듯 말한즉 곽오주가 눈을 부릅뜨고

「그놈이 배반하구 나가서 우리게 해를 부치면 그놈은 우리도중의 역적놈이니까 그놈은 어듸가서든지 잡어죽이지 그까지 기집자식을 잡어두엇다가 대신죽일텐가」

하고 도리어 한온이를 핀잔주며 들엿다 서림이를 미워하는 곽오주가 서림이에게 두남두는 오가와 합세하는데 한온이는 독불장군이 되어서 속이버쩍 더상하야 박유복이를 보고

『나는 모르겟소 박두령 잘생각해서 오두령하구 처리하시우』

하고 툭명스럽게 말한뒤 집으로 가려고 일어섯다 박유복이가 치어다보며

『어델 갈라구 일어서나』

하고 물어서 한온이는 평계로

『골치가 아퍼서 바람을 좀쏘여야겟소』

하고 대답하엿다

『안저서 내말 좀 듯게』

『무슨말이요』

『글세 안저』

한온이가 다시 안즌뒤 박유복이가 한온이더러

『내생각엔 오두령께은 편지대루 수남이어머니 모녀만은 곳 보내주구 수남이 남매는 두엇다가 나중 서울소식을 자세이 들은뒤 어떠케든지 처치하는게 조흘것 가테』

하고 말하며 오가와 곽오주까지 돌라보앗다 서림이 장모까지 보내지 말자든 한온이와 수남이

남매까지 다 보내자든 오가는 다가치 조금씩 주장을 굽히어서 박유복이의 말을 조타고 찬동들 하엿스나 곽오주만은 한꺼번에 다 보내버리자고 내처고집을 세우다가 박유복이에게 꾸지람을 밧고 겨우 수그러젓다

서림이 안해에게 편지는 주지안키로 작정들하야 오가가 서림이안해를 가서보고 서울서 이러 이러한 기별이 왓는데 모녀분이 가치간다면 삭마 두필을 어더주마고 말로 일럿다

금교 역말에 사람을 보내서 삭마를 어더왓슬때 해가 거의 저녁때가 다 되엇섯는데 서림이 안해보다드 서림이 장모가 몸이 달어서 단십리라도 가다잔다고 곳떠나기로 하야 오가와 박유복이가 와서 떠나는것을 보앗다 아들아이 수남이는 열댓살먹은 갑슬하느라고 가장 씁쓸한체하나 나이어린딸 북녜는 그어머니를 차마 못떨어저서 어머니 치마고리에 매어달리며 울고불고하야 서림이 안해가 좀처럼 말을 탈수가 업섯다 오가가 이것을 보고

『북녜까지 보내주는게 어떤가』

하고 귀ㅅ속말로 박유복이에게 의론하니 박유복이는 처음 작정을 변하기 어려워서 자저하다가 어머니는 떼어노흐려고 달래고 딸은 안떨어지려고 악지부리는 광경을 보다가못하야 오가에게 눈짓하며 고개를 끄덕끄덕하엿 오가가 북녜를 데리고가라고 말하야 그외조모가 말우의 의지겸삼아 안고타고 가게되엇다

껵정이 일행은 떠나는날 당일 마산녀를 대가려고 한것이 김치선이 긔별로 의외에 지체하고 늦게 떠난까닭게 어둡기전에 대갈가망이 업섯다 온천(溫泉)으로 작로(作路)가 되어서 온천에 오니 해가 벌서 다저녁때라 과화숙식(過火熟食)으로 목욕하고 자고가자고 꺽정이가 말을 내엿다 온천ㅅ동네 여러집은 모두 농가(農家)들이나 봄가을 난데서 온천하려오는 사람이 만흘때 점잔흔행차의 사처할만한 집이 더러 잇스므로 그중에서뜨 깨끗한 집을 골라서 주인을 잡고 저녁밥을 시킨뒤 바로 주인집아이를 압세우고 탕으로 목욕들은 하러 왓다 날이 찬까닭게 올라오는 김이 안개가티 자욱하야 처음에는 주위에 돌난간친것도 잘보이지 안터니 난간아페 들와서섯는 동안에 탕안에 물고인것이 나려다보이엇다 그러나 물이 정한지 더러운지는 알쑤 업섯다 리봉학이가 들메어노코

「물에 옴딱지나 업슬까 옴딱지가 잇스면 께름칙해 목욕을 할쑤잇나 물을 좀 치구서 들어가야지」

하고 말하는것을 주인집아이가 듯고

「요재는 물이 정합니다 봄철이나 가을철 가트면 옴쟁이두 만이오구 절름발이두 만이모이지만 요재는 업습니다」

하고 대답하엿다 탕에서 흘러나오는 물이 모여서 떨어지는목에 삿자리로 둘러막은 곳이잇서

서 꺽정이가 그곳을 가르치며
「저기는 무어하는데냐」
하고 그아이더러 물엇다
「거기는 빨래텁니다 사내들 목욕할때 아낙네 빨래하기 조흐라구 가려막은겝니다」
「이동네 네편네들은 겨울에 빨래하는데 손이 안실여서 조켓다」
「이동네뿐 아닙니다 겨울에는 십니 이십니 박게서두 이리 빨래하러옵니다 그래서 요새는 종일방망이질소리에 귀가 따겁지요」
그아이가 촌생장이라도 손님에 치어나서 말대답 하는것이 소명하엿다 꺽정이가 두령네사람과 가치 갓 망건 옷을 돌난간아페 버서노코 나려가서 더운물에 종일 언몸들을 잠것다 탕안의 물이 철철 전을 넘어서 박그로 흘러나가는데 깨끗하기가 옥수가텃다 탕에 들어올때는 아직 환하든것이 어느 사이에 서로 얼굴들이 분명이 보이지 안토록 침침 하엿다 목욕들을 실컨 할작정하고 혹은 몸을 씻고 혹은 머리를 감고 혹은 여페사람에게 등을 밀 고 혹은 노독을 푼다고 물속에 진득어니 안는중에 빨래터에서 찰싹찰싹 방망이질하는 소리가 낫다
「해진뒤에 방망이질소리가 웬일이야」
하는 리봉학이 말에

「아마 독개빈가보우 사람이 어둔데 무슨 빨래를하겟소」
하고 배돌석이가 뒤를 잇자
「독개빈가 내좀 가보구 오리다」
하고 길막봉이가 일어나서 성큼성큼 우로 올라갓다
동네 절믄녀편네 하나가 남이보는데서 빨기 난중한 더러은 걸레를 빨래ㅅ군업슬 때 빨라고
나온것을 길막봉이는 독개비로 여기고 벌거숭이 몸으로 가까이오며 에헴하고 큰기침을하니
「아이구머니」
하고 녀편네가 방망이를 내던지고 천방지축 도망하엿다 길막봉이가 빨래ㅅ돌에 가서 빨래를
들고 보니 비린내가 코를 거슬르는 녀편네의 가짐이라 도루 내던지고 텃에 돌아와서
「예 여보 공연이 독개비라구 해서 나는 망신햇소」
하고 배돌석이를 매원하엿다
「누가 자네더러 쪼처가랫서」
「독개비라니까 구경하려 갓지」
「그래 인독개비든가?」
「절믄녀편네가 나를보구 놀라서 당장에 애를지웟소」

「누구를 속일라구 거짓부리하나」

「거짓말인가 가보구려 서답돌에 피가 벌거나」

「자네 말대루 낙태햇다구하구 낙태한 녀편네는 어떠케햇나」

「어떠케할쑤잇소 그대루 내버려두구 왓지」

「녀편네가 참말 그저 빨래터에 잇나?」

「사지가 부텃는지 꼼짝못합듸다」

길막봉이가 기집빌키는 배돌석이를 헛거틈 한번 서키려고 능청스럽게 거짓말하는데 꺽정이가 여페서

「참말이냐?」

하고 물어서 길막봉이는 껄껄 웃고 녀편네가 방망이 내던지고 도망한것을 이야기하엿다 목욕을 다하고 주인집에 와서 저녁밥을 한그릇씩 다먹고 먹은밥이 자위도 돌기전에 잘자리들을 보앗다 추운때 길을오고 뜨거운물에 목욕을하고 또 시장한끄테 밥을먹은까달게 다들 곤하겟지만 그중의 리봉학이와 검산이는 다른 사람들에게 대면 긔질이 약한편이라 곤한것을 억지로 참다가 누으며 곳 속잠이 들어서 정신들을 모르고 배돌석이와 길막봉이는 마주 누어서 이먼소리 저먼소리를 서로 석둑꺽둑짓거리고 꺽정이는 눈을 감고 잠을 청하엿다 꺽정이가 잠이

오랴마랴 하는데 여게서 짓거리는것이 듯기실혀서

「고만들 짓거리구 자지」

하고 말하야 배돌석이와 길막봉이가 일시에

「네」

하고 대답들하더니 불과 잠시ㅅ동안에 길막봉이는 코를 드르렁거리엇다 사내주인이 박게서

「여게 김서방 자네 잠간가서 백손이 큰아버지더러 좀 오라구 하게」

하고 머슴을 심부름시키는 말이 귀에 들리어서 꺽정이는 속으로

「이때까지 백손이 동명(同名)을 못밧더니 여긴잇구나」

하고 생각하엿다 백손이 이름에서 백손이를 장가드려야할 목전걱정과 백손이는 도적놈소리를 듯지안케 해주어야할 장내 근심으로 생각이 번저나가서 꺽정이는 잠이 벗노히엇다

벽에걸린 둥잔은 심지가 타느라고 찌찌소리가 나고 머리맛 문틈으로는 찬바람이 들어와서 덤미가 서늘하엿다 삽작문께서 안방아프로 들어가는 신발소리가 나며 곳 말소리들이 들리는데

「김서방 왓나?」

하고 뭇는것은 주인이요

「네 갓다왓습니다」

하고 대답하는것은 김서방이란 머슴이엿다

「백손이 큰아버지는 뒤에 오마든가」

「술이 억병 취해서 정신을 모 듸다」

「술먹을 미천은 여일 어듸서 나노 고만 나가자게」

꺽정이가 그러지안허도 술생각이 나는것을 참고 누엇든차에 술소리를 듯고는 더 참을수업서서 벌떡 일어나 안즈니 배돌석이가 설잠이 들엇든지 눈을 떠보고

「왜 안주무시구 일어나십니까」

하고 물엇다

「잠이 엇재 아니오네 술이나 좀 사다먹세」

꺽정이가 배돌석이에게는 하게도하고 해라도하고 마음내키는대로 하엿섯다 배돌석이가 일어나서 머슴방에서 자는 졸개를 불르러 나가려고하는데 꺽정이가 주인을 불러서 사다달라고 청하라고 말하야 배돌석이가 방문을 열고 주인을 불를때 길막봉이도 눈을떠보고 일어낫다 노자로 가지고나선 상목중에서 자루리 한끄를 주인에게 내주고 술한동의를 사다가 먹게하야달라고 청한뒤 자는사람들을 마저 깨우는데 리학봉이는 정신이 말근사람이라 대번 일어나고 김산이는 잠주정을하야 여럿이 우섯다

주인이 술을 데워서 내올때 안주로 처음에김치를 한그릇내오고 나중에 다시 모밀묵무친것을 한낭푼 내왓다 꺽정이가 주인더러 술을 가치먹자고 들어오라고하고 사양하는것을 길막봉이시켜서 끌어드리다 시피하엿다 주인이 술한사발를 바더먹은뒤

「아까 여러분 목욕들 가셧슬때 어떤분이 빨래나온 아낙네를 놀래신일 업슴니까」

하고 물어서

「우리가 그런작난햇다구 누가 말합듸까」

하고 배돌석이가 되물엇다

「아니요 내생각에 그럴듯해서 여쭤보는 말슴입니다 술집 며누리가 더러운옷을 남몰래 빨라구석후에 나갓다가 온천독개비를 만낫다구 술ㅅ집잇는 웃간서 떠들드랍니다 독개비는 벌거버섯는데 키는 하늘까지 닷구 몸집은 몃아람두리라구 하드랍니다」

주인의 말끄테 꺽정이가 우스며

「그온천독개비가 여기잇소」

하고 길막봉이를 가르치니

「그러면 그러치요」

하고 주인은 손뼉을첫다

「온천에 그런 독개도깨비가 잇단말은 전에두 잇섯소」

「전부터 일러나려오는 말이 온천의 주인독개비가잇서서 온천 효험을 내주기두하구 안내주기두한답니다 사오년전에 한번 온동내가 떠든일이 잇섯습니다 그때두 지금가튼 겨울인데 새벽에 자욱눈이온뒤 동네ㅅ사람하나가 일직 온천아플 지나다가 탕으루 들어간 발자국을 보구 누가 이러케 새벽목욕을 하러왓나하구 탕안을 드려다보니까 아무두 업드랍니다 그런데 눈우의 발자국은 들어간것뿐이구 나온것이 업서서 다들 독개비의 작난으루 미덧습니다 나중에 알구보니 그때동네서 머슴사리하든 작난군하나가 탕안에 들어가서 세수하구 나오는데 남은 속일라구 집신을 꺼구루 신구 들어갈때 발자국을 다시 밟구 나왓섯답니다」

「신발을 꺼꾸루 신으면 발이 들어갈까」

「압총을 찌글터려 눌러신구 들매를하면 발에 붓지야 안켓습니까」

「이야기 안주가 훌륭하구려 술한동의 여섯이먹기 부족하니 한동의만 더 사오라구하우」

독개비이야기 호랑이이야기 종작업는 이야기가 술ㅅ자리를길게하야 한밤ㅅ중이 지난뒤에 다시들 눕게되엇는데 꺽정이는 두번사온 술의 반동의턱을 조이먹고 걱정근심 다 이저버리고 잠을잣다

꺽정이 일행이 이튼날 첫새벽에 온천서 떠나서 환갑잔치집 아침밥이 채 되기전에 마산니를

둘어왓다 리춘동이는 꺽정이와 김산이가 전날올줄 알고 기다리다가 오지안허서 무슨연고가 인서 못오는가부다 생각하고 잇든차에 꺽정이와 김산이외의 다른두령들까지 온것이 마음에고마워서 어려운길을 하엿다고 지재지삼 치사하엿다

리춘동이가 어머니환갑때오비라고하든 박련중이는 아들아이까지 데리고 이틀 전귀하야 와서 뜰아랫방에 잇다고 그방으로 꺽정이일행을 인도하야 꺽정이가 방안에 들어가서 박련중이를보고

『오래간만에 보이니 절을 한번해야치 자 절바드시우』

하고 절하려고 하다가

『이사람 망녕의소리 말구 어서 안께』

박련중이가 붓들어서 못하고 리봉학이이하 네두령도 절인사 하려는것을 역시 못하게 말막아서 입인사로 인사들을 마치고 각각 좌정한뒤 박련중이가 한여페 비켜섯는 아들아이더러 이어른들께 보이라고 꺽정이 아페서부터 돌아가며 절하도록 시키엇다 박련중이는 외양부터 촌보리동지가 다되엇고 그아들아이는 외모도 똑똑히 생겻거니와 응대진퇴(應對進退)에 촌티가 업섯다

환갑잔치에 먼데서온 손님은 박련중이와 꺽정이 일행뿐이나 본동(本洞)근동(近洞)에서 사람

이 만히모여서 동네ㅅ집 방까지 빌엇서도 방사가 오이려 부족하건만 뜰아래ㅅ방에는 다른사람을 드리지 아니하엿다 리춘동이가 눈코뜰새 업시 분주 한중에도 아침밥상이며 점심국수상을 뜰아래ㅅ방에 내갈것은 낫게차리라고 잔소리하고 동네로인들이 모여안즌 박갓방보다도 뜰아래ㅅ방에상을 먼저 내가게하라고 재촉하고 또 상심부름을 박갓방과 동네ㅅ방은 일ㅅ군들에게 밀어맛기고 뜰아래ㅅ방은 자긔가 친히하야 뜰아래ㅅ방 손님들을 칙사가티 떠밧들엇다 뜰아래ㅅ방 손님들이 대체 어듸서온 어떤사람인지 몰라서 리춘동이집 일ㅅ군들더러 물어보는 사람도 한둘이 아니엇다 일ㅅ군들은 알고모르고 더퍼노코 모른다고 대답하엿겟지만 청석골대장림꺽정이가 친히 부하두령들을 데리고온줄은 사실로 일ㅅ군들 역시 분명히 알지못하엿섯다 먹는빗과 떠드는 소리속에 경사ㅅ날하루해가 저물엇다 근동사람은 말할것업고 본동사람도 거진 다 돌아가서 동네ㅅ방과 박갓방은 비고 뜰아래ㅅ방의 먼데손님들만 남앗다 리춘동이가 뜰아래ㅅ방에 들어와서 등잔ㅅ불을 켜노흘때

「벌서 불을 켜게되엇는데 이애가 이때꺼지 안오니 웬일일까」

하는 꺽정이말에

「알어보러간 일을 자세이 알구 오려구 오늘 못오는게지요」

하고 리봉학이가 대답하는것을 듯고 리춘동이가 불을 켜노코 와안저서 꺽정이와 리봉학이를

아울러보며

「올사람이 누구요」

하고 물으니 꺽정이가

「내 처남아이를 오늘 이리로오라구 햇는데 안오네그려」

하고 대답하엿다

「일이 잇는걸 제치구 오섯소」

「일을 제치구 온게아니라 하려갈라네」

「어듸 다른데루 가실테요」

「해주땅이나 재녕땅에 잠ㅅ간 갓다가 자네게루 다시 와서 전날말한대루 자네하구 동행할 작정일세」

「해주땅이나 재녕땅이나 갓다온다니 그게 대체 무슨일이요」

「일은 나중 조용이 이야기함세」

꺽정이말끄테 박련중이가 슬그머니 일어나서 박그로 나가려고하야

「어듸 가실랍니까」

하고 리춘동이가 물엇다

「박게 잠ㅅ간 나갈일이 잇네」

「뒤ㅅ간에 가실랍니까 어두우니 불을 가지구가시지요」

「아니 고만두게」

박련중이가 박그로 나갈때 그아들아이까지 뒤를따라 나갓다

「박노인은 형님이 자긔를 꺼려서 일이야기 안하는줄루 알구 자리를 피해서 나간모양이요」

하고 리봉학이가 말하야 무심하엿든 꺽정이도 깨도가 되어서

「의뭉스러운 늙근이가 정녕 그래서 나간겔세」

하고 곳 리춘동이를 내보내서 박련중이 부자를 청하야 드린뒤 박련중이더러

「우리가 해주 재령 지리에 박지못해서 말슴을 들어보구 일ㅅ자리를 정하려구까지 생각하는데 당신을 꺼려서 일이야기 안는줄루 아시는건 지릅이 너무 과하시우」

말하고 우섯다

밤이 들어서 잔치 뒤설거지 해주는 동네녀편네들까지 다갓다 나제 사람이 북적북적하든 끄치라 집안이 괴괴하고 쓸쓸하엿다 그러나 뜰아래ㅅ방에는 담화가 끈치지안코 떠들석하게 우슴때도 간간이 잇섯다 박련중이가 아들아이 눈에 잠이 가득한것을 보고

「졸리냐」

하고 물어서

「아니요」

하는 대답을 듯고도

「졸리거든 한구석에 쓰러저 자려무나」

하고 일럿다 리츈동이가 아이더러

「오늘밤에 너는 우리어머니 방에 가서 자는게 조켓다」

하고 말한즉 아이는 그저 들을만하고 잇다가 그리하라는 저의아버지의 말을 듯고 비로소

「네」

하고 대답하엿다

리츈동이가 박련중이 아들을 안에 데려다두고 나와서 청석골 두령들을 보고 아이가 신통하다고 칭찬을 시작하자 여럿이 밧고채기로「얼굴이 동탕하다」「눈에정긔가잇다」「열네살로 숙성하다」「딸잇스면 사위삼겟다」이런말로칭찬들하야 박련중이는 입이 헤하고 벌어젓다

「자제 혼인을 어듸 정하섯소」

꺽정이가 뭇고

「아지 못정햇네 어듸 조흔 혼처(婚處)잇거든 한군데 일러주게」

박련중이가 대답하는데 뭇는사람이 유의하고 물은것도 아니요 대답하는사람 역시 지나가는말로 대답한것이엇다

리봉학이가 꺽정이를 보고

「애기하구 혼인하면 조켓소 아주 천생배필(天生配匹)이요 내가 중매를 들리까」

하고 말하는것을 꺽정이가 대답아니하니 박련중이가 꺽정이더러

「애기가 누군가 자네딸인가」

하고 물엇다

「내딸이 아니구 우리누님 딸이요」

「자네 매부가 누군가」

「우리선생님 아시지 우리선생님이 우리누님의 시아버지요」

「자네 선생님이라니 동소문안에 사시던 양선생말슴인가」

「그럿소」

「자네 생질녀가 이인의 손녀세그려 그래 자네누님이 지금 어듸서 사시나」

「우리누님이 그애 나든해 과부가 되여가지구 내게와서 오늘날까지 가치지내우」

「그래 자네 생질녀가 올에 몃살인가」

「열다섯살이요」

「내자식하구 가치 동갑일세그려 나이두 조쿤 다시 더 말할것업시 자네 생질녀를 내며누리루주게」

「조혼말이요 그러나 급한일이 아니니 이다음 다시 의논합시다」

「자네누님의 의향을 몰라서 지금 대답을못하나?」

「우리누님 의향은 들으나 마나지만 혼인에는 보는것이 만흐니까 더좀 생각해보잔 말이요」

「보는게 무언가 궁합말인가」

「생질녀를 드려보냇다가 댁 안식구들이라두 혹 근본을 들처서 정가하면 재미업지안소」

「이인의 손녀요 호걸의 생질녀니 친가외외가의 혈통조키가 내자식에다 대겟나 근본으루 정가란게 무슨소린가 자네가 당치안흔 념녀를 하는것이 아마두 전날 숙에든 은혈병이 아직두 남아잇는 모양일세」

「그런지두 모르겟소」

「내평생에 진정으루 우러러본 인물은 김사성영감두 아니구 조대헌영감두 아니구 갓바치 노릇하시든 양선생일세 그선생의 손녀를 며누리 삼게되면 내겐 그보다 더 기쁜일이 업겟네」

「그러면 혼인합시다」

「혼인은 인제 아주 완정일세」

「두말이 웨잇겟소」

「내생각엔 개춘한뒤 대사를 곳 지냇스면 조켓는데 자네바쁘지 안켓나」

「바뿔것업소」

「그럼 개춘하거든 곳하세」

박련중이 말끄테

「따님은 놔두구 역혼(逆婚)하실랍니까」

하고 리춘동이가 말하야

「지금 혼인말하는데가 두어군데 되니까 정해서 세전에 치우겟네」

하고 박련중이가 대답하는것을 리봉학이가 듯고

「내가 중신애비루 나선김에 장내병사 사위을 하나 중신해드리리까」

하고 우스며 말하니 박련중이는 실업슨말로 알고

「늘근사림을 놀리려구 하는말이요」

하고 불쾌스러운 내색까지보이엇다

「조흔 낭재(郞材)가 잇서서 중매해드리려구 하는데 놀리다니 그게 무슨말슴입니까」

「장내병사라구 말하니 장내 무엇될걸 미리 어떠케 아우 그게 실업슨말이 아니요」

「어떤 용하다는 상쟁이가 상을 보구 장내병사감이라구 말하는걸 들은까닭게 솔구이발(率口而發)루 그러케 말슴햇습니다」

리봉학이의 실업슨말아닌 발명을 듯고 박련중이는 비로소

「그신랑ㅅ감이 어듸잇소」

하고 물엇다

「신랑ㅅ감은 내 조칸데 나이는 올에 스무살이구 인물은 사내답게 생겻습니다」

「함씨를 지금 데리구 기시우」

리봉학이가 꺽정이를 가르치며

「이형님이 데리구 기시지요 당신아들이니까」

하고 말하니 박련중이는 꺽정이를 돌아보며

「자네가 그런 장남한 아들이 잇든가」

하고 말한뒤 다시 리봉학이를 보고

「조킨 조흐나 겹혼인이 재미업소」

하고 고개를 가로흔들엇다

「겹혼인이 왜 재미업습니까」

하고 리봉학이가 재미업는 까닭글 다두칠뿐아니라

「오뉘바꾸미 혼인중의 가장 재미잇는 혼인인데 재미업다는건 모를말슴인걸이요」

하고 배돌석이가 재미업단말을 책까지 잡아도 박련중이는 아무소리안코 잠자코잇섯다 박련중이가 마산니오든날밤에 리춘동이의 청석골패에 입당할 이야기를 듯고 청석골은 불구덩인데 타죽을줄 모르고 들어가는것이 정신업는 사람의 짓이라고 리춘동이를 조만히 책망하엿섯다 자긔수하에 잇든사람이 다른데로 간다는데 마음이 격하야 책망한것이 아니고 자긔의 생각을 솔직이 말하자니 자연 책망이 나왓섯다 며느리는 다려오는것이라 관계업지만 딸은 드려보내는것인데 불구덩이로 드려보낼 마음이업고 또 꺽정이의 아들은 양주팔이의 손녀가티 욕심날것도 업서서 박련중이가 입을 함봉하고 잇섯다 리봉학이가 먼저 끄낸 뒤를 거두느라고

「연분이란 인력으로 할수업는 게지만 이다음에 조카아이를 한번 보시면 그때는 겹혼인못한것을 후회하시리다」

하고 말하는것을 듯고 박련중이가 어색한말로

「장래병사ㅅ감이라구 말한 상쟁이가 마전조서방이란 사람이요?」

하고 물엇다

『그건 어듸서 들으섯나요』

『내가 피풍(皮風)이 잇서서 올여름에 내정(冷井) 물마지러갓다가 삼거리서 그사람을 만낫는데 그사람이 청석골 잡혀가서 죽을뻔 한일이 잇다구 이야기합듸다』

『상쟁이가 그애를 보구 만일 조흔가문에 태어낫더면 출장입상(出將入相)이라두 하겟지만 평지돌출(平地突出)루 나설테니까 병사쯤 하겟다구 말합듸다』

박련중이가 삼거리서 상쟁이를 만낫슬때 자긔상을 보이고 말이 맛는데 반하야 집에까지 데리고와서 식구들의 상을 다 보이엇섯는데 지금 혼인말하는 딸을 보고나서 풍상(風霜)을 만히 격근뒤에 부인직첩(夫人職牒)을 바드리라고 말하엿섯다 상쟁이말을 도리켜 생각하니 꺽정이 아들과 연분이 잇는듯도하야 박련중이가 꺽정이를 보고

『내외종 사촌이라두 누이바꾸미 재미가 업는데 자네 생각엔 어떤가』

하고 물은즉 꺽정이는 두말업시 조타고 대답하엿다

혼인 두쌍이 한자리에 작정되어서 좌중 여러사람이 다가치 조하하는데 박련중이는 조하하면서도 마음한구석에 구진고기 먹은것가튼 생각은 업지아니하엿다

리춘동이가 술을 내와서 술들을 먹는중에 꺽정이가 박련중이에게 봉산군수 잡아죽일 계획을 말하고 장마지하기조흔 자리를 물으니 박련중이가 듯고 한참잇다가

「내가 자네게 할말이잇는데 후긔업는 늘근이 말이라구 웃지안쿠 들어주겟나」

하고 정중하게 말을 내엇다

「무슨말슴이요」

「우리가 서루 사돈까지 정해서 그저친한처지와두 달른데 진정을 기일쑤가 잇나 나는 대체 자네네 청석골사업이 너무 큰것을 재미업게 아는사람일세 우리가 압제 안밧구 토심 안밧구 굼지안쿠 벗지안쿠 일생을 지내면 고만아닌가 그외의 더구할께 무언가 자네네 일하는것이 나보기엔 공연한 객긔의짓이 만테 이번일만 말하더라두 그게 객긔아닌가 봉산군수를 죽이면 금이 쏘다지나 은이 쏘다지나 설사 금은이 쏘다지더라두 뒤에 산떰이가튼 화가올껄 엇재 생각아니하나 아무리 무능한 조정이라두 지방관원을 죽인데 가만이 보구잇겟나 말게 제발 말게」

「말슴은 잘알아드럿지만 이왕 작정한일이니까 이번일은 그대루 할박게업소」

「자네가 고만두면 고만아닌가」

「칼을 빼엿다 그대루 꼬질수야잇소」

「잘못빼낸 칼은 그대루 꼿는게 장살세」

「그건 할쑤업소」

꺽정이가 말을 듯지아니하야 박련중이는 기리 탄식하고 말을 고치엿다

이튿날 아침에 뜰아래ㅅ방 여러사람이 겨우 소세들을 마치고 안젓슬때 일ㅅ군하나가 들어와서 박게 손님이 왓다고 연통하자마자

『형님 나 왓소』

하고 황천왕동이가 소리를 압세우고 방문아프로 대들엇다

『어제올줄 알구 기다렷다』

하고 꺽정이가 말한다음에

『어듸서 자구 이러케 일직왓나』

『밤ㅅ길 걸엇나』

리봉학이와 배돌석이가 넌달아서 말뭇는것을 황천왕동이는 대답한마듸 안 부지런히 들메풀르고 신발벗고 방안에 들어와서 인사들도 건둥반둥하고 주저안젓다 꺽정이가 박련중이를 가르치며

『이어른께 절하구뵈여라』

하고 일르는데 박련중이가 절말라고 손을 내젓고

『그대루 안저 인사합시다 나는 박련중이란 사람이요』

하고 말을 부치는것을 황천왕동이는 대답도안코 일어나서 절을한번 시늉내듯하고 도루안젓다

「절을 공손이하지 못하고 그게 무어냐」

하고 꺽정이가 나물하니

「이야기할일이 급한데 언제 인사범절을 느러지게 차리구 잇겟소」

하고 황천왕동이는 말대답하엿다

「이야기 할일이 무에 그리 급하냐 이흠례가 벌서 떠낫다느냐」

「이흠례가 오늘 이리 옵니다」

「무어야」

하고 소리치는 꺽정이뿐아니라 좌중 여러사람이 다가치 놀랏다

「내가 처음부터 찬찬이 이야기할께 들으시요 그저께 봉산가서 장인보구 온사연을 말하니까 장인은 자긔일이 바뻐 알어봣는지 잘 알구잇습듸다 군수가 그믐전에 못가구 재달초생에 가는데 닷새날쯤 떠나갈모양이라구 합듸다 그래서 나는 어제 첫새벽 떠나올라구 막 일어나앗젓슬때 별안간 관문아페서 취군나발소리가 야단으루 나구 읍네 일판이 곳 난리난것가티 술렁술렁합듸다 장인이 진둥한둥 나가서 알어본즉 서울서 선전관하나 군관둘이 나려와서 불각지루 군병을 조발하는데 평산땅으루 청석골패를 잡으러간다구 하더랍니다 우리가 평산땅

에 모이는것을 서울서 알까닭두 업스려니와 설혹 알엇다구하더라두 긔병하자면 평산이 잇는데 봉산까지 올까닭기 업스니까 우리를 잡으려오려구 긔병한단 말은 고지가 잘들리지안습듸다 그러나 그런말을 듯구 그대루 올쑤가 잇습듸까 봉산군사들이 어듸루 가는 것이나 알구올라구 아침때까지 봉산잇다가 봉산군수가 서울서온 선전관하구가치 이백여명 군사를 거느리구 검수역말ㅅ길루 나갓단말을 듯구 봉산서 떠나서 후진(後陣)뒤를 멀지기 따라오다가 노량으루 것기가 갑갑증두나구 생각해보니 뒤따라올맛두 업서서 샛길로 빠저서 선봉대보다두 압질러왓습니다 어제 좀 늣더라두 여기까지 대올쑤잇섯지만 봉산군사들이 과연 이리 오나 혹다른데루 가나 아주 보구올라구 안성역말쯤서 자려구 맘을 먹엇더니 봉산군사들이 안성와서 경야한다구 선참이와서 집들을 치우는중입듸다 그래서 안성을 지내노쿠 총수령 넘어와서 고개밋 동네서 잣습니다 오늘새벽 동트기전 봉산군사들이 지나갈때 자다가 놀라일어난 동네ㅅ사람들은 『관군이 도적잡으려가니 놀라지들 마시오』 군중에서 외치는소리를 듯구 안심이 되어서 박게나서 구경들하는데 나두 동네사람들 틈에 석겨서 구경하다가 그대루 나서서 진뒤를 청처짐하게 따라왓습니다 어주동이란데를 오니까 연긔가 자욱한중에 사람이 와글와글하는데 그사람이 다 군삽듸다 누구든지 붓잡구 말을 좀 물어 보구시프니 군사천지에 발을 드려노키가 섬억섬억해서 동네박 길ㅅ가에서 서성거리는 중에 마침 녀편네두엇이 동의들을 이구 논귀 샘으루 물길러나가기에 쪼처가서 말을 물엇습니다 녀편네들이 말대답잘안는것을 구실러서 물어본즉 평산부사하구 어듸찰방하구 녀편네들은 어듸찰방인지 모릅듸다만 찰방이면 금교찰방이겟지요 어제 밤ㅅ중에 군사여러백명을 끌구 나와서 동네ㅅ사람들은 건밤을 새웟다구 말하구 오늘 남면(南面)으루 도적을 잡으러간다는데 도적은 아무개라구 형님이름까지 말합듸다 녀편네들이 더 자세이 알지두못하거니와 평산군사가 봉산군사하구 합세해가지구 남면으루 오는줄까지 안바에는 더 물어볼것두 업서서 녀편네들이 물동의 이구 돌아선뒤 곳 두주먹 불끈쥐구 내달엇습니다 여기까지 오는동안에 길을 뭇느라구 좀 지체하구 그외에는 잠간쉬지두못하구 달어왓습니다」

꺽정이와 여러사람이 놀란얼굴로 서로 돌아보는중에 황천왕동이의 이야기가 끄티낫다 리봉학이가 꺽정이를 보고

「서림이 초사에서 일이 난모양이요」

하고 말하니 꺽정이도 그러케 생각한다고 고개를 끄덕이엇다 황천왕동이는 서림이 잡힌소식을 모르는 사람이라

「서종사 초사라니 웬말슴이요」

하고 물어서 리봉학이의 이야기로 김선달에게서 긔별온것을 알고

「그런줄 모르구 나는 공연이 이집주인을 의심햇구려」

하고 말한뒤 곳 리춘동이를 돌아보며

「용서하게」

하고 치의한것을 사과하엿다

「그까지 한담섬화는 고만두구 관군이 지금 대체 어듸쯤 오나 뒤에 곳 오나」

「나 온뒤에 곳 진이 풀려서 풍우가티 몰려오더라두 느진 아침때전엔 여기 못올겔세」

황천왕동이가 리춘동이와 수작하는말을 박련중이는 미심적게 생각하야

「여보 노형이 온뒤 진이 곳 풀렷스면 선진은 미구에 드리닥치지 안켓소」

하고 뭇는것을 꺽정이가 황천왕동이대신

「저애는 거름이 희한하게 빨러서 여느사람 십니쯤 갈동안에 이삼십니 예사루 내뺍니다」

하고 대답하엿다

「희한한 재줄세 참 그러켓네 요새가튼 짜른해에 어수동서 여기 오자면 새벽일직 떠나두 한낫거진 될꺼야 한나지 되거나 느진아침때가 되거나 우리는 얼른 피신할 도리를 차리는게 상책일세」

「아침밥이나 재촉해 먹구 이야기합시다」

하고 꺽정이가 곳 리춘동이에게로 고개를 도리키며

「여보게 우리가 접전을 하든지 피신을하든지 좌우간 밥은 든든이 먹어야할테니 밥을 좀 만이지라게」

하고 말을 일러서 리춘동이는 예 대답하고 안으로 들어갓다 박련중이가 꺽정이더러

「자네가 관군을마저 싸워볼 생각인가」

하고 뭇는데 꺽정이는 대답을 선뜻 아니하엿다

「관군이 오륙백명이나 쏘다저 온다는데 자네네 여닐곱이 어떠케 당할텐가 그런 무모한생각 먹지말게 자네네가 모두 만부부당지용(萬夫不當之勇)이 잇서서 오륙백명을 능준이 당할쑤 잇더라두 이런때야말루 삼십륙계에 주위상책일세 두말말구 달아나게 공연한 객긔를 부리다가큰코메일까닭잇나 우리 아침먹구 흐터지세」

「나는 도망을 하더라두 관군들 오는꼴이나 좀 보구서 도망하구십소」

「그게 객긔란말이야 그런객긔를 부리지말게」

「사돈노인의 말슴을 너무거역하면 패씸하다구 하실테니까 말슴대루 아침먹구 각각 흐터집시다」

「춘동이네 식구는 어떠케할까」

「내가 데리구 가겟소」

꺽정이가 박련중이의 말을 조차서 관군오기전에 도망하기로 작정한뒤에는 아침밥을 새로 더 지을것업시 먼저 지은것이 다 되엇거든 곳먹게 내오라고 김산이를 시켜 안에 재촉하엿다 아침밥이 곳난뒤 박련중이는 아들아이와 데리고 왓든 심부름ㅅ군과 셋이 먼저마산니서 서쪽 해주가는 길로 떠나가고 꺽정이는 리춘동이의 안식구가 행장 다 차리기를 기다리고 잇는중에 김산이가 리춘동이의 짐싸는것을 거들어 주다가 꺽정이에게 와서

「인제 생각하니 탈이한가지 잇습니다」

하고 말하야

「무엇이 탈이야」

하고 꺽정이가 물어보앗다

「우리 떠난뒤에 관군이 와서 동네ㅅ사람들에게 물어보구 우리뒤를 쪼치면 탈아닙니까」

「우리가 몃십니 압서간뒤 쪼차오면 무어해 헛거름들하는 꼴좀보게 쪼차오라지」

「우리들만 가트면 설마 잡히겟습니까만 춘동이하구 춘동이안해가 거름을 못걸을테니 그래 탈입지요」

「그러니 무엇을 태워가지구 가잔말이냐」

「태울것은 갑자기 어듸서 변통합니까 춘동이말은 저의 안식구들을 해주 박노인에게루 보내는게 조흘것갓다구 합니다 그게 어떠켓습니까」

「그럴것 업다 안식구만 떠나보내구 우리는 여기잇다가 관군들 온뒤에 도망하든지 접전하든지형편 봐가며하자」

「박노인 말슴마따나 삼십륙계가 우리의 상책이니까 그건 변경하시지안는게 조흘것 갓습니다」

「우리가 도망을 하더라두 관군온뒤에 도망하는것이 관군오기전에 도망하는것과 달르다 오륙백명이 몰려와서 우리를보구 못잡으면 그눔들 낫비대기가 어떠케될까 좀 생각해봐라」

「도망을 잘할쑤 잇슬까요」

「접전해서 승전을 못할망정 도망이야 못하랴 념녀말아」

꺽정이가 데리고온 졸개더러 리춘동이집 일ㅅ군들과가치 안식구를 잘보호하고 압서 가라고 마산니서 남쪽 온천나가는길로 떠나보내고 리봉학이이하 다섯두령과 마산니근방 지리에 밝은 리춘동이를 데리고 뒤에 남아잇섯다

마산니는 사방이 모두 산인데 동쪽 서쪽 남쪽은 산ㅅ골길이나마 통로(通路)가 잇스되 북쪽은 통로가업고 초군길 뿐이고 리춘동이집은 동네중의 서녁끄트로 산봉오리미테 외따로잇는 집

인데 집뒤 산봉오리를 바로 정면으로 기어올라가도 못올라갈것은 업스나 동네북판뒤 산잔등과 해주통로둘린 산날가지에 초군길이 나서 동쪽 서쪽으로 올라나리게 되엇섯다 리춘동이집을 북쪽막힌 동네중의 북쪽막힌 집이라고 말할쑤잇섯다 리춘동이집에 낙아잇는 닐곱사람중의 리봉학이는 천생총명보다도 전장미립으로 막힌북쪽에 도망할길이 잇으려니 착목하고 대강 지형을 알려고 리춘동이 보고 말을 물어보앗다

「집뒤 산곡대기에 올라서면 그우는 어떠케되엇나」

「아프루 보기와 달러서 뒤는 민듯해」

「그뒤에 나무ㅅ군다니는 길이잇나」

「잇다뿐이야」

「북쪽으루 자꾸들어가면 어떠케되나」

「이뒷산을 다 패어넘어가면 산ㅅ골에 동네들이잇네」

「그동네들은 통노가 어떠케 되엇나」

「물여울이란데루 나가면 읍네 들어가는 큰길이 나서구 궁ㅅ골이란데루 나가면 기린역말 가는 길이 나서네 통노는 여기보다 외려 낫지」

「여보게 어수동서 여기를 오자면 어는쪽으로 오나 동쪽으루 오겟지」

「바루 오면 동쪽으루 들어오지만 남쪽으루 돌아서 들어올쑤두 잇구 또 뒷산하구 자무산성 잇는 큰 산하구 사이의 골자기길루 빠저나오면 서쪽으루 들어올쑤두잇네」

「그러면 관군이 여기를 빽둘러싸구 들어올쑤가 잇지안흔가」

「그러치」

「북쪽으루 산을 패어넘어가두 도망할길이 업겟네 그려」

「만일 둘러싸구 들어오면 도망할길 업네」

「자무 산성잇는 큰 산은 이뒷산에서 산을 타구 갈쑤잇나」

「이산에서 서쪽 골자기루 나려서서 개울하나 건너가야 큰 산일세」

「그산속은 길이 어떠케되나」

「그 산은 이 산과는 달러서 장산이니까 첩첩산중일세」

리봉학이가 리춘동이에게 말물어보는것을 끄치고 꺽정이더러

「형님 관군이 오기전에 이뒷산꼭대기에 올라가잇다가 약차하거든 큰 산속으루 들어가십시다」

하고 말하니 꺽정이는 한참 생각하다가

「산속에서 만일 여러날 나오지못하게되면 어떠커나 이엄동설한에 며칠씩들 굶구 견듸겟나」

하고 물엇다

「오륙백명이 이 산ㅅ골에 들어와서 무얼 먹구 며칠씩 잇겟습니까 양식들은 가지구 온대짜 하루 이틀 양식박게 더 가지구 오겟습니까 우리두 한이틀 요긔할것은 준비해가지구 가십시다 어제한갑나머지 음식이잇거든 잇는대루 싸가지구가면 되지안습니까」

「어듸 자네말대루 그러케 해보세」

「관군이 와서 우리가 산우에 잇는걸 보구 쪼차올라 올때 혼뜨검을 내주자면 활이 제일인데 활이라구는 나가진것 박게 업구 그나마 살이 한벌뿐이니 그거야 함부루 쓸쑤잇세요 돌덩이 나무토막 독개그릇깨진것 가튼것을 만이 산우에 날러다 놋다가 우에서 나려치면 한번 혼뜨검은 낼쑤잇슬듯 합니다」

길막봉이가 여페서

「그거 좃소 우리 얼른 버서 부치구 날러올립시다」

말하고 나서는데 리봉학이는 여전히 꺽정이더러

「우리가 날러 올리면 얼마나 날러올리겟습니까 동네ㅅ사람들을 잡아내서 운력을 시킵시다」

하고 말하엿다

꺽정이가 황천왕동이는 관군이 어듸 오는것을 알러보내고 리춘동이까지 다섯사람은 무긔들을 들려내보내서 동네ㅅ사람을 잡아다가 부리는데 무긔보다도 청석골 림꺽정이란 성명에 동네ㅅ사람은 놀라고 겁이나서 꿈적못하고 시키는대로 다들하엿다 덩이돌 토막나무 깨진질그릇은 다시 말할것도업고 재ㅅ독과 장항아리를 재담기고 장물담긴채 올려가고 길막봉이의 청으로 절구통들까지 올려갓다 리춘동이집의 올려갈만한 물건은 얼추다 올려가고 동네ㅅ사람의집 물건까지 더러 올려가서 동네사람들이 산우에를 두서너곱팽이식 올라나렷슬때 황천왕동이가 달려들어와서 관군의 선봉대가 십니박게 왓다고 알리엇다 꺽정이가 동네ㅅ사람들을 모아노코

「리춘동이의 땅 집과 세간은 너이들을 내 줄테니 오늘품ㅅ삭으로 논하 가저라 그러구 지금 관군이 우리를 잡으러오는데 만일 동네에서 하나라두 나서서 관군을 조력하면 우리가 나중에 다시와서 너이동네를 도륙을 낼테니 그리 알어라」

하고 일러서 흐터보낸뒤 일곱사람이 다가치 주체구진 갓을 벗고 수건으로 머리를 질끈질끈 동이고 행세적의 웃옷도 버서버리고 바지가랑이를 치키코 오굼미를 가뜬가뜬하게 동이고 미루리에 들메를 단단이 하고 산우로 올라들갓다

어수동서 나려오는 관군 오백여명이 샛바위란곳에 와서 제각기 싸가지고온 밥으로 느진아침에 일은점심을 겸하야 먹은뒤 두진으로 나누여서 한진은 샛바위서 바루 남으로 나려오고 또 한진은 물여울까지 더 나가서 남으로 나려오게 되엇다 샛바위서 오는진은 부장 연철령이 평

산군사 오십명을 거느리고 선봉이되어 압서오고 그뒤에 봉산군수 리흠례와 선전관 정수익이 봉산군사 이백여명을 거느리고 오니 마산니 동쪽으로 들어올것이고 물여울로 오는진은 부장 리의식이 역시 평산군사오십명을 거느리고 선봉이 되어 압서오고 그뒤에 평산부사 장효범과 금교찰방 강려가 두진선봉대로 나누어주고 나머지 평산군사 이백명을 통솔하고 오니 마산니 서쪽으로 돌아들어올것이엇다 두진의 병세(兵勢)장한품이 마산니에잇는 도적이 수백명이라도 하나 노치지안코 이잡듯 잡을것가텃다

동쪽으로 들어오는진의 선봉장 연천령이 마산니동네에 들어서며 곳 군사를시켜 동네백성 하나를 잡아내다노코 대장쟁이 리춘동이란놈의 집이어듸냐 리가놈의집에 지금 도독놈들이 모여잇느냐 말을 물어본즉 그동네백성이 서쪽에잇는 산을 가리치며

「대장쟁이 집은 저산미테잇는 외딴집이옵구 도독눔들은 모두 산꼭대기루 올라갓소이다」

하고 말하다가 손까락질하든 손을 얼른 옴츠러드리며

「산꼭대기에 일곱눔이 섯는게 보입니다」

하고 말하는데 그 손까락끄티 가든곳에 여닐곱눔이 한데 뭉치어섯는것이 보이엇다

「도독눔 수효가 모두 며치냐」

「일곱눔이올시다」

「단 일곱놈뿐이냐」

「네 일곱놈뿐이올시다 그런데 소인이 이러케 말슴여쭙는걸 도독놈들이 볼테니 뒤가 꺽정이 올시다」

「그건 무슨소리냐」

「도독놈들이 산으루 올라갈때 이동네 백성들더러 말슴한마듸라두 관군에 일러바치면 나중에와서 동네를 도륙낸다구 햇소이다」

연천령이 이말을 듯고 어이가 업섯다 도독놈 여닐곱에게 쥐어지낸 동네백성도 가련한 인생들이지만 도독놈 여닐곱을 잡으러 두골군사 오백여명이 쓰다저온것도 읽갓지안헛다 대군이 오기전에 도독놈들을 다 잡아치우려고 마음을 먹고

「저산을 어듸루 올라가느냐」

하고 길을 물엇다

「동네뒤루두 올라가옵구 동네를 지나가서두 올라가는 길이잇소이다」

연청령이 군사들을 보고

「도독놈들이 도망하기전에 얼른 쪼차올라가서 잡아가지구 나려오자」

하고 소리치고 말을 채처 군사들의 아플서서 동네뒤로 들어왓다

눈우에 사람들 올라나린 발자국이 잇서서 그발자국을 따라 올라오는데 인제 조금만 더올라가면 도독놈들잇는 산꼭대기려니 생각이들때 홀쩨 우에서 아우성이나며 돌멩이와 나무 토막이 아래로 굴러나려왓다

연천령이 큰칼을 휘둘르며

『자 올려밀어라』

하고 소리치나 군사들은 돌멩이 나무토막을 피하느라고 정신이 업서서 뒤를 잘 따르지못하엿다 연천령이 말을 잠ㅅ간세우고 군사들을 돌아보며 빨리빨리 올라오라고 호령할때 말이 별안간껑청 뛰어서 말에서 떨어젓다 군사두엇이 부장을 붓들어주려고 쪼차오다가 그중의 군사하나가 어듸를 어더마젓는지 외마듸소리를 질르고 구렁진데로 떨어젓다 연천령이 일어나서 떨어트린 칼을 집고 그동안 아래로 뛰어간 말을 다시 잡아타려고 쪼차나려가는것을 군사들은 부장이 도망하는줄로 알고 와하고 나려몰리는데 올라올때와 딴판으로 아풀 다투어 뛰엇다 연천령이 이것을 보고 화가충천하게 나서 군사들을 쪼차오며

『이놈들 왜 도망하느냐』

『게들 섯거라 군령이다』

『군령에 사정업다 목아지들이 떨어지구십거든 어서 내빼라』

하고 소리소리 질러서 겨우 군사들을 더 나려가지못하게 제지하엿스나 벌서 먼저 올라갓든데서 활한바탕 거리나 조이 나려왓섯다

연천령이 창피본 분풀이로 군사들을 죽일놈 살릴놈하고 한바탕 야단친뒤 어느틈에 여페와섯는 말을아프로 끌어내세우고 살펴본즉 압굽하나를 돌뗑이에 짓찌인모양인데 그래도 굽통이라 단단한덕으로 아주 으스러지지 안흔것이 다행이엇다 구렁에 떨어진 군사를 데려오라고 군사 두엇을 보냇더니 것지못하야 업고왓는데 한편다리의 정강이뼈가 부러젓섯다 도독놈들이 돌뗑이 나무토막을 던지는데 말탄사람을 목표삼고 만히 던저서 타고안즌 말이 상하고 붓들어주려오든군사가 상한듯하야 연천령이 말을 타지안흘 작정으로 군사두명더러 하나는 상한군사를 업고 하나는 말을 끌고 동네로 나려가라고 한뒤 다시 군사들을 몰고 산으로 올라가려고할때 그동안 동구 박게와서 결진한 본진에서 퇴군하야나려오라는 전령이 왓섯다

연천령이 본진에 와서 숭창들을 깔고 느런히 안젓는 리흠례와 정수익을보고

「퇴군령을 엇재 노흐섯나요」

하고 물으니

「도독놈들을 잡으러 올라가기전에 먼저 준비할일이 잇소」

하고 리흠례가 대답하엿다

「준비할일이 무어십니까」

「지금 이동네것들의 말을 들은즉 산우에 올라가있는 도독놈이 일곱놈이라는데 일곱놈을 모짝 다 잡지못하구 한눔이라두 노치면 대군을 거느리구온 우리가 창피한중에 더 창피할데니 한눔두 노치지안투록 준비를 차리잔말이요」

「네 그럼 일시에 동서냥쪽으로 쪼차올라가잔 말슴입니까」

「쪼차올라가는데두 냥쪽으루 쪼차올라가려니와 그보다두 이산을타구 북쪽으루 들어가면 큰길루 나갈수가 잇다니 북쪽에서 내쫓구 여기서 드리쫓구해야 노칠념녀가 업겟소 그러니 연부장은 지금빨리 물여울서 오는길루 가서 본수(本倅)보구 길루 오지말구 산을 타구 오거나 산이 험해서 탈쑤가업기든 이산뒤의 큰길루 나가는 목슬 치키라구 말슴하시우」

「군관을 하나 보내서두 조홀텐데 왜 나더러 가라십니까」

「본수가 주장(主將)노릇을 톡톡히하려구하는 모양인데 군관이가서 말하면 만소리할른지 모르니 연부장이 가시우」

「도독놈들이 그동안에 도망을 안할까요」

「미련한눔들이 관군을 항거할 생각으루 돌맹이 나무토막 깨진그릇 등속을 수십짐 산우에 갓다 싸핫다니까 우리가 올려치면 저이힘것 막다가 막지못하게 돼야 도망할것이요」

「그놈들이 항거못할줄 깨닷구 미리 도망할는지 누가 압니까」

정수익이 연천령더러

「그놈들이 도망할라면 벌서 도망햇지 이때까지 잇겟나 그러구 우리 둘이 여기서 봐가며 대책을 세울테니까 그런념녀는 고만두구 어서가게」

하고 말하야 연천령이 네하고 대답하면서도 먼저 쪼개나려온 설치로 대ㅅ바람 쪼차올라가서 도독놈들을 한칼에 무찔르고 시픈마음이 속에 가득한것을 억지로 참앗다 리흡례와 정수익이 군사를 두대에 나누어서 동쪽 산잔등과 서쪽 산날가지를 각각 지키기로 의논한뒤 리흡례가 일대를 거느리고 서쪽으로 나오는데 연천령도 리흡례를 따라와서 선봉대로 데리고왓든 평산군사를 리흡례 진에 머물러 두려고한즉 군사들이 타군군사틈에석겨잇기가 실튼지 모두 따라가기를 원하야 수솔군(隨率軍)으로 데리고 나갓다 산ㅅ골에서는 큰들이라고 할만한 개야된곳까치 나와서 물여울서오는 북쪽 산ㅅ골길로 꺽기어 얼마 들어오다가 리의식의 몰고오는 선봉대를 만낫다 리의식이 말을 노하 아프로 쪼차나오며

「자네 어듸루 가나 마산니에 도독놈이 업든가」

하고 물어서 연천령이 평산부사에게 약속하러가는 사연을말한뒤

「막이 도독놈 여닐곱놈 잡는데 이게 무슨야단인가 사람이 창피해 죽겟네」

하고 한숨까지 쉬엇다

「그나마 잡지못하구 노치느니」

「도독놈을 잡지못하구 노치는 날이면 나는 서울 안가겟네」

「서울 안가구 어듸루 도망할라나」

「나혼자서라두 적굴을 차저 갈라네」

「도독놈들 손에 죽구시퍼서」

「죽어두 조치 설마 고기갑이야 못하겟나」

「그러면 일이 더 커젓는걸」

「일이 더 커지다니」

「도독놈 잡을일에 친구 살릴일이 엄처서 더 커젓단 말이야」

「실업슨말은 고만두구 자네가 마산니 당도하거든 곳 산으루 쪼차올라가두룩하게 그동안 나는 평산부사에게 가서 말하구 가치 뒤에서 쪼차나갈테니」

「아페서 드러쫏거든 뒤에서 노치지말게」

「내가 뒤에 가잇스면 뒤에선 노칠리 만무하지」

「내가 아프루 가니 압두 념녀말게」

『자 어서 가게 잇다 만나세』

『도독눔을 아페서 다 잡아노커든 와서 구경하게』

『잡지는 못하더라두 튀기기나 잘하라게』

연천령이 리의식과 마상에서 이런수작을하고 남북으로 서로 갈리엇다

연천령이 리의식을 만난데서 한 이마정쯤 더 와서 평산부사 장효범이 행군하야 오는것을 만낫는데 산ㅅ골길이 좁아서 당당하게 작대(作隊)는 할쑤업겟지만 뒤죽박죽 몰려 오는꼴이 마치 패진(敗陣)하고 쪼겨오는 군사들과 흡사하엿다 그러나 넙팔수(喇叭手)의 나발부는 소리와 고수(鼓手)의 북치는 소리는 긔세가 조하서 냥쪽산이 찌렁찌렁 울리엇다 연천령이 말께서 나려서 장효범 말머리에 와서 군례(軍禮)로 궁국하고 도독눔을 압뒤로 쪼칠 계책을 말하니 장효범이 시뜻하며

『내가 여러분의 강권으루 주장(主將)노릇을 하기루 햇스니 주장면색의 말이나 들어보구 계책을 강해야 하지안쏘 각자이위대장(各自以謂大將)이요 그럼 나는 내맘대루 할수박게 업소

하고 꿰어진소리를 하엿다 연천령이 비위가 상하는품으로는 곳

『모르겟소 맘대루 하시구려』

하고 내밧고시프나 그러면 리흡례가 군관을 안보내고 자긔를 보낸 보람도 업거니와 그보다도

도적을 잡는데 낭패가 날른지 몰라서 비위를 참고

『일이 급해서 오시기를 기다리지 못하구 작정햇다구 정선전이 중언부언 말슴합듸다』

하고 왕명밧고 온사람의 무게로 장부사의 려긔를 눌르려고 정선전을 내세웟다

『그계책을 낸사람이 이봉산이 아니구 정선전이요』

『작정하기전 의논은 이봉산과 둘이 햇겟지요』

『정선전으루 말하면 어명을 밧잡구 온사람이니까 일에 혹실수가 잇더라두 용서할박게』

하고 장효범이 자긔여페 말을 세우고 잇는 금교찰방 강려를 돌아보앗다

『우리중의 누가 실수가 잇다손잡더라두 도적을 잡구나서 이야기하는게 올치요 빨리 군사를 돌려가지구 지금 지나온 동네아페까지 도루가서 거기서 산으루 올라가든지 길목을 지키든지 작정합시다』

『강찰방 말이 올쏘』

하고 장효범이 곳 가까이섯는 군관을 불려서 지금 지나나려온 동네까지 도루가도록 군사를 몰리라고 령을 나렷다 연천령은 나가서 말을 타고 다시 들어와서 강려여페 말을세웟다

『여기서 바루 산으루 올라가두룩 해보시지요』

『여기는 산이 험준(險峻)해서 올라갈쑤가 업소 여기서 죽나려가며 어듸 올라갈만한데가 잇

나보시구려」

강려가 산을 가르치는데 연천령이 좌우산천을 다시한번 살펴보니 길서쪽 산기슭은 그다지 험하지아니하나 길동쪽산세는 과연 험하야 쭉쭉 미끄러지는 빙설(氷雪)이 아니라도 올라가기 어려울것 가텃다

산ㅅ골을 다 지나오니 조그만 동네요 개울건너를 바라보니 펀펀한 들판이엇다 장효범이 동네아페 와서 진을 머물른뒤 강려를 보고

「지키자면 어듸를 지키는게 조켓소」

하고 의론하야

「저 들판을 건너가면 산쌔에 남쪽으루 뚤린길이 잇다니까 그길을 지키는게 조켓지요」

하고 강려가 대답하는것을 연천령이 가까이 잇다가 듯고 승창에안즌 장효범아페 나와서서

「산으루 올라가서 조차나가지안쿠 길을 지키실랍니까」

하고 드리대듯이 물엇다

「산에 올라가서 공연이 눈속에 싸지르는이 길목슬 단단이 지키구잇는게 조치안소」

「그럼 나는 다시 마산너루 갈랍니다」

「마산너는 이부장이 갓는데 연부장마저 갈께 무어요」

『서울서 여기까지 와서 남들이 도적잡는것 구경하구잇세요』

『갈라거든 가우 그러나 데리구온 군사는 여기서 쓸테니까 다시 못주겟소』

『네 나혼자 달려가는게 빨러서 되려 좃습니다』

연천령이 분연히 돌처서서 말타러나올때 강려가 뒤에서

『연부장 잠ㅅ간만 거기 서기시우』

하고 만류한뒤 장효범을 돌아보고

『나를 군사백명만 나눠주시면 나는 연부장하구가치 산으루 쪼차나가구 영감은 그나머지 군사를 데리구 길을 지키시는게 더 단단할것 가튼데 영감생각엔 어떠시우』

하고 말하니 장효범이 강려의말은 잘듯는듯

『아무리나 조루록합시다』

하고 대답하엿다

얼음우로 개울을 건느고 눈속으로 들판을 지나고 산사이에뚤린 통로에 와서 장효범은 군사일백사십여명을 데리고 길을 지키고 강려와 연천령은 군사백명을 거느리고 산으로 올라왓다 백명중에 이근처 길을 잘아는 군사가 한둘이아니어서 그군사들 말이 산속에도 마산너 동네뒤로 나가는 훌륭한 초로(樵路)가 잇다고하야 그군사들을 압세우고 쪼차나오는데 연천령은 도둑놈

이 어듸 쫏겨나오나하고 변헤 좌우를 돌라보앗다

꺽정이패는 돌 몃덩이 나무 몃토막으로 관군 한떼를 물리치고 재미들이 나서 동구박게 결진한 수백명 관군을 안하에 나려보고들 잇는중에 관군이 동서로 올라오려고 준비차리는것을 보고 리봉학이가 꺽정이더러

『관군이 일시에 냥쪽으루 올려밀면 우리가 손이 모자라서 아까가치 막아내긴 틀렷스니 그만어듸루 갑시다』

하고 말하는데 길막봉이가 중간에 불쑥 나서서

『일껀 품드려다노흔걸 아깝게 내버리구 간단말이요 절구통이구 재ㅅ독이구 장항아리구 하나두 남기지말구 다쓰구 갑시다』

하고 말하야 리봉학이가 눈ㅅ살을 잠간 찌프리고

『아깝긴 무에 아깝단 말인가 주착업는소리 하지말게』

하고 나물하엿다 그러나 꺽정이 역시 길막봉이의 의사와 대동소이하게

『아까가튼 재미 한번만 더보구 가세』

하고 말하므로 이봉학이는 다시 더말안코 고만두엇다 리춘동이가 리봉학이의 대를 바더서

『관군이 오륙백명이라더니 여기온것은 이삼백명박게 더안될것갓소 그러면 절반가량은 다른

데루 간모양아니요 북쪽에서 이산을 에워싸구 서쪽에서 큰산으루 건너갈길을 막으면 우리는 천라지망에 빠저서 빠저나갈틈이 업소 한시각이라두 바삐 도망합시다」

하고 걱정스럽게 말하니 꺽정이는 한번 껄껄웃고

「에워싸든지 막든지 저이 할쑤잇는대루 다하라게 그래두 우리는 빠저나갈테니 념려말게」

하고 리춘동이의 억개를 뚜덕뚜덕하엿다

동쪽 서쪽의 관군은 모두 아무 동정이업고 산우 눈우의 바람은 혹독히 차서 꺽정이 갈막봉이 두사람외의 다른사람들은 혹 몸을 옹송거리기도하고 혹 발을 동동거리기도하엿다 그중의 김산이가튼 사람은 보기가 딱하도록 덜덜떨엇다 황천왕동이가 김산이를 와서붓들고

「자네 몹시 치운모양이니 화로ㅅ불을 좀 노흘라나」

하고 말을 걸엇다

「여기서 무얼루 화로ㅅ불을 노하」

「여기선 왜 못노켓나 노흘라면 노흘쑤잇지 우리가진 부시깃을 모아서 한데 뭉처서 절구통우에 노쿠 저기 광술박힌 나무토막이 수두룩하게 만흐니 광술을 얇게 빗기도하구 잘게 쪼개기두해서 부시깃우에 엉성하게 더퍼노쿠 부시깃에 불을부처서 그불이 괄술에 올마달리면 나중에는 통나무토막이 활활 타두룩 화로ㅅ불을 노흘쑤잇지 안켓나」

김산이가 화토ㅅ불노흘 공론만 들이도 추위가 이지지는듯 떨리는것이 적이 진정되엇다 배돌석이는 불부튼 나무토막으로 관군들을 되인둥이 만들어도 조켓다고 말하고 길막봉이는 화토ㅅ불에 떡이나 구어먹엇스면 조켓다고 말하야 여러사람이 가치우슬때 홀쩨 북소리가 서쪽에서 나고또 동쪽에서 낫다 남쪽관군이 일시에 올라오는데 계책을 서로 의론하야 정한듯 남쪽에서 다가치 산곡대기를 활한바탕 못남겨노코는 산곡대기가 바라보이는 산모퉁이에 활잡이들을 남겨서 면장질을 시키고 창잡이 칼잡이들은 우로 쪼차올라왓다

꺽정이는 배돌석이 황천왕동이를 데리고 동쪽관군을 막고 리봉학이는 길막봉이 김산이 리춘동이를 데리고 서쪽관군을 막기로 작정한뒤 각각 관군이 턱미테 오기를 기다리는데 날러오는 화살을 피하려고 나무들을 의지하고 서잇섯다 리봉학이가 아래를 굽어보고 잇는중에 별안간 귀ㅅ가에서 딱소리가 나며 화살 하나가 여폐나무 밋둥에와서 박혓다 리봉학이가 괘씸스러운 생각이나서 한여폐 노하두엇든가 활을가서집어들고 전동에서 살을 꺼내려다가 말고 나무에 박힌살을 와서 흔들어 보앗다 궁력이 약한사람의 살이든지 기피박히지 아니하야 몃번 이리저리 흔들어서 뽑아가지고 촉을 조저서 시위에 먹여들엇다 관군의 활잡이 선곳을 바라보니 활잡이들뒤에 말탄사람하나가 우뚝하야 견양대기 조햇다

리봉학이가 활을 쏘앗다 그러나 깍지손을 떼며 곳 아차소리가 입에서 나왓다 견양댄 말탄사

람의 몸이 깍지손 베는 순간에 움직이엇든것이다 봉산군수 리흠례는 목숨이 경각에 달린줄도 모르고 군사들디러 나무아페 나서는놈을 쏘라고 말을 일르려고 몸을 아프로 굽히자마자 상투미티 뜨끔하야 손이절로 올라가서 만저보니 화살이와서 꼬치엇섯다 등겁하야 말께서 뛰어나려서 군사뒤에 숨엇다 병거지의 모자아플 뚤코 상투미를 꿰고 모자뒤까지 나간 살이 천하명궁이미간을 견양댄 살인줄 알엇더면 두고두고 등ㅅ골에 찬땀을 흘렷슬것이다 리봉학이 손에 화살이 한대만 더 잇섯더라도 리흠례는 마산니 귀신이되고 말앗슬것인데 첫대는 공교하게 빗맛고 둘째때는 손에가지지 안허서 리흠례가 비명(非命)의 죽엄을 면하엿다 이것은 천명이랄박게업다

이동안에 선두에섯 관군들이 벌서 턱미테를 다와서 길막봉이가 큼직한 돌덩이를 내던지기 시작하야 리봉학이는 얼른 활을 전동우에 갓다노코 김산이 리춘동이와가치 돌도 굴리고 나무도 집어던젓다 활잡이들의 먼장질은 뜸하지 안터라도 겁날건업는것이 바람을 거슬려서 치쏘는 화살이 거지반 작이 모자라서 산미테 올라오는 관군들이 되려 상하기 쉬웟다 올라오는 관군들은 돌 나무 깨진그릇을 피하느라고 빨리 올라오진못하나 그래도 일보일보 자꾸올라와서 네사람이 비록 삼두륙비(三頭六臂)들을 가젓더라도 도저히 막아낼 가망이 업섯다 더구나 동쪽에는 말탄사람이 둘인데 하나는 활잡이들과가치 중간에 처지고 하나는 창잡이 칼잡이들을 몰

고 올라오는까달게 올라오는것도 서쪽보다 훨씬빨럿다 서쪽의 리봉학이가 활을쏠때 동쪽의 세사람은 벌서 돌과 나무를 던지느라고 분주하엿다 관군이 잣바지고 엽드러지는 동무들을 돌보지안코 올려밀어서 산곡대기에서 과지 여닐곱간박게 안될네까지 올라왓다 황천왕동이가 깨진그릇으로 재ㅅ독의매운재를 퍼다가 그릇재 내던젓다 황천왕동이 하는것을 보고 배돌석이도 재로 대듥어서 둘이 뻔질퍼날렷다 바람이 마침 놉새라 재를 아래로 날리는데 서쪽만 못하나 그래도 우에서 던지는 바람에 압장선 관군들은 눈을 뜨지못하도록 재가 날렷다 그관군들이 뒤로 물러나려가자 말탄사람이 쪼차올라오며 나려오지 못한다고 호령호령하엿다

「저 놈을 나려가서 요정내구 올까부다」

꺽정이 입에서 이말이 떨어지자

「가만이 기시우 내가 나려가리다」

배돌석이가 왼팔에 돌주머니를 걸고 바른손에 풀매ㅅ돌을 꺼내들며 아래로 쪼차나려갓다 말탄사람이 배돌석이의 쪼차오는것을 수상히 여기는듯 뻔히 바라보고잇더니 배돌석이 손이 번뜩 한뒤 몸을 한번 기우뚱하엿다 면상에 들어가마즐 풀매ㅅ돌이 귀뒤로 지나갓다 배돌석이가 이것을보고 적지아니 놀라서 자긔의 특별한 재주인 련주풀매를 치려고 돌주머니의 돌을 왼손에 한줌 바른손에 한개 꺼내쥐는 동인에 그사람은 얼굴이 말갈기에 닷도록 납작엎드리고 말을 노

하아프로 쪼자왓다 배돌석이가 사람을 노하두고 말을 쳣다 말이 한짝눈에 돌을 맛고 대가리를 번쩍 치켜들며 아플 소치는데 그사람이 말에 익어서 라마는 아니하엿스나 말을 제지할때 부지중 고개를 좀 처들엇다가 압니마에 돌을 마졋다 니마를 깨고 비론소 영문을 알엇든지 별안간말머리를 도리켜서 아래로 달려나려갓다 그사람은 다른사람이 아니고 무예출중한 부장리의식이니 눈이박고 손이재서 눈아페 들어오는 화살을 손으로 예사 잡는다는 사람이다 배돌석이의 첫번풀매를 피한것만 보아도 그재간을 알쑤잇섯다 배돌석이가 말탄사람의뒤를 쪼차 아래로 더 나려가며 돌한개에 군사하나씩 넘어트렷다 군사가 대여섯 넘어지자 여러군사들은 와하고 도망하엿다

이때 서쪽에서는 길막봉이가 절구통을 내던지는바람에 관군의 올라오는 긔세가 좀 꺽기어서 잠시 숨들을 돌리는차에 황천왕동이가 재ㅅ독을 끌고와서 길막봉이더러 관군가까이 들고 나려가서 재ㅅ독에남은 매운재를 쏘드라고 가르첫다 재를 쏘다서 바람아래 관군들이 눈을 잘뜨지못할때 길막봉이가 목청가지것 호통을 질르며 재ㅅ독은 나려치고 또 황천왕동이와 리춘동이가맛들고 나려온 장항아리를 바더서 나려첫다 재ㅅ독이 깨지는데 벼락치는 소리가 나고 장항아리가깨지며 관군에게 장물벼락을 들씨웟다 관군이 도망질을 치기시작하엿다 관군의 쏘다저나려가는 형세가 마치물꼬에 물을 터노흔것 가터서 우두머리 군관들도 제지할힘이 업섯다

리봉학이가 꺽정이게 와서

「형님 인제 고만 갑시다」

하고 말한뒤 배돌석이가 배를 잔뜩 내밀고 찬찬이 올라오는것을 나려다보고 빨리 올라오라고 소리첫다

리춘동이가 음식싸머훈 자루를 억개에 언메고 나섬매 리봉학이가 그자루는 원려잇는 길막봉이를 주라고하야 길막봉이는 한손에 철편 들고 한억개에 자루 메고 그외의 여섯사람은 각각 무긔만 손에들고 리춘동이를 압세우고 산속으로들 들어왓다

꺽정이패 일곱사람이 얼마동안 북쪽에 솟은 상봉을 바라보고 들어오다가 큰산으로 건너가려고 서쪽을 향하고 나오는데 본래 길이 업는데 눈까지 더퍼서 지형을 잘아는 리춘동이도 나갈방향을 잡느라고 두리번거릴때가 만핫다 잔등은 노픈것 나즌것 여럿 넘어오는중에 검산이가 빙판진 비탈에서 미끄러저서 한편 발목을 접질리고 그발목을 아끼느라고 절뚝절뚝하며 잘 따라오지못하야 황천왕동이가 올라오는데는 뒤에서 밀어주고 나려오는데는 아페서 끌어주엇다 황천왕동이는 산에서 나서 산에서 자란사람이라 산타기를 여느사람 평지것듯 하는까닭게 김산이를 거들어 주면서두 남의뒤에 떨어지지 아니하엿다 김산이가 황천왕동이에게 딸려오면서

「여보게 춘동이 길까지 나가자면 얼마나 남엇나」

하고 물으니 리츈동이가 좌우 산세(山勢)를 한번 둘러보고

「반좀 더 왓네」

하고 대답하엿다

「어듸안저서 좀 쉬어갓스면」

김산이가 밤목이 아퍼서 쉬어가잔말은 내고도 다른사람의 의향을 몰라서 말끄를 흐리엇다 일곱사람의 귀인(貴人)인 리봉학이도 다리를 잠ㅅ간 쉬고 지픈생각이 업지안튼 차이라 김산이더러

「자네는 이번이 처음 경난이지 어렵겟네」

하고 말한뒤 곳 꺽정이를 보고

「여기 어듸좀 안저서 쉬어갑시다」

하고 말하니 꺽정이는 못마땅한것가티 혀를 찬뒤 고개를 끄덕거리엇다 안저쉴만한 자리들을 찻는중에 리츈동이가 아페 잔등을 가리치며

「이 등갱이를 넘어가면 아늑한 골짜기가 나설듯한데 이왕쉴바엔 잔풍한데 가서 쉽시다」

하고 말하여 여러사람이 그말을 조차서 장등 하나를 더 넘어온즉 과연 조그만 골짜기가 잇고 골짜기안침 사기슬게 두더진곳이 잇는데 두더우에는바위ㅅ돌이 듬성듬성 박히고 두던ㅅ가에는

다복솔이 빽빽하야 날따뜻할때 길짐생들 붓기조흘 자리엇다 일곱사람이 두던우에 와서 동우의 눈을 쏠고안저 흘각들하는 동안에 길막봉이는 동쪽의 관군막은것을 뭇고 또 배돌석이는 서쪽의 관군막은것을 물어서 여럿이 너도 한마듸 나도 한마듸 서로 밧고채기로 이야기들하는데 김산이만은 발목 주물르기에 골몰하야 이야기 참녜도 못하엿다 리춘동이가 김산이를 이야기한축에 끌어너흐려고

「산이는 관군 올라오기전에 덜덜 떨든사람이 관군 올라온뒤루 땀을 빨빨 흘렷스니까 관군이 산이를 어한시켜 준셈이야」

하고 우스니

「관군덕에 어한한사람이 나뿐일라구」

하고 김산이는 말대꾸하며 여전히 발목을 주물럿다

「관군이 지금쯤 쪼차오면 자네 발목두 절루 나을껠세」

「참말 관군이 지금 우리뒤를 쪼차오지안흘까」

「발목이 낫는다니까 곳 쪼차오기를 바라나 그러치만 우리가 어듸루 갈줄 알구 그러케 쉽사리쪼차오겟나」

리춘동이가 김산이에게 우스게하는 말을 황천왕동이가 듯고

「눈우에 우리 발ㅅ자국이 난것은 어떠커구」

하고 말하니 리춘동이는 깜짝 놀라며

「참말 그래 우리가 이러케 늘쩡부릴일이 아니러군」

하고 여러사람을 돌라보앗다 길마봉이가 온천서 들은이야기가 무뜩 생각이 나서

「우리 지금부터는 모두 미투리들을 꺼꾸루 신구 갑시다 그러면 우리 발ㅅ자국을 뒤발버 오는 관군이 간건 온걸루 알구 온건 간걸루 알지안켓소」

하고 말하니 황천왕동이는 온천이야기를 듯지못한 사람이라 신통한꾀라고 손뼉까지 첫다 꺽정이가 우스며 신통한꾀를 써보자고 말하야 여럿이 다가치 미투리를 꺼꾸로 신고 발에서 벗겨지지 안토록 들메를 단단히 매고 두던에서 일어설때 동쪽 장등에 관군의 활잡이들이 나타낫다 서쪽 장등으로 올라가면 관혁박이 노릇을 하게되는까닭게 나무가 만히 들어선 북쪽산으로들 기어올랏는데 산이 서쪽은 험하야 닐곱중에 가지못할사람이 태반이라 할일업시 상봉미를 지나서 동쪽으로 나왓다 꺽정이가 거름것기 거북하다고 미투리들을 바로 신자고 말하야 관군이 그림자도 보이지안는데 와서 신발들을 다시 고처신고 상봉뒤로 돌아서 서남간으로 나려갓다

동쪽 서쪽 관군들이 활잡이들 섯는곳까지 몰려나려갓슬때 동쪽에서는 선전관 정수익이 군사

를 다시정돈시켜서 데리고 올라오는데 활잡이들을 창잡이 칼잡이보다 압세우고 서쪽에서는 봉산군수 리홈례가 군사를 취히 통솔하고 올라오는데 창잡이 칼잡이 재재에 활잡이들을 석거 세웟섯다 그러나남쪽에서 다가티 화살한개 쓰지안코 산우에를 올라왓다

정수익과 리홈례가 군사를 다시 합하야가지고 도망한 도적들을 뒤쪼찻다 재눈우에 박힌발ㅅ자국을 발바서 조그만 곰짜기 두덩진곳에 와서본즉 여러놈이 안젓다간 형적은완연하나 어듸로들 나갓는지 나간발ㅅ자국이 업섯다 북쪽산으로 올라가는것을 보앗다고 말하는군사도 잇스나 발ㅅ자국으로보면 북쪽산에서 나려왓지 올라간것이 아니엇다 정수익과 리홈례가 다가치 까달글 몰라서 뭇는눈치로 서로 바라보다가 정수익이 먼저

「그놈들이 이곳에 와서 승천입지(昇天入地)를 햇기전에야 어듸루든지 나갓슬텐데 두군데 발ㅅ자국이 다 들어온게니 이거 괴상하지안쏘」

하고 말을 내엇다

「들어오는데 두군데루 들어왓슬리야잇소 한군데루는 나갓겟지」

「나갓슬텐데 발ㅅ자국은 들어온게니 이게 무슨까달기요」

「올치 이놈들이 신발을 거꾸루 신은게요 발ㅅ자국으루 우리를 속이려구」

「그러면우리가 여기까지 온것두 발ㅅ자국에 속아 왓는지 모르겟소」

「아까 올라가는걸 봣더는 아이들두 잇스니까 여기서 신발을 거꾸루 신구 저산으루 올라간게분명하우.」

「십의팔구 그런듯하나 혹 우리가 오는중간에 다른데루 빠저나간 발ㅅ자국이 잇는걸 살펴보지못하구 왓는지두 모르니 군사를 다시 나눠서 두패루 종적을 차저보는게 어떠쑈」

「내생각엔 그럴것 업슬것갓소 우리 한께 발ㅅ자국을 발버서 저산으루 올라가봅시다」

「아무리나 합시다」

정수익과 리흡례가 군사들을 데리고 상봉미를 지나서 동쪽으로 나오는데 말을 타도 고생이지만 그나마 못탈데가 만허서 것느라고 죽을고생들을 하였다

안계(眼界)가 제법 널버지는 한 정등에를 올라왓슬때 평산군사가 북쪽에서 마산너로 나가는것이 바라보이어서 정수익이 리흡례와 의론하고 마산너동네와 서쪽산ㅅ골길을 막아달라고 전갈하야 군관두엇을 쪼차보내더니 연천령이 필마 단긔(匹馬單騎)로 달려와서 정수익과 리흡례를보고 마상에서 한번 허리를 굽힌뒤

「도독놈을 몃놈이나 노첫소」

하고 물어서

「아직은 한놈두 못잡앗네」

하고 정수익이 대답하였다

「어떠케하다가 일곱놈을 다 노첫단 말이요」

「이야기 하자면 장황하니 나중듯게」

「이부장은 어듸잇소」

「이마를 몹시 깨서 지지라구 동네루 나려보냇네」

「엇재 이마를 깻소 낙마햇소?」

「도독놈의 돌풀매를 마젓다네」

「저런 변이잇나」

「여기서 보기에 평산군이 얼마안돼보이니 웬일인가」

「나하구 강찰방하구 둘이 백명을 어더가지구 오는길이요」

「본수(本倅)는 어듸 다른길루 오나」

「산에서 나려오는 길목을 지킨다구 뒤에 남아잇소」

「그럼 자네하구 강찰방하구 둘이 동네압과 서쪽산ㅅ골길을 논하서 지키두룩하게」

「강찰방더러 동네아플 지키라구하구 나는 서쪽산ㅅ골길을 가서 지키겟소」

「그건 자네 생각대루하게」

「그럼 군사 여나문몃만 나를 주시우」

「자네가 여나문만 데리구 갈작정인가?」

「여나문이면 넉넉하우」

정수익이 리흡례게 말하고 사수(射手)살수(殺手)석거 이십명을 뽑아서 연천령을 주엇다 연천령이 강려에게 와서 마산니동네와 서쪽 산ㅅ골길을 논하지키는데 자긔가 서쪽 산ㅅ골길을 맛겟다고 말한뒤

「도독놈들이 지금 서쪽으루 도망한 모양이니까 내가 빨리가야 할텐데 내말이 굽이 상해서 거름을 잘못하우 강찰방 말은 좀 바꿔탑시다」

하고 청하엿다 강려의말은 공골말인데 금교역말 역마중의 제일조흔 말이엇다 강려가 말을 잡시라도 내노키가 실튼지 허락을 선선이 하지는 아니하나 마침내 바꿔주어서 연천령은 강려의 공골말을 타고 봉산군사 이십명을 몰고 마산니 뒷산에 자모산성잇는 큰산으로 건너가는 산ㅅ골길을 지키려고 풍우가티 달려왓다

연천령이 마산니동네로 나려와서 오리넘는길을 돌아오는 동안에 꺽정이패는 상봉에서 서남간으로 파족 이마정가량박게 안되는 서쪽 산끄테를 겨우 나왓섯다 평지ㅅ길을 오는것이 길업는산속으로 나오는것과 다를뿐더러 연천령이 닷는말은 채질하야 군사들이 줄달음을 처도 뒤를 잘

따르지 못하도록 빨리 달려왓든것이다

꺽정이패가 산꼬데서 산아래길까지 절반넘어 나려왓슬때 연천령이 멀리서 바라보고 뒤에 떨어진 군사들을 기다리지 안코 단긔(單騎)로 쪼차와서 말을 길에 세우고 칼을 머리우에 빗겨들고 나무사이에 우뚝우뚝섯는 꺽정이패를 치어다보며

「이놈들 어서나려오너라」

하고 호통을 질럿다 연천령은 리봉학이가 군긔시(軍器寺)의 직장(直長)을 다닐때 부봉사(副奉事)로 잇든사람이라 리봉학이가 녯날 초라동관을 알아보고 그전동관의 의로 량편이 다 무사하기를 바라서 다른사람보다 한거름 아래로 나려서며

「연봉사 편안하우」

하고 인사하니 연천령이 이윽히 치어다보다가

「이놈 네가 이봉학이 아니냐 너는 조정의 벼슬다니든놈이 무슨뜻으루 조정을 배반하구 도둑놈이 됏느냐 꺽정이가튼 백정놈의 자식보다 네가 더 죽일놈이다 너부터 빨리 나려와서 내칼을 바더라」

하고 호령을 통통히하엿다 리봉학이는 부끄럽고 분하야 말을 더못하고 고개를 여프로 돌리는데 꺽정이가 리봉학이아페 나려와서 연천령을 굽어보며

「그까지 녹쓴칼을 누구더러 바더라 말아 되지못한놈가트니 그칼가지구 네집에 가서 개껍질
이나 벗겨라」

하고 조소반 욕설반 꾸지젓다

「쥐색기가튼 도독놈들 한꺼번에 다나려오너라 내가 너이놈 일곱을 한칼에 무찔르지못하면
성이 연가가 아니다」

「주제넘은놈 큰소리말아」

배돌석이가 뒤에서

「대장형님 그깐놈하구 아귀다틈하지마시우 그따우 주둥이 다시 못놀리두룩 내가 버릇을 가
르치리다」

하고 말하는것을 꺽정이가 돌아보며

「너이들은 가만잇거라」

하고 제지한뒤 곳 허리에 질럿든 장광도(長光刀)를 빼들고 아래로 나려오다가 나무업는데 와
서 홀제 거름을 멈치엇다 난데업는 화살 한개가 왼편 전대필에 와서 꼬첫든것이다 우에섯든 여
섯사람이 꺽정이 살마즌것을 보고 쪼차들 나려오는데 리봉학이와 배돌석이가 먼저 쪼차와서
하나는 꼬친살을뽑아 주고 하나는 살마즌자리를 눌러주엇다

연천령은 따라온 군사들이 쌈하러오지 안코 구경하러온것가티 멀지기 뭉처서 연부장이 가까이 오라고 불르지안는것만 다행하냥으로 녀기고들 잇는중에 활잡이 하나가 동무군사들더러

「여기 잇지 말구 저리들 가서 도독눔을 잡아보세」

하고 말을 내엇다가

「꺽정이더러 자네를 잡아가라게」

「자네가 전장귀신이 되구시퍼서 몸이 다나」

「저리 가구십거든 자네 혼자가게」

동무군사들에게 핀잔을 바덧다 그 활잡이는 키가 적어서 봉산읍내 사정(射亭)에서 땅달보라 별명을 듯는 한량인데 호초가 적어도 맵다는격으로 사람도 다기지고 활도 당차게 쏘앗섯다

핀잔주든 동무군사들이

「뒤루 둘제 선눔이 황갈세」

「그눔이 우리골 이쁜씨를 빼서갓지」

「최전거리 백이방이 사위를 너무 유난스럽게 골르다가 뱀빗느니」

「너무 유난떠는걸 부엉바위 용왕님이 밉살스럽게 녀겨서 도둑눔사위를 지시한거야」

「호장을 어더하려구 애쓰는 모양이지만 사위년좌두 안될껠세」

「백이방더러 사위말을하면 나는 딸두업구 사위두업는 사람이라구 펄쩍 뛴다티」

「지금 연부장나리하구 맛소리 질르는놈이 누군지 자네들 아나 저게 꺽정일세」

「지금 황해두 이십사관 관하백성들더러 황해감사가 무서우냐 꺽정이가 무서우냐 물어보면 열의아홉은 꺽정이가 무섭달껄」

「논뚜락 정긔라두 정긔를 타구난놈이야」

하고 썩둑겨두 짓거릴때 땅딸보란 한량은 입살을 잔뜩 악물고잇다가 꺽정이가 나무업는데로 나려오는것을 바라보고 얼른 여러군사들아페 나와서서 먼장으로 한대 쏜것이 꺽정이팔에와 마젓섯다 꺽정이가 화살온곳을 바라보다가

「저기 조놈이 쏘앗구나 또 쏜다 잘 조심들해라」

하고 소리치니 리봉학이가 우스며

「조경살이 번번이 맛겟소 한대 앙가품은 내가하리다」

하고 말하며 곳 활을 아프로 내들엇다

땅땅보란 한량이 활을 두번째 쏘고 살이 넘고처지는것을 바라보느라고 고개를 저처들고 잇는 동안에 리봉학이의 화살이 산멱통에서 뒤떨미까지 꿰뚤러서 섯든자리에 고끄라젓다

연천령은 적괴로 짐작이드는 영특하게생긴 도적이 칼가지고 싸우러 나려오는것을 보고 말을

뒤로 좀 물려세우고 기다리든중에 적괴가 살을 마저저 뒤에섯든 여러도적이 모두 쪼차나려와서 옹위하고 섯는데 그 선자리가 길에서 대여섯간박게 더안되엇다 산미트로 두어간 동안이 좀가파르나 가파른데만 지나올라가면 비스듬한 비탈이라 연천령이 도적들은 쪼차올라가려고 냥쪽 등자로 다래우를 치며 고삐를 채처서 말을 산우로 치달렷다 가파른데를 다 올라오자 돌한개가 미간에 들어와맛는데 눈의불이 번쩍낫다 고삐잡은 손등으로 미간을 눌르며 아프로 업드릴때 고삐가 절로 잡아달려진것을 말이 서란뜻으로 잘못알엇든지 혹 아프로 더나가는데 위험한 낌새를 미리 알어챗든지 빨리오든 거름을 급히 그치려다가 뒤로 미끄러지고 안미끄러지려고 애쓰다가 더욱 미끄러저서 마침내 말은 궁동방아 찌코 쓰러지고 사람은 재주넘고 나가동그라젓다

꺽정이가 돌팔매친 배돌석이를 가만잇스라는데 가만이못잇다고 나물하고 다친팔을동여매지도안코 그대로 길로 뛰어나려왓다 연천령이 나동그라질때 내던진 환도를 미처 다시 집기전이라항거도 변변히 하지못할터인데 꺽정이는 바로 해치러들지 아니하고

「어서 칼 집어가지구 대들어라 네가 칼을 얼마나 잘쓰기에 그러케 큰소리하나 어듸 좀보자」

하고 불호령을 내노핫다 연천령이 환도를 집으며 곳 머리우에 치켜들고 대드니 꺽정이는 가까이 대들지 못하게 막는것가티 칼을 아프로 내들엇다 꺽정이의 장광도는 비수섬직하게 저고

연천령의 환도는 장광도보다 곱절넘어 커서 서로 어울러기만 하면 꺽정이가 훨씬 불리할것가텃다 한참동안 둘이 서로 노려보고만 잇든끄테 연천령이 별안간 큰소리를 질르고 한발을 아프로 내드듸며 머리우의 환도를 정면으로 나려첫다 꺽정이는 미리 짐작하고 기다린것가티 슬젹몸은 바른쪽으로 틀고 몸은 트는결로 곳 연천령의 왼쪽허리를 가로 후려칠듯키하야 연천령이 환도를 끄러드릴재도 업시 그대로 꺽정이의 칼든팔을 치치라는 순간에 꺽정이의칼이 가로 허리를 치지안코 우로 억개에 멜어것다 날카롭기 짝이업는 장광도가 연천령의 왼쪽억개서 바른쪽 젓가슴까지 엇비슥하게 나려며엇다 연천령이 몸이 피투성이된뒤에도 아소리를 질르며 환도를 멋번 휘둘르다가 땅바닥에 쓰러지는데 마치 밋둥썩은나무 넘어지듯하엿다

말이 다고온사람의 림종을 하려는것가티 우두머니 바라보고 섯는것은 꺽정이가 와서 고삐를 잡고 말의 아래우를 한번 훌터본뒤 몸을 날려 안장우에 올라안젓다 맑은 흉악한 사람을 등에 태우고십지안흔듯 대가리를 뒤흔들고 궁둥이를 들까불고 뺑뺑 돌더니 탄사람이 저를 다루는 품이 생무지나 행내기가 아인줄을 짐작하엿든지 순하게 가만이 섯다

꺽정이가 산에서 나려온 여섯사람을 보고

「이 황부루가 훌륭한말이다」

하고 말을 칭찬하는데 여섯사람중 황천왕동이가 전에 금교서 본 생각이 나서

「그게 금교찰방 타구다니든 말이구먼이요」

하고 말하니

「전에는 뉘말이거나 인제 내손에 들어왓스니 내말이다」

하고 꺽정이는 마음에 만족한듯이 우섯다 리춘동이가 아프로 나서며

「의외루 조흔말까지 한필 어덧스니 인제 고만 저 개울건너루 건너갑시다」

하고 가기를 재촉하야 꺽정이가 선뜻

「가세」

하고 대답한뒤 두눈 딱 부릅뜬채 죽어잣바진 연천령은 말우에서 다시 굽어보고 여섯사람은 데리고 얼음얼은 개울을 건너서 또 다시 나무만흔 산으로 올라섯다 산둥갱이를 하나 넘어올때 뒤쫏던 관군들이 겨우 쪼차온듯 길저쪽 산우에서 여러사람들 떠드는소리가 풍편에 들리엇섯다 황천왕동이가 검산이의 손목을 잡고오면서 백두산이야기를 하는데 압서가는 리춘동이가 뒤를 돌아보며

「백두산엔 엇재 갓섯나」

하고 뭇는것을 황천왕동이는 듯고도 못들은체하고 하든이야기를 계속하야 끄를 마친뒤에 검산이의 손목을 노코 리춘동이 여페 쪼차와서 느러히 서서오며

「내가 백두산 정긔를 타구나신 어른이야」

하고 우슴의말로 뒤느진대답을 하엿다

「자네가 함경두 태생인가 나는 자네고향이 양준줄 알엇네」

「나는 백두산이 고향일세」

「고향이라니 백두산에서 낫단말인가?」

「백두산에서 나서 백두산에서 자란 백두산사람일세」

「자네가 백두산 곰의색긴가」

「어른에게 버릇업지 욕하지말게」

「자네눈에 이런산은 산갓지두 안켓네그려」

「커두 산이구 적어두 산이지만 이산이 장산은 아닐세 그저 야산이지」

「여기는 초입이니까 야산갓지만 조금 더 가서 길하나 건너서면 산세가 벌서 달러지네」

「웬길이 또 잇서」

「그길두 소로는 소로지만 지금 지나온길에 대면 바루 대론데 그길에 또 관군이 잇슬까봐 겁이나네」

리춘동이 하는말을 바루뒤에 따라오든 리봉학이가 듯고

「지금 해는 다저가는데 관군이 어둔데 매북이나하구 잇스면 탈일세 어둡기전에 그길을 지나가두룩 짓거리지들 말구 빨리가세」

하고 길을 재촉하야 황천왕동이는 뒤에가서 다시 김산이의 손목을 잡아주고 리춘동이는 아페서 거름을 재발리 걸엇다

산속에서 또 길로 나오고 길을 건너서 또 다시 산속으로 들어오는데 아플 가로막는 관군이 업슬뿐아니라 뒤를 쫏는 관군도 업섯다 해는 고박 다지고 아폰 갈쑤록 산인데 산에 솔도 만코 잡목(雜木)도 만허서 만일 초목무성(草木茂盛)한 여름철가트면 대나지라도 어둠침침 할것이나 솔이외 다른나무에 이피 업고 나무아래 눈이 하야케 더펴서 밤비치 지터가는 중이언만 한두간 아폰 훤하엿다 나무새를 재겨서 올라간다 나려갓다하는중에 맨뒤에 말타고 오는 꺽정이가 맨아페가는 리춘동이를 불러서 리춘동이가 대답하고 뒤로 돌아서니 다른사람들도 일제히 거름을 멈치고 꺽정이를 돌아보앗다

「여보게 자네가 우리를 끌구 어듸로 가는셈인가 밤새두룩 지향업시 산중으루 들어갈텐가 자구 들어가서 어하나 숫장수의 숫가마나 심메ㅅ군의 초막이나 그러치안흐면 굴이라두 어듸잇거든 그리루 가서 안저 이야기들이나 하며 밤을 지내세」

하는 꺽정이의 말에

「한참만 더가면 산성나드리가 나설테니 산성에 가서 하루ㅅ밤 지냅시다」

하고 리춘동이가 대답하엿다

「산정안에 인가가 잇나」

「따비밧 일어먹구사는 사람들이 전에 서너집잇섯는데 작년 을흉년에 집수효가 부쩍 늘어서 지금은 여나문집이나 된답듸다」

「산성이 여기서 이쑤대게 먼가」

「평지ㅅ길 십니가 넘을께요」

「그럼 얼른 그리루 가세」

자모산성으로 가기로 작정하고 산성나드리를 차자나오는중에 무슨 시퍼런 불이 여러사람 여페 서너간박굴 획 지나 아프로나갓다 황쳔왕동이가 산야개가티 냄새를 마터보고

「노린내가 호랭이야 내일나제 호랭이 산양한번 햇스면 조켓다」

하고 혼자말하야 리춘동이는 그후부터 좌우쪽을 돌라보며 가느라고 거름이 마냥 더듸어것다 뒤에서 빨리가잔재촉이 여러번난뒤 리봉학이가 리춘동이의 호랑이 조심하는 눈치를 알고 아프로 나서서 리춘동이와 둘이 압장을 섯다 가는아페 불과 사오간 될락 말락한데서 시퍼런 불이 휼로다 꺼젓다하야 리봉학이가 불을 어림삼아 화살한대 쏘앗더니 어흥소리 한마듸가 산ㅅ

골을 울리고 불은 인해 간곳업시 업서젓다

꺽정이일행이 자모산성에 왓슬때 밤은 벌서 이슥하엿섯다 어둔밤에 험한길을 오느라고 애들은 써서 추워라는 김산이도 추운줄은 몰랏고 마른떡과 익은고기로 군입들은 다시어서 아침설친 황천왕동이도 허기는 지지안헛섯다

산성 한북판에잇는 집이 대여섯인데 불빗잇는집은 하나뿐이고 불비츤잇스되 사람은 잠들이들엇는듯 불빗업는 집과 다름업시 괴괴하엿다 여름일이 바쁜때와 달라서 들녁농가 가트면 이야기하는 소리도나고 혹 책보는 소리도 날것이건만 여기는 귀에 들리는 소리란 바람 소리박게 업섯다 집집마다 압뒤에 호망(虎網)친것을 보니 밤에는 호환(虎患)이 무서워서 이웃간에도 놀러다니지못하고 각기 저의집에서 일직 자는것이 일인모양이엇다 불빗잇는집이 그중에 제일 커서 막갓방까지 잇스므로 꺽정이가 그집아페 와서 여러사람을 돌아보고

「이집 주인을 불러깨워라」

하고 분부하니 네 대답하는 여러사람중의 황천왕동이가 남보다 먼저 방아페친 새기그물을 들치고 들어가서 다더걸린 방문을 잡아흔들엇다

「그게 누구요」

「방문 염이라」

장투장이 하나가 방문열고 내다보는것을 황천왕동이가 잡아나꾸듯이 끌어내엇다

「네가 주인이냐」

「아니 올시다」

「주인은 어듸잇느냐」

「안에서 잡니다」

「그럼 얼른 들어가서 깨워라」

장투장이가 안으로 들어간뒤

「형님 형님」

하고 불르는 소리와

「웬일이냐」

하고 뭇는소리가 나고 그외에는 소곤소곤 짓거리는 소리들이 나더니 얼마만에 주인이 광솔불을 켜들고 장투장이와 가치나와서 일곱사람이 병장긔들 가진것을 보고 저의집을 떨러온줄로 알엇든지

「기린역말서 지난장날 소파는것을 누가 보섯는지 모르지만 그게 저이 소가 아니구 사주리김서방네 소올시다 저이가 그런소까지 멕일만하면 들녀크루 나려안젓지 이런산곡데기서 살겟

습니까」

하고 지례발명을 늘어노핫다 리봉학이가 주인더러

「우리가 무어달라러 온게아니라 하루ㅅ밤 자자구 왓네」

하고 말하니 주인은 여공불급하게

「네 하루ㅅ밤 주무시러 오셧세요 주무시구 가시지요」

하고 대답한뒤 곳 상투장이를 보고

「너는 안에 들어와 자구 네방을 손님네 내드려라」

하고 분별하엿다

「우리가 저녁을 굴멋스니 밥을 좀 지어줘야겟네」

「양식이 좁쌀뿐이구 닙쌀은 한톨두 업습니다」

「좁쌀두 조흐니 밥을 만이만 지어주게 그러구 말을 어듸 드려맬데가 업나」

「김서방네 도지소 부리든것을 팔어가서 오양ㅅ간이 비엇스니 거기 드려매겟습니다」

「말두 먹이를 잘 주게」

리봉학이가 주인에게 말일르는 동안에 상투장이가 자든방을 들어가 치위노하서 일행이 다함께 방에 들어와안젓다 반일동안 목마른것을 견듸느라고 여례차례 눈을 움켜먹은 사람들이라

몸이 녹은뒤로 물이 밥보다 더급하엿다 주인을 몃번 불러도 대답이 업서서 성미괄괄한 황천왕동이와 불뚱가지잇는 길막봉이가 안으로들 쪼차들어왓다 주인은 눈에보이지안코 상투쟁이가 밥소테 불을 너코안젓는것을 황천왕동이가 와서 잡아일으켜 세우고 한번 보기조케 귀때기를 우렷다

「아이구 잘못햇습니다」

「이눔이 불르는소릴 듯구두 일부러 대답안한눔 아니냐」

「누가 저를 불르섯습니까」

「이눔아 네가 뉘게다 생청을 부치느냐 그럼 네 아가리루 잘못햇다는건 무어냐」

「무엇이든지 잘못햇기에 때리시겟지요만 제가 무얼 잘못햇는지 그건 저두 모릅니다」

주인이 장물 떠가지고 오는녀편네를 데리고오다가 녀편네는 봉당 호방안에 드려세우고 쪼차와서

「이 변변치못한것이 제동생인데 무슨말슴을 잘못햇는지 모르지만 재낫을 봐서 용서해주십서요」

하고 사정하야

「사람이 목청이 떨어지두록 불르는데 듯구 대답안는법이 어듸잇소」

하고 황천왕동이가 주인에게 찍자를 부텻다

「불르시는소릴 못들엇습니다」

「안에서 박갓이 몃천리요 그러케 불르는걸 못듯게」

「안ㅅ사람 뒤따라 다니느라구 못들엇습니다」

「뒤따라다니지 안호면 누가 업어가우」

「뒤따라다니지 안호면 무서워서 꼼짝을 못하니 어떠컵니까」

「무에 무섭단 말이요」

「저거 못보십니까」

하고 주인이 호망을 가리첫다 황천왕동이가 싹싹하게 풀려서 부억박게섯는 길막봉이를 내다보며

「봐하니 절믄 아즈먼네가 우리 밥지어주느라구 고생하시네 우리들이 주인형제하구 가치보호해드리세」

하고 발론하엿다

황천왕동이와 길막봉이가 물을 먹고 또 떠가지고 박갓방에 나가서 무서움타는 주인녀편네를 보호하야 준다고 말하고 다시 안으로 들어올때 배돌석이도 따라들어와서 세사람은 밥먹고 밥

먹은 뒤설거지가 끗날때까지 안에들 잇섯다

박갓방에서 잠자리들은 볼때 김산이가 꼭 문ㅅ바람마지에 눕게되어서 머리를 안으루 두고 꺼꾸로 자려고하니 한여폐 리춘동이는 마음대로 자라고 내버려두나 다른여폐 길막봉이가 누구더러 발고린내를 마트라느냐고 꺼꾸로 눕지못하게 하엿다 김산이는 이마가 서늘하야 자지못하겟다거나 길막봉이는 남이라고 자랴 혼자 유난피우지 말라거나 서로 옥신각신 말할때 리봉학이와 황천왕동이의 새에 누엇는 배돌석이가 일어나서 김산이더러

「홍살문안 사대부출신이 마구자란 우리네와 갓겟나 내가 자리를 바꿔주께 여기와서 눕게」

하고 비앙스럽게 말한뒤 김산이 자리에 와서 김산이를 밀고 드러누어서 김산이는 실치도 안치만 실혀도 할쑤업시 자리를 바꾸게되엿다

다른사람은 한잠이 들어서 곤히들 자는데 배돌석이는 생각이 주인녀편네 몸에 가실려서 잠을 이루지 못하엿다 나이는 점고 얼굴은 면추(免醜)하고 육기(肉氣)는 조햇다 배돌석이의 여색을 발키는품이 육기업서도 실치안켓지만 육기조흔데 더욱탐이 낫다 코가 간질간질하야 재채기가 연거퍼나고 재채기가 난뒤 눈이점점 반들반들하엿다 배돌석이가 가만이 일어나서 돌주머니외에 환도 한자루까지 손에 집어들고 살그머니 방문을 여다치고 박게 나와서 살금살금안으로 들어왓다 안방의 동잔ㅅ불은 깜박거리고 방문은 걸리엇섯다

「이문좀 열우」

하고 배돌석이가 방문을 흔드니 주인이 놀란 목소리로

「누구요」

하고 소리질렀다

「소리는 질르지 말구 문이나열우」

「박갓방 손님이십니까」

「그럿소」

「웬일이십니까」

「방에 잠ㅅ간 들어가서 이야기 하겟소」

주인이 일어나서 등잔ㅅ불을 도드듯는 깜박거리는 불비차 홀제 환하야졋다

배돌석이가 방안에 들어설때 주인은 방문여페 젓고 주인녀편네는 방구석에 돌아안젓고 주인의동생 상투장이는 비로소 부시시 일어안젓다

「무슨일루 주무시다 말구 들어오셧습니까」

하고 주인이 뭇는말에

「안에서 좀 살라구 들어왓소」

하고 배돌석이는 대답하엿다

「방을 바꿔달란 말슴입니까」

「아니요 나만 이방에서 자잔말이요」

주인이 난처하게 여가는 눈치로 한참 자저하다가

「그러 하시지요」

하고 말하는데 말소리가 목안에서 잡아달리는것 가텃다

「임자네는 다른데 가서자구 이방은 나를 내줘야겟소」

「다른데 가서 잘데가 업습니다」

「이눔아 다른데 가 자라면 봉당이나 부어키나 어듸든지 가 잘께지 무슨 잔소리냐」

배돌석이의 말이 곱지못하게 가나니 주인은 한숨을 땅이 꺼지게 쉬고

「여보게 어서 일어서게 빅그루 나가세」

하고 방구석의 녀편네를 바라보앗다

「너이형제만 나가거라 네기집은 여기 두구」

주인이 배돌석이 말을듯고는 입을 악물고 노려보앗다

「네가 나를 노려보면 어쩔테냐 말루 일러서 못나가겟스면 칼맛을 좀 볼라느냐」

하고 배돌석이가 환도를 빼들엇다 주인의 동생이 먼저 방문을 박차고 나가고 주인이 그다음에 나가는데 주인녀편네가 부터나가려고 하는것을 배돌식이가 못나가게 가로막앗다 주인이 박게 나오며 곳 헛간에가서 독기를 차저들고 그동생더러 식칼이라도 들고 뒤를 따르라고 일르니

「형님 박갓방에잇는 여러놈을 어떠케 하실랍니까」

하고 그동생이 왼고개를 첫다 주인이 동생의 말을 듯고 잠시 고개를 숙이고잇다가 독기를내던지고 박갓방으로 쪼차나와서 방문아페서

「손님들 주무십니까」

하고 소리첫다 황천왕동이가 첫마듸에 주인목소리를 알아듯고

「웬일이요 호랑이가 왓소」

하고 물엇다

「손님 한분이 안방에 들어와서 제처를 겁탈하려드니 어떠커면 좃습니까」

황천왕동이가 주인의 말을듯고 일어안저서 문아페서 자든배돌석이가 업는것을 더듬어보고 혀를 쩟쩟 찬뒤 박게나와서 주인더러

「나하구 가치들어갑시다」

하고 말하엿다

배돌석이가 몸부림하는 녀편네를 안고 둥개는중에 황천왕동이가 들어와서

「여보 이게 무슨짓이요 대정형님께서 곳 나오라구 걱정하시우」

하고 공동하엿다 배돌석이가 녀편네를 노코 얼빠진 사람가티 안젓는것을 황천왕동이가 끌고 나와서 방안에 들어설때 꺽정이가 누어서

「자지들 안쿠 웬수선이냐 가만이 잣바저 자거라」

하고 꾸지젓다

이튼날 식전에 꺽정이 일행중 가장먼저 일어난 황천왕동이가 뒷간에 갓다오다가 주인의 동생이 안에서 나가는것을 보고

「이친구 식전에 어듸 가나」

하고 먼저 말을 부첫다

「누님ㅅ집에 갑니다」

「누님한테 식전문안하러 가나?」

「누님이 냥반인가요 문안하게 집의 아주머니가 병이나서 아침밥 좀 지어달라구 누님을 불르러갑니다」

「자네 아주머니가 엇재 병이낫서」

「어제밤에 놀라서 병이 낫나 봅듸다」

「자네두 상투를 끌어올렷슬쩬 장가를 들엇슬텐데 자네색씨는 어듸가구 업나」

「엇그저께 친정에 다니러 갓슴니다」

「자네 처가는 어듼데」

「사주랍니다」

「소임자 김서방 사는동넬세그려」

「그 김서방이 우리 가시어머니의 칠촌아저씨랍니다」

「자네 처가의 족지족(族之族)을 다 대다간 아침밥 늣겟네 어서 자네누님이나 불르러가게」

황천왕동이가 주인의 동생은 보내고안을와서 드려다보니 주인은 호망을 거더치우고잇섯다

「벌서 일어낫소」

황천왕동이의 목소리를 듯고 주인은 반색하고 쪼차나와서 밤잔인사를 다정하게하엿다

「안에서 놀라서 병이 나섯다니 미안하우」

「대단한 병은 아닙니다 골치가 좀 아프답니다」

「어제밤에 해거름 부린분이 산매증이 좀 잇서서 이따금 그런 실수를 하우 그게 그의병이니

어찌 아지마시우」

「어찌 알다니 천만의 말슴을 다하십니다」

황천왕동이가 인사씸으로 주인과 수어(數語)수작하고 박갓방으로 나왓다

일은아침때가 되어서 조밥과 된장국으로 아침들은 먹은뒤 꺽정이가 황천왕동이더러 관군의 동정을 가서 알아 오라고하야 황천왕동이는 곳 주인의 삿갓을 어더쓰고 산아래로 나려가고 꺽정이는 다섯사람과가치 주인을 압세우고 나와서 산성안을 돌앗다 인가는 동문안에 너덧집이잇고 또 서문안에 서너집이 잇서서 복판에잇는 집까지 모두 합하면 십여호란 말이 틀리지 아니하엿다 주인은 산성에서 냥대째 산다는사람이 산성주회가 얼마인지도 자세히 모르는데 터줏동이는 행하게 잘 알엇다 자모산성뿐 아니라 평산경내(境內)다른산성도 다잘아는듯 이것 저것 비교하야 이야기까지 하엿다

자모산성의 소재지(所在地)는 평산읍에서 남으로 칠십니요 성벽(城壁)은 석축(石築)인데 주회가 이천사백팔십척이요 고가 십오척이요 성내(城內)의 우물은 단 하나뿐이나 다른곳 열우물이 부럽지안토록 수량(水量)이 만헛다 평산경내 산성이 자모산성외에 태백산성(太白山城)과 성황산성(城隍山城)과 철봉산성(鐵峯山城)이잇서 모두 합하야 넷인데 그중의 태백산성이 제일 컷너 태백산성은 황주 정방산성(正方山城)해주 수양산성(首陽山城)은률 구월산성(九月

山城)서흥 대현산성(大峴山城)재녕 장수산성(長壽山城)다섯산성과 아울러서 황해도내 륙대산성(六大山城)으로 칠것이라 성이널고 노풀뿐더러 곡성(曲城)옹성(甕城)까지 구비하야 성의 규모(規模)가 자모산성으론 견줄쑤가 업섯다 그러나 정방산성과가튼 요해처(要害處)에잇는 산성이 아니므로 구경 피난곳박게 더될것이업는데 피난곳으로 말하면 읍에서 멀리 떨어지고 큰길에서 기피 들어안즌 자모산성이 성황산성이나 철봉산성보다 나은것은 고사하고 태백산성보다도 나으면 낫지 못하지안핫다 그러므로 자모산성은 평산경내의 제일조흔 피난곳이라고 말할쑤가 잇섯다

꺽정이이하 여섯사람이 산성을 한바퀴 다 돌고 주인집에 와서 들어안즌뒤 얼마되지 아니하야 황천왕동이가 관군의 동정을 탐지하야 가지고 돌아왓다

황천왕동이가 산성서 도평이란 벌판에잇는 동네까지남쪽으로 곳장 나려가고 도평서 마산니는 동쪽이려니 어림을 잡고 동쪽으로 꺽기어 나가다가 우아래 가름길 진곳에서 웃결에 촌사람하나가 가는것을 보고 쪼차가서 붓들고 마산니 가는길을 물엇더니 그사람이 대답은안코 황천왕동이의 샛갓미테 얼굴을 면구스럽게 드려다 보앗섯다

「내얼굴에 무어 무덧소」

「임자의 차림차림은 이근처에 사지는 냥반가튼데 말소릴듯든지 마산니ㅅ길 뭇는걸 보든지

근처냥반은 아닌모양이니 대체 어듸서 오시우」

「산성서 오우」

「네 산성서 오서요 산성안에 사시우」

「그렷소」

「난데서 산성으루 이사오셧구려」

「봉산서 이사왓소」

「봉산어듸서 사시다오셧소」

「읍네서 살다 왓소」

「이사는 언제 오셧소」

「올봄에 왓소」

「봐하니 깍근선비가튼 냥반이 산성와서 어떠케 사시우」

황천왕동이가 림시처변으로 거짓말 대답 한마듸하고 뒤깔무리하느라고 변해 거짓말로 대답하는데 답답한 촌ㅅ사람은 대답이야 참말이든 거짓말이든 뭇기만 위주하는것가티 자꾸 물어서 황천왕동이는 거짓말을 꾸며대기가 성이 가시엇섯다

「인제 고만 길이나 좀 가르처주구려」

「나두 지금 마산니두 가니 가치갑시다」

황천왕동이가 그촌ㅅ사람과 동행하야 가면서 서로 통성(通姓)하고 사는곳을 붙어본즉 그사람은 마산니사는 박서방이라는데 도평 형의집에잇는 늙은어머니를 보고간다고 말하엿섯다 마산니사람들이 리춘동이집 잔치에 모엿슬때는 황천왕동이가 봉산서 아직 오지안핫섯고 마산니사람들을 꺽정이가 운력시킬때는 황천왕동이가 관군동정을 알러 나갓섯고 또 운력시킨 사람들은 꺽정이가 한데 모아노코 말을 일를때는 황천왕동이가 마침 뒤를보러 갓섯든 까닭게 마산니에서 황천왕동이의 얼굴을 본사람이 별로 업섯섯다

「마산니서 어제 난리가 나서 사람이 만이 죽엇다니 참말이요」

「산성서 어떠케 그러케 빨리 소문을 들으섯소」

「이웃사람 하나가 어듸서 소문을 듯구와서 이야기합듸다」

「사람이 만이 죽엇다는건 헛소리지만 난리는 낫섯소」

「난리가 대체 무슨난리요 마산니서 누가 역적모이를 햇습듸까」

「청석골 임꺽정이가 우리동네 대장쟁이 이가의집에 와서 도당을 불러모아가지구 무슨공론하는것은 우리동네서는 몰랏는데 서울서 용하게 미리알구 군관들을 나려보내서 그군관들이 평산 봉산두골원님하구 가치 오백여명 군사를 끌구와서 단지 임곱명 박게 안되는 임꺽정이

패하구 어제 우리동네 뒤ㅅ산에서 접전이 됏섯소」

「일곱명하구 오백여명하구 접전해서 그래 어느편이 승전햇소」

「오백여명이 일곱명을 에워싸노쿠 하나못잡구 곱게 다노쳣소 그저 노치기만 햇서두 오이려 낫지만 관군편에는 죽은 사람이 둘이구 상한사람이 여나문이나 되는데 꺽정이편에는 털끗 하나 상한사람두 업는갑듸다 꺽정이가 살을 마것단 말두 잇구 꺽정이가죽엇단 말두 잇지만 그건 다 멀쩡한 거짓말인갑듸다」

「관군들이 어듸루 갓소 마산니에 그저잇소」

「어제 저녁때 바루 읍네루 거처들어갓소」

「그럼 지금 마산니에는 관군이 하나두 업소」

「상한 군사들만 남어잇는데 오늘나제 마저 읍네루 데려들어간답듸다」

황천왕동이가 그사람의 말을 듯고본즉 마산니까지 갈것도업스나 관군이 거처가고 업는것을 눈으로 보고오려고 그대로 가는중에 그사람이 무슨 이즌말이나 갑자기 생각한것가티

「여보 황서방 우리동네에 무슨볼일이 잇서 오시우」

하고 물어서 황천왕동이는 먼저한 거짓말과 동이닷게

「나는 타향으루 떠나왓지만 내처가는 봉산읍네서 그저 사는데 처남하나잇는것이 이번 이런

데굴려와서 죽지나 안핫나 알어보려오는길이오」

하고 거짓말 참말 석거작으로 대답하엿섯다

「그럼 읍네까지 가서야겟소 아니 읍네가두 소용업겟소 봉산군사들이 오늘 다가지 읍네서 묵을리잇소」

「다친사람들이 아직 마산너 잇스면 그사람들더러 물어봐두 알겟지요」

그뒤에는 마산너가 쑥밧될뻔한것도 이야기하고 꺽정이패가 무서운것도 이야기하며 마산너를 다와서 그사람은 다친군사의 묵는처소을 가르처주고 자긔집으로 들어가고 황천왕동이는 동네를 한바퀴 돌아서 나왓섯다 황천왕동이가 리츈동이 집아플 지나올때 버서버린 의파들을 가지고 오려고 들어가본즉 여러방문이 첩첩히 다치고 자물쇠로 잠그기까지하야 그대로 도루 나오는데 웬 늘근이 하나가 징정두엇을 데리고 쪼차와서 아플막으며

「네가 웬놈이냐」

하고 소리를 질럿다

그 늘근이 소리질르는것이 하두갓지안허서 황천왕동이가 말업시 뻔히 바라보앗더니 늘근이는 곳눈방울을 굴리며

「이집에를 무어하러들어갓다 나오느냐」

하고 내처 소리를 질렷섯다
「말을 물으면 온언순사루 뭇지못하구 누굴 막막 얼러 되지못하게」
장정 하나는
「여보노인께 대해서 그게 무슨 말ㅅ버릇이요」
하고 말로 시비를 걸고 장정 또하나는
「너가튼 배지못한놈은 죽먹으루 버릇을 가르처야겟다」
하고 주목다짐을 하려고 들어서 황천왕동이가 칠쑤잇거든처보란듯이 당돌하게 몸을아프로내밀며
「오냐 너이들이 내몸에 손만 대면 산마니는 오늘해안에 송장치지가될테니 알어해라」
하고 얼러대엇섯다 말로 시비걸든 사람이 주먹다짐하려는 사람을 밀어 제치며
「자네는 좀 가만잇게」
하고 말린뒤 황천왕동이를 보고
「내가 지금 말몃마듸 물을테니 뭇는대루 대답하우」
하고 말하는것을 황천왕동이는 배리가 틀려서 대답하지 아니하엿섯다
「어듸서 오섯소」
「그건 알어 무어 하우」

「이 주인업는 빈집에를 엇재 들어갓섯소」

「임자네가 무슨까닭그루 이집에 들어가는사람을 긔찰하우 그걸 먼저 말하면 뭇는대루 대답하리다」

「그리하우 어제 이집에 대적들이 모인것을 관군이 잡으러 나왓다가 못잡구 노첫는데 관군을 통솔하구 나오섯든 우리골 사또께서 환관하실때 동네 동임들을 불러서 분부하시기를 관령업시 이집에서 물건을 훔처가는 사람과 이집주인을 보러 차저오는 사람은 반상물론하구 잡어서 관가에 바치거나 잡어노쿠 관가에 보하거나 해야지 만일 그런사람을 모르구 못잡거나 잡엇다가 노하주거나 하면 동임들이 중죄를 당한다구하섯소 지금 저어른은 우리동네 일좌영감이시구 나는 삼좌구 이사람은 소임이요」

「잘알엇소 그래 지금 나를 잡어서 관가에 바칠 작정들이요」

「말슴을 들어봐서 딱한사정이 잇스면 우리가 관가에를 가치들어가서 헛고생안하시두룩 발명해드릴 작정이요」

「나는 관가엘 들어갈쑤가 업스니 어떠커우」

「그럼 우린 어떠커라구요」

황천왕동이가 큰기침을 한번하고

『내가 누군지 너이는 몰를테지 나는 청석골 황두령이다 너이원님의 분부만 장하게 녀기지 말구 내분부두 들어라 이집물건을 훔처가는사람은 관가에 잡어 바치거나 말거나 너이 맘대루하지만 이집주인을 차저오는 사람은 너이맘대루 잡지못한다 만일 그런사람을 너이가잡으면 너이동네는 도륙날줄 알어라』

하고 말한뒤 꿀꺽소리도못하고 서로 돌아보기만하는 동임들을 본체만체하고 몸을 빼처나오는데 일좌와삼좌가 소임을 보고

『붓들게 못가게 붓들게』

하고 입속말로 중얼거렷스나 삼좌나 소임이 붓들생의도못하는모양이고 또 붓들새도 업섯다

황천왕동이의 마산니 갓다온 이야기가 끗난뒤 꺽정이는 곳 일행을 데리고 산성서 떠나서 또평을 지나 마산니로 나려왓다

꺽정이 일행이 리춘동이집에 와서 잠근자물쇠를 뽑아버리고 다친밧문을 열어제치고 뜰아랫방에 고시란히잇는 의관을 차저서 다시 모양들을 차리는동안 긔찰한다는 동임들은 어느쥐구녕에 가 처박혓는지 현형(現形)도 아니하엿다

리춘동이가 평산관가에 조흔일을 할까닭 업다고 자긔집에 불을 질른다고하는것은 여러사람이다 조타고 찬동하고 꺽정이가 황천왕동이를 부뜰라고한 일좌의죄로 온동네에 불을 질르려고

하는것은 리춘동이가 한사하고 말리엇다

리춘동이가 집에 불질를 준비로 불꾸러미를 만들때 김산이가 여페와서

「동네ㅅ사람이 관가에 들어가서 고하면 어제곡격 또한번 치르게될른지 모르니 빨리하게」

하고 재촉하니

「읍네 한번 갓다오자면 하루 해가 잔뜩 걸리네 염녀말게」

하고 리춘동이는 눌쨩부려도 조흘줄로 말하엿다

「관군이 이리 오지안쿠 우리갈길을 압질러가서 지키구 잇스면 어떠커나」

리춘동이가 읍내 마산니간의 거리 먼것만을 태평으로 밋다가 김산이의 말을 듯고보니 그념려가 업지안허서

「참말루 그건 생각못햇네 자네 대장께 가서 말슴하게」

하고 말하야 김산이를 박그로 내보낸뒤 부지런히 불꾸러미를 만들어서 불을 부처들고 마치 신이나 난 사람가티 경정 경정 뛰어다니며 압뒤처마에 불을 질럿다

김산이의 말을 사실에비치어 보면 빈념려가 아니엇다 마산니 동임들이 꺽정이패 다시 온줄을 안뒤 바로 동네의 거름잰 사람을 읍에 드려보내서 관가에 고하게 하엿섯다

이날아침전에 평산군사들은 각각 흐터저서 겁구석을 차자가고 봉산군사들은 군수 리흠레가

거느리고 봉산으로 떠나가고 아침후에 선전관 정수익과 부장 리의식은 서울로 올라가고 금교찰방 강려까지 금교로 돌아가서 평산읍내가 굿해먹은집과 가텃섯다 부사 장효범이 자긔는 전교를 밧지아니하야 긔병안해도 조흘것을 공연히 강려의 말을듯고 긔병하엿다가 껵정이 실포(失捕)한 죄책을 당하게 되엇다고 못내 후회하는중에 마산니 백성이 와서고하는 사연을 들으니 껵정이를 잡아서 장공속죄(將功贖罪)할 욕심은 불현듯이 나나 잘못하면 장공속죄커녕 죄상첨죄(罪上添罪)하기 쉬운데다가 무참하게 죽은 연천령의 얼굴이 눈아페 얼른 거려서 나든용긔가 제풀에 꺽기엇다

「도독눔들이 너이동네서 오늘 묵을모양이드냐」

「소인이 읍에 들어오는 동안에 벌서 다른데루 갓는지두 모르겟소이다」

「그럼 지금 언제 긔병해가지구 쪼차가서 잡겟는냐 그눔들이 어듸루 간것이나 알아서 다시 보해라」

장부사가 셈평조케 책장을 더퍼서 마산니 백성이 헛다리 품만 팔은까닭그로 마산니서 청석골 가는길은 무사태평 하게되엇섯다

껵정이일행 마사람 여덜이 마산니서 떠나서 온천을 지나 솔무루란곳에 가까이 왓슬때 압길에 두사람이 이편을 향하고 마주오는데 그두사람이 박유북이와 곽오주라 청석골에도 무슨변고가

생긴듯하야 여러사람은 다들 놀랏다 황천왕동이가 아프로 쪼차가더니 이야기들하느라고 얼른 오지아니하야 말을 세우고 기다리든 꺽정이가 빨리들 오라고 산이울 도록 큰소리를 질렀다 박유복이와 곽오주는 줄달음을치고 황천왕동이는 그저 재게 걸어서 여러사람들 섯는곳에 와서 거름들을 멈치자 꺽정이가 말우에서

「너이들 웬일이냐」

하고 물으니 박유복이가 가쁜숨을 돌리고

「관군하구 접전하신단 소식을 듯구 쪼처오는길입니다」

하고 대답하엿다

「누가 너이들더러 청석골을 비어노쿠 오라드냐」

「그런 소식을 듯구 어떠케 가만이 안젓습니까」

「그래 너이들이 우리를 구원해주려 오는모양이냐」

「만일 불행한 일이 잇스면 한께 당하기라두 해야지요 무어하잔 걸의맹셉니까」

「소식은 대체 들엇느냐 뉘게들엇느냐 춘동이네 식구가 어제당일 들어갓드냐」

「아니요 형님께 긔별할일이잇서서 어제식전에 말불이를 떠나보냇더니 중노에서 춘동이네식구 배행하는짝쇠를 만나서 이야길듯구 어제밤중에 되돌아왓습되다 춘동이네식구는 어제 밤

ㅅ개서 잣답되다 오늘 오다가 만낫는데 지금쯤 산에 들어갓슬껩니다」

「말불이는 무슨일루 보냇드냐」

「서림이게서 식구를 보내말란편지가 와서 그걸 기별햇섯습니다」

「서가가 무어라구하구 식구를 보내달랫드냐」

박유복이가 서림이의 편지사연과 서림이의 식구보낸 곡절은 대강 다 이야기하니 꺽정이는 화를 벌컥내며

「너이들이 서가놈하구 부동햇느냐」

하고 호령을 내노핫다

「서림이가 형님게 배심먹을줄은 꿈에두 생각못햇습니다」

「내가 오란때 오지안흔것만 봐두 알것아니냐 네가사람이냐 돌부처냐」

「생각이 부족해서 일을 잘못햇습니다」

「잘못햇다면 고만일줄 알구 일은 그따위루 햇느냐」

리봉학이가 박유복이 아프로 나가서

「형님 꾸중을하시더라두 가서 하시지요」

하고 말하니 꺽정이는 박유복이의 죄송스러워하는 모양을 말업시 나려다보다가

「사람이 약지를못해두 분수가 잇서야지」

하고 혀를 몃번 찬뒤 여러사람을 돌아보고

「자 고만들 가자」

하고 말하엿다

격정이일행이 청석골까지 무사이가고 리춘동이가 청석골서 두령노릇하게된것은 다시 더 말할것업고 평산 봉산 두골관군이 마산니서 퇴진하야 한께 평산읍으로 들어온뒤 선전관 정수익은 평산부사 정효범과 봉산군수 리흠례더러 두골에서 감영에 보장하는사연이 자긔가 서울가서 복명(復命)할사연과 틀리지안토록 자긔 보는데서 보장초를 잡으라고 청하고 또 평산부사 정효범과 금교찰방 강려더러 연천령의시체를 입관하야 곳 서울로 운구시켜 달라고 부탁하고 부장 리의식을 데리고 평산서 떠나서 이틀만에 상경하엿다

선전관 정수익과 부장 리의식이 궐하에 와서 대죄하엿슬때 우에서 정수익은 정원으로 불러드리고 리의식은 부장청에 대죄시키란처분이 나리엇다 승전색(承傳色)이 정원에 나와서 대죄하는 연유(緣由)를 물을때 정수익의 아뢴사연이 대개 아래와가텃다

「신등(臣等)이 금월이십사일에 명을 밧자온후 반나절 하루ㅅ밤 줄곳 말을 달리와 이십오일에 황해도경내에 들어가옵는길루 금교찰방 강려에게 전교를 보이온즉 강려의말이 나는 수

하에군사가 업는사람이라 평산 가서 부사 장효범과 상의하야 군사를 일으켜 바로 평산 북면 어수동으로 나갈터이니 너의는 빨리 봉산 가서 군수 리흠례와 가치 긔병(起兵)하야 가지고와서 합하야 도적을 토벌(討伐)하도록 하자하옵기에 신등이 또 밤에 말을 달려 이십륙일 미명(未明)에 봉산에 두달하옵구 이십칠일 효두(曉頭)에 어수동에와서 합세하온즉 두골 군사수효 도합 오백여명이엇사외다 어수동서 행군하와 마산니에 도달하엿사올때 도적닐곱명이 미리 산우에 올라가서 인사오므로 압뒤로 에워싸고 산마루로 골짜기로 올라나리며 쪼차다니옵는중에 도적들이 산ㅅ골 개울바닥으로 나려가서 달아나옵는것은 부장 연천령이 강려의 역마를 바꿔타옵구 리흠례의 군사를 나눠다리옵구 압질러가서 도적들의 가는길을 막으려고하옵다가 천령과 봉산군사 하나는 도적에게 죽엇삽고 천령의 바꿔탄말도 도적에게 뺏겻사외다 신등이 도적들의 종적을 수색하라 하온즉 날은벌서 어둡삽고 산도 또한 험하온대 수색하다가 도리어 도적의 꾀에 빠질념녀가 적지안사오므로 부득이 회군하와 닥운뒤 평산읍에를 들어왓사외다」

충전색이 정수익의 아뢰는사연을듯고 합문(閤門)안에 들어갓다가 한동안 지나 다시 나올때

「알엇다」

하는 간단한 전교를 물어나리엇다

정수익이 복명하든 이튿날 병조판서 권철(權轍)과 좌변포도대장 김순고가 한께 청대(請對)하야 우에서 편전(便殿)에서 인견(引見)하고 먼저 병판에게 무슨일이잇느냐고 하문(下問)하엿다

『선전관 정수익과 부장 리의식은 왕명(王命)을 욕되게 하온죄가 업지안사온즉 치죄하게 하옵심이 마땅하옵구 부장 연천령은 국사(國事)에 신명(身命)을 바쳣사온즉 휼전(恤典)을 나리옵심이 마땅하올줄루 아뢰오』

권철의 말을 우에서 의윤(依允)하야 권철이 뒤로 물러난뒤 김순고가 어전(御前)에 나와 부복(俯伏)하고

『이번에 대당(大黨)꺽정이를 잡지못하엿사오나 전자에 잡은 적당 서림이가 꺽정이 도당의 모이는 처소를 이실직고(以實直告)하온것만은 사실이온즉 전죄(前罪)를 경하게 다스려서 감사정배(減死定配)하옴이 마땅하올지 또는 전죄를 아직 더퍼두옵구 저의말대로 꺽정이를 잡아서 장공속죄하게하옴이 마땅하올지 탑전정탈(榻前定奪)을 밧자와 지라고 아뢰오』

하고 서림이 처치에 대하야 상의(上意)를 품하니 우에서

『서림이를 내노하서 꺽정이를 잡아바치게하는것이 매우 조흐나 도타하지못하도록 조종(操縱)하여야 할것이매 경(卿)이 잘 알아 하라』

하고 윤음(綸音)을 나리어서 김순고는 황감하야

「신이 비록 무능하오나 성의(聖意)에 어그러지지안토록 하오리다」

하고 아뢰고 병조판서와 가치 어전에서 퇴출하엿다

林巨正

火賊編 三

臨時定價 六五〇圓

一九四八年一一月十五日 發行

著者 洪命憙

發行所 乙酉文化社

서울市鍾路二街永保빌딩

振替 京城 三二五四三番

電話光化門 三四九二番 三九七〇番 〇一八七番

서울신문社 印刷局 印刷

(一九四七年九月三〇日 登錄 [illegible]番)

(1947年9月30日 登錄•第248番)

林巨正 全帙 目錄

임꺽정 화적편 3

펴 낸 날/ 초판1쇄 2020년 3월 27일
지 은 이/ 편집부 편

펴 낸 곳/ 온누리
펴 낸 이/ 김용항
출판등록/ 1982년 12월 6일(제아-20호)
주 소/ 충북 청주시 상당구 수동 90-4
문 의/ (대표전화)02-324-4790, (전송)0505-115-62879

정가 20,000원

ISBN 978-89-8367-317-6 03810

잘못된 책은 구입하신 곳에서 교환해드립니다.

ISBN 978-89-8367-317-6
03810>
9 788983 673176